田中 博

虹《ホン》龍《ロン》

動乱の日中2国に生きる

海鳥社

虹龍《ホンロン》

空に虹を吐く龍、または東海に虹懸ける龍の意。
龍は中国皇帝の象徴、ひいては中国を代表する架空の動物。

虹龍●目次

王道楽土 5
八紘一宇 45
帝国瓦解 89
荒野新風 133
造反有理 199
三界無安 253
蓬莱弱水 321
日中関連近現代史簡略年表 375
参考文献 378
解説 歴史を理解する目 西原和美 381

装丁・挿画　田中サトミ

王道楽土《おうどうらくど》

1

登校しようとするところを恭《ゴウン》は母に白い帆布製の雑嚢《ざつのう》をつかまれた。

「学校なんかどうでもいいから松花江《ソンホワンチァン》を見に行くのよ。年に一回、その時が今日なの。恭君、あなたはまだ見たことないでしょう、松花江の氷が解けるのを」

「学校を休んだら、先生に叱られる」

母はほほえみ返した。

「叱られはしません。学校だって、きっとお休みよ」

恭がなおもぐずっていると、表から男の声がした。

「アルピン様、馬車の用意ができました」

恭は「アルピン様」の呼び名が好きではない。父は母のことをそのように呼ばせているが、本名アルペン、日本名有日子《あるひこ》。中国語読みでアルピンというのは「二嬪」のこと、つまり第二夫人を指す。父が日本人、母がロシア人の混血児だという長身の母は、それこそ雪のような白い肌に漆黒の髪をむぞうさに長く垂らし、湖水を思わせるような瞳の色が魅惑的だ。そして、シナ服をまとうことなく洋装に徹している。

その点、「お屋敷」の「奥様」は恭の目には快く映らない。男女三百人もの使用人を持つ宝家の正妻は、黒いシナ服を着て籐椅子にもたれ長いキセルで阿片を吸っている。財産家の箱入り娘は幼児に纏足《てんそく》をほどこされるのが習い。恭のまだ知るところではないけれど、なよなよとした足が男の性本能をくすぐるというのだ。たぶんに逃亡を防ぐ目的もあるのだろう、厚い包帯でもって人工的に発育を阻害された足は、労働にも歩くのにも不自由する。だから彼女は日がな一日、籐椅子を離れることがないのである。

満洲国皇帝の愛親覚羅《アイキンジァオルォ》家にもつながりのある宝家は満洲《マンチョウ》族の豪族の一つであり、代々県長を務めてきた。当主を宝沢《バオズォ》といい、男児に限っていえば、正妻に温《ウン》、良《リャン》、恭、第三夫人に倹《ジァン》、譲《ラァン》をもうけた。この「温、良、恭、倹、譲」の名は、儒教の「五徳」――五つの徳目に由来している。ところが倹と譲とは乳飲み子のまま夭折した。そのため恭は生後間もなく、子のない第二夫人に引き取られて養育されたのである。

恭もそのことは承知している。しかし、恭にとっての「母」はアルペンこと有日子以外にない。そこで恭はひそかに実母の潤妃《ルンフェイ》を「猪蝙蝠《ズウビャンフ》」（こうもりぶた）と呼んで毛ぎらいしている。実際、潤妃は服装から好みからすべてが黒ずくめだ。三つ編みの半白の髪を腰まで長くし、しょっちゅう咳きこんでいて、侍女の差し出す痰壺にペッと黄色く粘っこいものを吐く。阿片の常咽のせいで顔色はどす黒く死者のようにむくんでいる。四キロほど離れて暮らしているから毎日顔を合わせなくてすむのが恭には幸いだ。

恭はこの春七歳。小学校二年生に進級したばかりだった。そこへいきなり「登校するに及ばず」では快くないから、泣くまではしなくてもぐずりたくもなろうというものだ。

「恭坊ちゃま、肉饅《にくまん》は行火《あんか》にくるみました。砂糖入りの紅茶は熱くして魔法瓶に入れました。ですから、お昼は温かいのが召し上がれますよ」

小間使いの朝鮮人の少女がにっこり笑った。恭が母に次いで二番目に好きな女性である。

恭は機嫌をなおして出かける気になった。

二頭立ての馬車に揺られること小一時間。松花江は何の変哲もなく向こう岸まで乳白色の分厚い氷に覆われている。時折雲間を漏れる黄色い日の脚までが凜然と冷たい。

誰もいない、何もない、どこも変わりない、と「ないない尽くし」を不満げに訴える恭に、母は魔法瓶の紅茶を勧めて言った。

「胃袋がゆっくり温まるうちに春が来ます」

そのような飛躍した物言いをするのが母の癖だ。

「ほら」と母は青いサングラスをはずして双眼鏡を覗き、御者《ぎょしゃ》を呼んだ。「河の中央に三股の流木がありますよね。烏が何羽かとまっている、黒色の。あれと対岸の煉瓦造りの塔とを結んで見ていると……」

「うむ、動いている！」と御者は長靴《ちょうか》のかかとを打ち合わせて鳴らした。「春が来たのです。わしは町に引き返して皆に知らせますから、この場を動かないでくださいよ」

あわただしく御者は、馬車から一頭だけ馬を切り離した。

スケートをしたこともある、馬橇《ばそり》が列をなして行き来するのを見たこともある、絶対不動の岩盤。恭には白い大地そのものと見えた氷が揺らいだのである。

ミシミシと音立ててひび割れが走ったかと見ると、いくつもの氷盤に分断されて、極めておもむろにではあるが明らかに動くのがわかる。

先ほど母が指差した流木は、氷に挟まれたままゆっくりと移動していたが、恭が目をはずした隙に音もなく消えていた。

「ねえ、さっきの木、どこに行ったの？」

母は答えず、双眼鏡を妙蘭の肩に固定しておいて恭を手招きした。

「おもしろいもの、見せてあげましょう」

恭が覗くと、茶褐色の流木が右往左往しているのが見える。流木の動きにしては変過ぎる。何か動物がいるような気配だ。

2

恭はわくわくして叫んだ。

「狐だ！　親子かな？……大きいのが一、小さいのが三。かわいそうに氷の上に取り残されて……。ねえ、救えないの？」

母は微笑を浮かべたままだ。

「ねえ、あの狐の子、捕まえてよ。ぼく、飼うから」

何を思ったか有日子は、銀狐の帽子を恭の目が見えないまでに深くかぶせた。

「無理は言わないのよ、恭君。第一、どうやって銀盤の上を歩く？　二番目だけど、お父様の屋敷でならできようけれど、町中《まちなか》ではとても養えません」

銃声がした。五発まで数えられた。

恭はぎくりとした。誰かが猟銃でもって氷盤上の狐親子をねらったにちがいない。

「狐を撃ってはいや！　かわいそう！」

帽子をはねのけると、母の青い目が笑っていた。

「誰も狐を撃ちはしません。もっとも、狐の方で弾に当たれば別ですけどね。もしかすると、それが狐の幸せかもしれない。一陽来復、今日の良き日の生贄《いけにえ》なのですから」

「ごまかさないでよ、お母さん」

と恭は強く抗議しようとして、またどきりとさせられた。

相次いで銃声が上がったのである。

「爆竹よ。男の子がそんなにびくつくものではありません」

気がつくと、どこから湧いたか、信じられないほどの人々が押しかけてきていた。学校が休みになるという母の予測は正しかった。氷が解けるとの知らせに、真っ先に子供たちが先生ぐるみ駆けつけ、それを追って町じゅうの人々が河岸に殺到したのだから。

あちこちで爆竹が鳴った。急ごしらえの楽隊が笛を吹き太鼓や鉦《かね》を鳴らして行進した。子供はやたら歓声を上げて走り、犬や豚までもが浮かれたように跳ね回った。朝鮮族の婦人たちは輪をつくって踊り、気の早い商人は炭火を起こして飲み物や食い物を売った。

そこへ警官隊も駆けつけた。一人だけサーベルと拳銃を腰につるした乗馬姿の日本人隊長が、丸腰の満洲人警官隊を指揮している。彼らは、そこいらじゅうを駆け回っては、流れに近寄ろうとする群衆が過って川に落ちることのないように規制した。

もうここまで来ると、恭のうち震えるような感動は色あせていた。狐の親子のことも念頭にない。友達に誘われるままに、のどが干からびるような黄色い叫び声を上げては流れる氷盤と行を共にして半ば走り半ば歩いた。そこへ、先ほどの隊長が馬首を突っ込んできて叫んだ。

「宝恭という坊やがいるかね？　父親が釈放されたから家に帰るように、と連絡があった」

恭は耳をふさぎたくなった。

釈放、それは言うまでもなく牢獄から解き放たれたことを意味する。牢獄は悪人の隔離場所だ。早い話が、恭の父はその悪人なのだ。父の宝沢は、顔形の記憶すらないほど長いこと捕らわれの身であった。そのことは恭にとって、触れられたくない、人前で公開されたくない、屈辱以外の何物でもない極秘事項なのだった。

だから、恭は人混みにまぎれて逃げようとした。知らぬ存ぜぬをきめこもうとした。

だが、宝家のお坊ちゃまの姿は人目につきやすい。大半が体に倍する綿入れの黒っぽい外套で着ぶくれている中にあって、恭の着る茶色のウール地のオーバーコートの襟と袖口には白い兎毛が光っている。たちまち恭は捕まり、男の肩車に乗せられ、お祭り騒ぎのようにワッショコワッショコ押しまくられた。

恭は泣きたかった。しかし、満洲豪族家の息子だという誇りが顔をゆがませる段階まででおしとどめ、涙を流させはしなかった。

異変が起きたのはそのあとだ。

屈強な、それこそ羆《ひぐま》のような大男が両の手のひらの上に恭の両足を置いて目よりも高く差し上げた時だった。まわりを囲んだ十重二十重《とえはたえ》の群衆が歓呼したのである。

「首領様、バンザイ!」「釈放、おめでとう!」……

男も女も口々に喜ばしげに叫んでいた。

どういうことなのだ?——と恭はいぶかった。悪いことをしたから投獄された。そのはずの父が、釈放を知った民衆の祝福・喝采を浴びているのだ。なぜ、そうなるのか。とても恭の幼い頭には理解できることではなかった。

そこへサイレンを鳴らして警察のサイドカーが割り込んできた。熊男は得意げに恭を側車の座席に安置し、振り向いて有日子をうやうやしくいざなった。

二人が座席におさまり赤い毛布を掛けるのを見すまして、群衆はまたまた歓呼した。

「宝沢県長様、おめでとう!」「吉林《チーリン》省知事閣下様、バンザイ!」……

側車に幌をかぶせたサイドカーが氷雪混じりの泥濘をはね散らして走り出してから、恭はおずおずと尋ねた。

「だれか吉林省知事様とか言ってたけれど、あれ、何のこと?」

有日子はしばらく唇を嚙んだのち、考え考え答えた。

「取り引きが成り立ったのよ。満洲国政府並びに日本軍とお父様との間にね」

3

「取り引き?……ぼくには、わからない」

「なら、言うわ。今なら誰に聞かれるおそれもない、いい機会だから話しておきましょう。お父様はね、満洲国建国の時、恭君がまだ数え年四つの時、吉林省知事就任要請を断わられて、それで反政府分子だとにらまれたの。同じころ、お父様の領地に朝鮮族が入り込み、戦闘になったわ。一度は撃退したのだけど、朝鮮族の後押しをする関東軍が……」

「関東軍?……」

「満洲国派遣の日本軍のことよ。その関東軍が介入して朝鮮族ごと一村落をつぶしてしまった」

「戦車が来て?……」

「戦車？……そうではなくて、皆殺しにしたのよ。村民二百何十人を集めておいて機関銃をぶっ放して、死体は井戸の中に投げ込んでから土をかぶせた。中に一人、女の子が生き残っていて、自力で脱出。這うようにしてお父様の屋敷に達し、異変を知らせた」

「その女の子って、妙蘭なの？」

「それは言えない」

「やめて！　怖いよ！　その話……」

「怖くても、最後まで聞いておきなさい。……お父様は、生き証人を安全な場所にかくまってから、関東軍に厳重抗議されました。ところが関東軍は、朝鮮族と満洲族との衝突だと聞いている、の一点張り。そのあげく、お父様を連行して拘禁したの。二、三日のつもりが、いつの間にやら三年もたってしまった」

恭には恐ろしくもむつかしい話だった。「満洲国建国」はわかるとして、「知事就任要請」とか「反政府分子」とか「拘禁」とかいった語彙の持つ意味が正確にはつかみかねた。最も衝撃的だったのは、井戸の中に投げ込んでおいて土をかぶせたという始末の方法だ。一人だけ生き残っていた子供——それが自分だったらと思うと、身の毛がよだつ。

「それで、お父様はなぜ釈放されたの？」

「妥協が成立したのよ、きっと。時局の推移をよくよく考えられて、お父様は満洲国と日本軍に協力する気になられたのでしょう」

「そしたら、幸せになれる？」

「快晴とまではいかなくても、無風。——そういうことよね」

いずれにしろ宝家の当主が無事釈放されたのは喜ばしいことに違いない。恭は、三年ぶりに会える父親にどう対処したものかを考えねばならなくなった。

広壮な宝家の中庭には早くもおびただしい数の人々が満ちていた。あちこちで焚き火がはじけ、陽気な喚声が上がった。高粱酒《コウリアンジュ》が振舞われ、串刺しの羊肉が老若男女《ろうにゃくなんにょ》の口に消えた。

奥まった部屋にはそれらの騒ぎが届かない。暖炉の石炭の燃える音が耳に入るほどの静かさである。

有日子に伴われた恭が遅れて中に入ると、老執事が摺り足で寄ってきて二人を引きはがした。

口字型に五十人ほどいる。正面の椅子には宝沢がしゃきっと背筋を伸ばして掛けている。三年もの長い獄中生活にもかかわらず、青白い精悍な顔立ちに衰えらしいものはない。

その隣は正妻の潤妃。こちらは椅子にうずもれて、恭の目にはいぎたなく映る。

恭の考えでは、母の有日子は当然、父を挟んで位置するものと思っていたが、そこには見知らぬ軍装の男がいた。鼻髭が左右にピンと張られ、顎を支えるようにして軍刀の束《つか》を立てている。

「こっちに来い」

十も年上の良が小声で言って手招きした。

なるほど、向かって右の上席に祖父母が並び、次に温、良の兄弟がいて、空席が一つある。そこが恭を待っている席だったのだ。

恭がその席に着くとすぐ宝沢が口を開いた。

「皆さんには、長い間ご心配をおかけしました。満洲国建国に反対したかどで拘禁されていましたが、今回疑いも晴れ、青天白日の身となりました。

満洲国皇帝溥儀《プイ》陛下は申し上げるまでもなく満洲族のご出身であられます。そのお方を国家元首に戴くことに、同じ満洲族のわたしが異を唱えるはずとてありません。それが、どこでどういう誤解を招き、逮捕・拘禁されたかは、不徳の致すところと諦念するほかありません。わたしは三年の獄中生活の間、満洲国のありようを考え続けました。ここまでの、広大な東北三省の疲弊・貧窮は、中華民国の政治の無為・無策・無謀の結果にほかならないのです。したがって、日本国を後見役としての満洲国の独立は正しい。国際世論がどうあろうとも、満洲国は日本国と手をたずさえ、旧弊を打破して、真の独立を勝ちえなければならぬ。――そう目覚めたわたしは、頑迷に固辞していた省知事の職を引き受けることにしました。それもこれも、満洲族の幸福のため、満洲国を楽土たらしめるための熱血的心情の発するところであります」

オホンと咳払いして、軍装の男が身を乗り出した。

「わしは、大日本帝国陸軍大尉・徳安《とくやす》八郎という者だ」

4

徳安大尉は中国標準語ともいうべき北平語《ペイピン》を器用にこなした。

「このたび日本陸軍を退官し、満洲国の礎《いしずえ》になるため、宝沢閣下のもと次長として吉林省政を支えることになった。お見知りおきを。

わしは現職をなげうって満洲国建国に馳《は》せ参じた。宝沢閣下は、満洲族による自立・自決国家としての満洲国をつくるむね述べられたが、それはそれでよい。しかし、満洲族という一部族の幸福・繁栄などは小さいわ。満洲族を基幹とし、蒙古《モンクー》族、漢《ハン》族、朝鮮族、それに日本人、この五族協和の合衆国ともいうべき、これまで地球上に存在しなかった王道楽土を築くのが理想だ。それがためには、日本国土に数十倍する土地・資源を死蔵することなく有効に開発しなければならない。ここ満洲は、朝鮮人、日本人をどしどし受け入れ、開拓し、生産し、富裕とならなければならない。土地開放・開拓農民の受け入れについては、宝沢閣下も快諾され、私有する土地の三分の一を提供すると確約された。……」

「嘘だ」と小声で良がうめくように言った。「快諾だと？　それを言うなら、脅迫だ」

「シーッ、大尉には中国語がわかる」

と温が制した。

温は十九、良は十七。恭ごとき小学生の出る幕ではない。ただ、兄二人が徳安大尉を嫌悪していることだけはわかる。

「宝沢閣下は優秀な息子を三人もお持ちだ。いずれも日本内地で教育を受けさせられるがよい。幸い日本の文部省は、満洲国民の優秀なる子女の留学を受け入れるように指示している。知事閣下とお話ししたところ、長男は領地管理のために満洲国に残すとして、次男を医者に、三男を軍人にしたいので頼む、というお申し出だった。将来を展望してのなんという的確な判断であることか。さすが満洲豪族の先見性よ、と舌を巻く思いだった」

良は温に何ごとか言い、それから恭の膝をつついた。

「お前、日本に行って陸軍の学校に入れ、とよ。この甘ちゃんにできるかな？」

「それで、良兄さんはお医者さんになるの？」

「いやだなあ。おれ、血を見ると倒れそうなんだ。なんなら変わろうか」

「軍人は人殺しが専門でしょう。血を見て倒れる人が軍人になれる？」

「こいつ、口だけは大人並みだ」

そのあと宴会になったので、恭は姉妹たちのいる部屋に退いた。第一夫人の娘は三人いて、いずれも十五歳前後だが、第三夫人の双子の娘は四つになったばかりで、恭の遊び相手になれる。わいわいがやがややっているところに、蒼ざめた顔で有日子が入ってきた。

入口を気づかう様子からして明らかに宴席から逃げてきた気配である。

「どうしました、お母さん？」

コップ何杯もの水を求める母に、恭はおろおろしてすがった。

そこに宝沢が来て、娘たちを遠ざけた。

「徳安大尉がひどくご執心だ。お前さんを現地妻に、と言われている。どうする？」

「そんな！」と有日子よりも先に恭は口をとがらした。「ぜったい許せない！」

「そういう取り引きでしたの？」

有日子が恨めしげな目つきをすると、宝沢はそれには答えず、

「否《いな》なら否でいい。お前さんの本心を聞きたいだけだ」

「あなたの有利・不利を問わずに言ってよいのなら、はっきりとノーです」

「うむ。ならば、お前さんは逃亡した。——そういうことにする」

「逃げるって、どこへ？……」

「今すぐにここを発ちなさい。裏門に枯れ草を満載した馬車を仕立てておく。しばらく走ると、幌付きのトラックが待っている。新京《シンチン》から夜行列車に乗り大連《ターリエン》に行けば、王戴天《ワンタイテン》という親友が貿

易商をしているから、その男に頼りなさい。幸か不幸か、先年、妻を亡くして男やもめだ」

有日子はクスンと鼻を鳴らした。

「もし、その人をわたしが好きになったら、どういうことになりますの？」

「大いに好きになるがいい。……それから、護衛を二人つける。良に恭だ。恭はともかく、良は役立つ。大連に着きしだい、良は日本の九州医学専門学校に送りなさい。恭は大連の日本人学校に学ばせ、五年後、良に預けて向こうの中学に入れなさい。学費・生活費はわたしが送る。それ以外、わたしとお前さんとの間には何もない」

「何もない？……」

「そう、もう会うこともあるまい。自由に、いつまでも美しく健やかに生きるがいい」

そう言い捨てると、宝沢はくるりと背を向けた。恭には何一つ言葉をかけるでもなかった。恭もまた父に別れの言葉を言わずじまいだった。

宝一族の住まう吉林から満洲国の新都・新京に行くには、馬車に揺られること二時間、さらにトラックの荷台の羊毛袋の上で凍えること百キロ。吹きさらしの零下二十度をさらに下回る深夜、白昼ですら匪賊《ひぞく》に馬賊《ばぞく》が跳梁《ちょうりょう》し、それに武装自警団に悪徳警官、かてて加えて狼や虎までが出没するという治安の悪い地域である。はたして逃げおおせるものかどうか、はなはだ心もとない。

5

闇夜《やみよ》を疾走《しっそう》するトラックの荷台で小銃を抱いたまま、良はおのれに降りかかる運命をのろうかのように、ひっきりなしにしゃべった。

「なんという国だ、なんという父親だ。国を捨て、家を捨て、異国で何の学問をしろというのか。いや、そうではない。国が、家が、父親が、このおれを捨てたにひとしいと言える。そもそも、国って何なのだ？　満洲帝国って何なのだ？」

「こわいよーっ！」と恭は母の毛皮のコートに顔を深くうずめる。「良兄さん、その鉄砲で人を殺すの？」

「安心なさい、模擬銃なのよ。中学校などで軍事教練用に使うの。言うならば大人の玩具。うまくできているけど、弾は発射できない。それに、お母さんだって内ポケットに小っちゃなピストルを忍ばせているけど、護身用で弾は一発きり」

「敵が大勢いたら、どうするの？」

「そんなことより、怖いのは、眠ること。眠ったら確実に凍《こご》え死《じ》ぬわよ。良兄さんがしゃべり疲れたら、知っているだけの歌をうたいましょう」

「馬賊や匪賊に聞かれはしない？」

「心配いらないわ。トラックのエンジン音に消されてしまうから」

かまいなく良は続ける。

「清《シン》国が滅んだあと、我が国は国民党と共産党系とに分裂した。各地に軍閥が割拠した。孫文《ソンウン》、蔣介石《ジャンジェシー》、毛沢東《モーズォトン》、張作霖《ザンズォリン》……。

その張作霖を日本軍が爆殺し、息子の張学良《ザンシェリヤン》は徹底反日抗戦を叫んだ。そして満洲事変だ。日本軍は東北三省を占領し、満洲国を建国した。亡国清の、あの宣統帝《シュアントン》がかつがれて皇帝になった。笑わせるよなあ、亡霊のはずの清国最後の皇帝が満洲国皇帝溥儀だとよ。

列国はこぞって傀儡《かいらい》国家だと満洲国を非難した。非難の矛先《ほこさき》は満洲にあらずして日本だ。日本は太陽、満洲は月。日本あっての満洲なのだ。

親父は見抜いていた。だから、省知事就任要請を拒否した。民衆の間に、満洲族の誇りとして、ひそかなる尊敬と賞賛を勝ちえた。なのに、獄中生活が親父の骨を抜いた。親父は日本との取り引きに応じたのだ。農地の三分の一を差し出して、省知事の椅子を得た。そのあげく、息子まで日本に売りつけやがった」

「もう、よしなさい」と有日子は左手に良を抱き寄せた。「それ以上お父様の悪口を言いたいのなら、車から下りて狼どものいる荒野を独り歩きなさい。どうします?」

「そればかりは許して……」

「そう、あなたにはわかっているのです。お父様は自分を殺して息子を生かそうとされたのです。一女《いちおんな》の分際《ぶんざい》でわたしに未来予想などできようもないのですが、少しは読めなくもありません。満洲という土地、満洲族という民族、小さくは宝家という一族、それを守ろうとした場合、選択肢は、中国を選ぶか、日本を選ぶか、二つに一つ。お父様は日本に賭けられたのです。息子三人のうち二人を日本に託されたのです。残る一つの賭けとして、満洲も捨てたものではないと考えられました。もし日本が列国の非難・攻撃にさらされ国家を危うくするような事態に立ち至った時、満洲に残るもの——長男がいる」

良はうなずいた。

「もう一つ、あなたは医師になれと言われました。医師の強みは、戦場とか国境とか民族・人種を越えて生きられることです。たとい今が今まで戦った敵味方であろうとも、傷ついた兵士を救うのが医師の道。良君、そのように思いませんか」

「わかりました」と良は有日子から体を離して涙を拭いた。「何はともあれ日本を見てきます。中国の革命家の多くが日本に渡ったように」

「ぼく、こわい」と恭は母をこちらに引き寄せた。「満洲国が滅びるの？　日本も滅びるの？　その滅びる日本になぜ行かねばならないの？……」

「その前に恭君、うんと勉強なさい。まずは何よりも中国の歴史を知ることです」

ここで良のいう中国の歴史——わけても満洲国建国前後史をひもとかねばなるまい。

一九一二　宣統帝退位　清朝滅亡。
　孫文、南京《ナンチン》で中華民国臨時大統領就任。袁世凱《ユアンシイガイ》、北平《ペイピン》で臨時大統領就任。
一九一八　毛沢東、新民学会設立（のちの共産党）。
一九一九　孫文、同盟会を国民党に改造。
一九二六　（孫文の死後）蔣介石、国民党の実権掌握。
一九二八　張作霖、日本軍に爆殺される。
一九三一　日本軍、満洲侵略開始（満洲事変）。
一九三二　満洲国建国、溥儀（清朝末帝）皇帝即位、長春《チャンチョン》を新京と改称し帝都に。
　日本軍、上海《シャンハイ》進出（上海事変）。
一九三三　日本軍、山海関《サンハイコヮン》攻撃　熱河《シホー》省占領。
一九三四　国民党（蔣介石）と共産党（毛沢東）との内戦激化。

毛沢東軍は追われて「長征」開始。

6

パパパーン、という銃声らしい音にさえぎられて、トラックはタイヤをきしませて停まった。吉林から小一時間ほど走った灯火ひとつない寒村である。

「シーッ、羊毛袋の隙間に隠れるのよ。すべて張《ザン》さん、茅《モォ》さんまかせよ」

「捕まったら、殺される?」

おびえる恭を有日子はひしと抱いて羊毛袋の隙間に体をうずめた。

張は運転手、茅は助手、ということになっているが、格は茅の方が上のようでもある。その茅青年の脳天から発するような声がきんきんと荷台に伝わってくる。

「あんたたち、飲馬駅《インマーイー》の自警団か。この夜更けにご苦労なことだ。吉林の宝家から新京へ羊毛などを運ぶように命じられた者だ。当主の宝沢様からは、あんたたちに籾一俵を呈上するようにと言われてきた。受け取ってもらえるか」

「その宝沢様はまだ牢獄につながれていなさるか」

「いんや、釈放されて、これからは吉林省知事閣下だ」

「そうか、知事様か。お偉くなられたもんだ」

「それより、燃料があるなら譲ってくれんか。羊毛と交換にな」

「油なら、一里先の倭郷《ウォーシャン》にある。気をつけて行けよ、日本軍一個分隊が詰めていて誰彼なしに重機関銃をぶっ放すからな」

「おー、怖《こわ》！　でも、機関銃ぶっ放されれば少しは体が温まるかもな」

幌が左右に割れて、冷気は一気に羊毛袋の隙間に押し寄せてくる。恭は有日子の胸の中で子猫のように四肢をまるめた。

「まさか人間は入ってないだろうな？」

自警団の首領らしい声に、茅はカラカラ笑った。

「疑うのなら、その槍でつついてみろよ。もっともな、この酷寒では氷菓になっているだろうがな。どうだ、人間氷菓、食うか？」

「冗談もほどほどにしろ。真夏でもあるまいしよ」

麻袋の一つが転がり落ちる音がし、幌が再び閉まって人声も物音も遠のいた。ブルルルンとエンジンが始動し、トラックは身震いして発車した。

やれやれと三人は袋の隙間から這い上がった。息をすると、胸の奥がキュンと痛むのが恭にもわかる。

「これから何度も、こんな目に遭うの？」

恭が尋ねると、有日子は無理して笑った。

「あの人たちは守護神よ。村を匪賊や馬賊の襲撃から守っているのだから」

「匪賊や馬賊はもっと怖いの？」

「匪賊や馬賊だって軍閥の自警団みたいなものよ。だって国が荒れているでしょう、自分のことは自分で守らないことには生きていけないの。ただ、自警団と賊との根本的な違いは、農作物を作る側――つまり農民と、その収穫をねらう側、とに分類できる」

「それじゃ、その匪賊・馬賊を軍隊や警察が退治すればいいでしょう」

「あの人たちにもりっぱな主義・主張があるの。民族が自決・自活できるために戦っているの。日本軍の侵略から民衆を救うため。ほんとうに平和な国を築くため。今のところ、軍閥がめいめい勝手に動いて離合集散のくり返しだものだから、お互いに武装闘争の絶え間がない。そこにつけこんで日本軍が介入してくる」

「ごりっぱなことだ!」と良がわめいた。「ならば、なぜ、貧農を襲ってその上前《うわまえ》をはねる? 平然と人殺しをする?」

「軍閥の軍資金稼ぎよ。戦うためには、武器・弾薬・食糧が必要でしょう」

「アルピンさんの話を聞いていると、賊の味方をしているみたいじゃないか」

「ですから、断わっているでしょう、あくまで向こうさまの立場でのお話。宝家はね、日本軍にも軍閥にも、それこそ小集団の匪賊・馬賊にまでも上納金を出しているの」

「貢物《みつぎもの》を欠かしてはならないってことか。しかし、相手が日本軍となると……」

「そう、次の駐屯地に徳安大尉の電信手配が届いているようだと、事よね」

「アルピンさんは人ごとのように言うけど、そうなったら逮捕されて逆送還だ」

「そう、運命の賭けってものよ。駐屯地で捕まるようだったら、新京駅から汽車に乗れるわけはない。あそこは鉄道警備隊の拠点なのですからね。……まあ、良君、楽天楽天。お父様がうまく計らってくださっていることでしょうから」

「お母さん」と恭はきつい声を出した。「いつまでアルピンさんと言わせる気?」

「それは良君しだいだけど、願うならば、有日子さん、と日本名でも。あるいは、お姉さん、とでも。ウフフフ……」

恭は思うのだが、そりゃ良兄さんだって自分だって正式の母は潤妃以外にない。自分はその潤妃から切り離されて有日子を母としてきたから、お母さんと呼ぶのが当たり前だ。しかし、良兄さんとなると、そうは急にあらたまって呼べないのだろう。

いくらも進まずに、また検問だ。今度は「誰彼なしに機関銃をぶっ放す」と聞くぶっそうな日本軍の駐屯地である。星明かりの下、日章旗がいびつに凍りついている。

「你是从《ニーシーツォン》、達是到那児去的《チェイシータオナーチェイダ》？（どこから来て、どこへ行く？）」

軍刀をがちゃつかせて、へたな中国語で軍曹が怒鳴った。

7

へたな軍曹の中国語に、茅青年はこれまたへたな日本語で応じた。

「これ、日本の兵隊さんあるか。ならば、助かったあるね」

「助かった？　どういう意味だ？」

「われわれ、張学良軍に追われて必死で逃げた。ガソリン、切れた。だけど、ここなら安心だ。情け深い軍曹さん、かくまってくれるよね」

「敵兵はどのくらいいた？」

「馬で百、あるよね」

「一個分隊では応戦できん。ここに逃げ込まれては迷惑この上ない。よそに行け」

「なら、こうしよう。荷物軽くして逃げたい。トラックの前半分、羊毛。後ろ半分、稲・麦・豆。

それでね、重い方から下ろす。代わりに、ガソリン一缶もらえんか」

「手は貸せんから、自分で勝手に下ろせ。ドラム缶の在りかは教えてやる。自分で積め。言っておくが、断じて取り引きじゃない。ドラム缶は盗まれた。そういうことだ」

「軍曹さん、あんた出世するよ。すぐにも将軍様だ」

茅は相手の肩を叩いておいてトラックの幌を開くなり、いきなり罵声《ばせい》を浴びせた。

「こらっ、貴様たち、いつの間に只乗りしていた？　ここで引きずり下ろしてやりたいところだが、手伝え！　女も子供も三人掛かりで重い袋から先に落とすのだ！」

はじかれたように三人は穀類の重い袋に飛びついた。一俵が優に六十キロはあるから最も力のある良でも一人では扱いかねる。そこで、良が引きずるのを恭と有日子とがうんうん押すことにした。その間、茅と張とは「ドラム缶ドロ」の役だ。

一方、日本軍守備隊側――といっても現に配置されているのは四人だけだが――は、一人が望楼に昇り、残りは土嚢《どのう》の機関銃座に張り付いた。

「兵舎に眠っている交代要員は多く見てもこの倍数。隊長はせいぜい曹長か少尉クラス。だから、こちらに武器さえあれば倒せない相手ではない」

作業の合間に良がそのように推測してみせると、有日子はたしなめた。

「生兵法《なまびょうほう》はけがのもと、ということわざの意味をかみしめなさい」

こうして穀類とガソリンの交換は成立したものの、それからの荷台の居心地の悪さといったらこの上ない。固定されていないドラム缶は、なにしろ悪路続きのことだから、自在にそこいらを転がるし、空間が広くなったせいで外気は気ままに荒れまくった。三人は運転席との境にまで押しやられ、身も心も縮ませるばかりだ。

「いっそ」と恭は思いつきを言った。「羊毛袋を切り裂いて中にもぐったらどう?」

「窒息するにきまっている」

良は反対したが、有日子は、

「案外名案かもね。一つの袋に三人とも納まって顔だけ出しておくのよ。それに、検問だって亀さんみたいに首を引っ込めれば突破できそう」

恭の提案は思いがけなく功を奏した。第一、体が温まってきた。最初のうちこそ眠気防止に歌をうたっていたが、そのうち恭が眠りに落ち、「眠ったら凍死するわよ」と叱咤激励していた有日子の声もかぼそくなり、最後まで頑張っていたつもりの良も睡魔にとらわれていく。……

「起きろ!」

叩き起こされると、恭の目の前には黒く冷たい銃口が鈍く光った。銃殺、だ。うかつだった、お母さんは?……。

夢だった。と、ほっとしたのもつかの間、荷台から蹴落とされるようにして街灯の下に立たされ、恭は肝をつぶしそうになった。

夢も夢、正夢としか言いようがない。有日子には捕縄《ほじょう》が掛けられ、二人の日本軍憲兵が前後を固めている。

「良兄さんは?……」

恭がおどおどして尋ねるのに誰からも返答はない。

「歩け!」

拳銃を擬せられて有日子は先に立った。恭も従うほかない。張運転手は、母子三人分の手荷物を両手に抱えてよろめきながらついてくる。誰もが無言だ。

駅舎に入って、恭は目をむいた。誰か女性が先導していると思っていたら、それがなんと宝家の小間使いの妙蘭ではないか。

皆は無言のまま、改札口を通り抜けていく。プラットホームには、すでに夜行列車の黒い巨体が沈んでいて、妙蘭が手を振ると乗務員が駆け寄ってきてドアを開いた。

「乗れ！」

憲兵伍長は有日子の背中をじゃけんに押した。どうやら伍長の役目はここまでで、以降は部下の上等兵に護送させるものと思える。妙蘭と張運転手は手荷物を昇降口に放り投げ、お役ごめんとばかりにホームの暗闇に消えた。

車掌が来た。上等兵が何ごとか言って彼のポケットに煙草といくばくかの金を押し込む。と、車掌は車両中央部の個室の引き戸を引いた。

「だれ？……だれなの？　ここは、あたしの部屋。断わりなしに入らないでよ」

無人だと思っていた四人定員の寝台下段から、女の子の悲鳴に近い声がした。

8

変だな？　と、恭は回転の鈍い頭で考えた。

個室の中は少女のいる寝台の枕元の灯りだけで薄暗い。それに、暖房がきいているせいで、外気温との差は四十度はあろうから、まるで浴室の中のように温気《うんき》がもわあっと立ちこめている。

だから、夢か現《うつつ》かすら不鮮明なのだが、恭と同年くらいの少女の詰問に、なぜか、軍帽をまぶかにかぶった憲兵上等兵は意味不明の中国語を発した。

「びっくりさせてご免なさいね」と有日子はつとめてやさしく言った。「車掌さんが六一一号室が空《あ》いていると案内してくれて、先客がいるとは教えてくれなかったわ。当方は一家三人。大連まで行きます。ご一緒させてね。それで、あなたは小学生なのに一人旅？　勇気あるわね」

ここでまた恭は奇妙なことに気づいた。有日子の黒い毛皮のコートの上に二重に巻きつけられていた捕縄――それが解かれている。それに有日子は「一家三人」と言い切った。憲兵までもが一家のはずはないのに。

「宝城院桃子といいます。満七歳です。ハルピンから来ました。東京に行きます。東京にはお祖父ちゃんがいます」

少女は寝台の上にちょこなんと座り、そらんじるように言ってのけた。

「宝城院という姓には覚えがあります。たしか子爵の家柄だったわよね。宝城院子爵といえば、文部大臣をされていたお方がおありでしたでしょう？」

「それは大伯父さんのことだと聞いています。東京にはお祖父ちゃんがいて帝国大学教授をしています。お祖母ちゃんを亡くしてさびしがっているので、両親から『桃子が行くように』と命じられました」

「大人以上に応対がご立派ですこと。よほど躾がゆきとどいているのね」

「それで、小母様は？……」

「そうよね、わたしの名は宝城有日子。こちらの憲兵さんが宝城良、小学生は宝城恭。姓からして似ているでしょう、まるで親戚みたい。お友達になれてよかった。桃子ちゃんの東京行きは朝鮮半島経由でしょうから、奉天まで同行できます。あなたにとっても、わたしたち一家にとっても、お互いに心強いわね。仲良く助け合っていきましょう」

この段階となって恭は、ようやく事態がのみ込めて胸を撫で下ろした。茅青年と良とが日本軍憲兵になりすまし、有日子をスパイ容疑のかどで逮捕連行したのだ。茅伍長と張運転手と妙蘭は、有日子一家を夜行寝台に押し込んで引き上げてしまった。――そういう筋書きだったらしい。それにしても、妙蘭の突然の出現が読めない。初めからトラックの運転席にひそんでいたものか、それとも別行動で先回りしたものか。しかし、恭には、それ以上の推理は不可能だった。ひどく疲れ、死にそうなほど眠かった。

有日子は毛皮のコートを脱いで寝台の端に腰を下ろし、桃子の頭を撫で撫で言った。

「もう安心して眠っていいのよ。なんなら、わたしが母親代わりに同じベッドに添い寝してあげましょうか」

「ええ、ありがとう、小母様」

桃子は素直に有日子の首に手を回すと、安心しきったようにすやすやと寝息を立てた。

有日子はそれを見届けてから唇に指を立て、二人に中国語で言った。

「お休み。恭君は下に、良君は上に。過去のことは振り返らず、安心安眠。明日の朝はきっと南満洲大平原に春風が吹いていることでしょう。ああ、それから、良君は明日になったらその堅苦しい軍服はよして平服に着替えなさい」

有日子に養育されたおかげで恭は中国語・日本語ともに使いこなせるが、良は日本語を解することができない。だから、日本の軍服、わけても憲兵姿を怪しまれたら一大事である。しかし、そこは知恵ある母のこと、きっとうまく処置するにきまっている、「楽天楽天」と母に教わったままの語を自分に言い聞かせた。

翌朝、恭が目覚めると、桃子はとっくに起きていて洗顔から着替えまですましていた。丸顔の、二重まぶたの目のぱっちりした、いかにも利発そうな女の子である。

「朝食は食堂車で食べるのよ、案内するわ」

桃子に誘われて恭は、あわてて母と兄とに目をやったが、二人とも上段ベッドのカーテンを閉めたまま起き出す気配はさらさらない。

「困ったな。ぼく、お金を持たないんだ」

桃子は口に手を当ててくすっと笑った。

「あら、知らなかったの。食堂車ではね、個室の番号だけで万事オーケーよ」

恭は首をすくめた。なんとこましゃくれた言いようか。だが、夜行寝台も初めてなら食堂車も初めて。相手に一日の長があるのだから、ここは任せるしかない。

食堂車に入って恭は、大人たちの射るような視線を浴びて身のすくむ思いがした。逃げ出したくすらなった。だけど、今更それもできないから目を床《ゆか》に落とすしかない。

「お坊ちゃまにお嬢ちゃん、何を召し上がられますか」

ボーイが傍らに立っただけで、恭は心臓が凍りそうになった。

「あたしは、サンドイッチにミルク入りココア。卵はスクランブル。恭君は？……」

「あ、ぼくも……」

恭には、自分の声ならぬ声が情けなかった。

9

大連で有日子は、新しい庇護者の王戴天から高台に建つ小ぎれいな茶房をまかされた。そこからは、東洋一の不凍港として名を知られた港が見下ろせる。港には日夜、大小の船舶が出入りしていて、汽笛や銅鑼《どら》の音《ね》が茶房にまで響いてくる。時には荷役人夫のざわめきまでもが坂をおしのぼってくることがある。

貿易商を営む王戴天はせわしい男で、満洲はいうに及ばず、中国、朝鮮、日本、仏印《ふついん》、蘭印《らんいん》、タイと飛び回っていたから、有日子ら三人が宝沢の紹介状一枚だけを頼りに着の身着のままで転がりこんできた時、彼が王商会の本店に居合わせたということは奇跡に近かったというべきだ。

「ポインターが、パグ連れて歩いているみたいだ」

二人の組み合わせを見て発した恭の正直な感想だ。ポインターがイギリス仕立てのスマートな猟犬なら、パグは中国原産の小型珍種の愛玩犬だ。この見立ては長いこと一家三人の頭にとどまっていて、何かにつけては思い出し笑いの種となったものである。

実際、王戴天ほど風采の上がらない男も珍しい。身長は一メートル五十そこそこ、鉢の大きい頭に飛び出したような茶色の目、低く短い丸鼻、いつもむき出しの歯はすべて金冠をかぶっている。縦にというより横に拡がりを持つ特異な短軀は愛嬌と妖気とを同時に発信している。味方にすれば最高、敵に回せば最大、という不可思議な人物だ。

「パグ、ねえ。うまいたとえよね。恭君、もしかしたら天才じゃない?」

有日子は失笑した。

海外に十もの支店を持ち、直接支配する社員だけでも千人はいるというが、きわめて腰が低く、有日子を「奥様」と呼んで敬う。

「ねえ、好きになれそう?」

恭は母に、最もかんじんなことをそっと尋ねてみた。

時と場合によっては、この醜男《ぶおとこ》を「父」としなければならないかも知れないのだ。

すると母は、恭の頰を軽くつついた。

「信頼できる人よね。それに財力の桁が違う。持ち船だって五十隻もあるってよ。恭君、軍人志望はやめにして王商会の社員になりなさいよ」

良も賛成した。

「一万トン級豪華客船の船長というのはどうだ? 格好いいぞ、あれは。お前のなりたい軍人だが、陸軍はやぼったくていかん。そうだ、海員大学に行ったらどうだ?」

そう言われても、幼い恭には自分の将来像が今すぐ描けるものではなかった。

それより何より恭にとって喜ばしいのは、この街には何でもあるということだ。すべてが潤沢で衣食住に事欠くことはない。貧相な吉林の寒村とは異なり、折から春の到来にも恵まれ建物にも通りにも暖かい陽光がみなぎっている。そして、音もなく舞い立つ街路樹の綿毛の中、通りを行き交う人々のなんときらびやかなことよ。

こうして大連での親子三人の安穏な生活が始まった。親子とはいったものの、このいわくいいがたい関係は、恭はともかく青春期にある良には受容しがたいものであったと見える。良は、有日子を母とは言わず「お姉さん」と呼ぶ。人前では有日子もまたそう呼ばれることを喜んでいるふうでもある。二人の年齢差は十くらいなのだから、それが自然な妥協点だったといえようか。だが、問い詰められたら、すぐにもほころびが出そうな親子関係だ。良と恭とは誰の目にも問題なく兄弟と映る。その兄の方が呼ぶ「お姉さん」は、弟からは「お母さん」なのである。そして、姉弟も母子もまるきり似てはいないのだった。

恭は私立の日本人学校の男子部・小学課程二学年に入った。

日本人学校と看板を掲げ授業いっさいは日本語でなされているのだが、この仏教系私学は経営上のこともあって、生徒は日本人五、中国人三、朝鮮人一、その他の外国人一といった構成である。もっとも、有日子に育てられたおかげで恭は日本語に不自由しないので、中途編入の負い目を感じることはなく、友達からも受け入れられた。

この大連という都市、中国にあって中国ではない。満洲帝国建国後も満洲領とはいいがたい。日清《にっしん》・日露《にちろ》の戦争、次いで第一次世界大戦の勝利によって日本の勝ち得た権益が、ここでは大手を振ってまかり通っている。都市の造りは、最初に租借してこの街をつくった国がロシアであったから、たぶんにロシア的であり、かといって純ロシア風でもない。いうならば、中国という国土の上にロシアと日本の色とを重ね塗りしたような、ちぐはぐな美と開放感とが混在した、まさしく国際都市である。街を行く人も話される会話もまた国際的だ。中国語、朝鮮語、ロシア語、英語などが飛び交うが、日本人が半数を占めるだけに日本語一本でも充分に用を足せる。

恭はいいとして、良は日本語の「特訓」を受ける必要があった。吉林を緊急脱出する際、父はすぐにも日本に向けて出発し医学を学ぶようにと命じたものだが、有日子はそれを半年先送りした。家庭内の使用語は日本語に限定し、茶房のボーイとして店を手伝わせ日本人客との接触をはかるように仕向けたのだった。しかし、大連に落ち着いたものの、ここが仮の宿であることがわかっているだけに良は悩んでいた。「なぜ日本に行かねばならないのか」「なぜ医学を学ばねばならないのか」「医学を学んだあと満洲に帰るべきなのか」「はたして満洲に輝ける未来はあるのか」と、そのような悩みをうろ覚えの日本語で有日子に訴えるのである。

10

良は煩悶し、その胸のうちが日本語では有日子に伝わらないもどかしさに、つい中国語に戻ることがある。すると、有日子は眉根をしかめてきつく叱るのが常である。

「豺狼《さいろう》どもの群れの中を独行できるのなら、即刻ここを出なさい」

そこが良の泣きどころだった。良は黙り、それから二階の自分の部屋にこもる。しばらくすると、ヴァイオリンの泣くような旋律が流れてくるのである。

「『G線上のアリア』よ」

有日子は恭に曲名を教えた。

良はヴァイオリンがうまかった。店の常連客の音楽教師は、その特技で充分に食っていけるとすら保証するのだが、そう言われて有日子はなぜか不機嫌だった。

恭の学校が休みの日、良は海へと案内してくれた。ちょうど季節は春から初夏への移ろいを見せていた。恭は靴と靴下を脱ぎ捨てて、波打ちぎわを飽きもせず行ったり来たりした。その間、良は砂の上に寝そべり、ただぼんやりと空を見ているかのようだった。

良が大連港から門司港行きの船に乗ったのは、その年の九月初めだった。

「お母さんも……」と言ってから良は顔を赤らめた。「一緒に日本へ行ってくれると心強いのだが。ぼくの行く久留米は島原の近くだよね」

恭は、「おやっ？」と二人の顔を交互に見た。「お母さん」と兄が初めて呼んだのである。

島原というのは、有日子の父の故郷だと聞いたことがある。探鉱技師だった父とその妻は、有日子が女専在学中にコレラに罹《かか》り、ほとんど同時に世を去ったという。取り残された有日子は、宝沢に拾われてその第二夫人となった。——恭が知るのはその程度である。

今、良の口から出た「お母さん」の言に、見る見る有日子の瞳はうるんだ。が、それも瞬時、きっぱりと首を横に振った。

「日本はわたしの祖国ではありません」

恭は耳を疑った。良も電気に打たれたように顔をこわばらせた。

この人、何国人だったのか？——恭に浮かんだ最初の疑問だった。これまで、まったく考えもしなかったことである。恭にはかけがえのない母だから、当然、中国人。いや、今は満洲国だから満洲人なのだ。

しかし、良は違っていた。姓は宝といい、あるいは宝城と名乗る。いったい正式には何なのだろうか。

「ぼく、医者になったら、あなたを日本に引き取る。島原に病院を建てる」

悲しい顔をすると、有日子の倍以上も強く首を横に振った。

「そんなこと言わずに」と有日子は子供をあやすような口調になった。「お父様が泣かれます、それ以上にお母様も。そう、故国に病院を建てなさい。満洲人たちは短命です。流行病にひとたまりもありません。早く一人前の医師になって帰っていらっしゃい」

「帰る?……それが、帰れない予感がするのだよ。満洲国に未来はない。長続きはしないよ、十年くらい先には中国かソ連のものになりそうだ」

「ですから、ソ連領ではない中国領の満洲に帰っていらっしゃいよ。さあ、笑顔で発ちなさい。あなたは満洲と日本との間に虹の橋を結ぶのです」

「では」と良は恭の手を握った。「小学校を卒業したら、日本に来るんだな。その間、お母さんを大事にするんだよ」

「うん。ぼく、約束する」

恭は兄の手を精いっぱい握り返した。

そして翌年、恭が三年生に進もうという春休み、電報が配達された。


ササヤマジヨウノサクラランマン」キユウシユウイセン

あいにく母は不在だった。恭は使い残しの雑記帳を使って解読を試みた。

ササヤマジヨウの桜ランマン」九州医専

「九州医専」は兄の留学予定先である。正しくは「九州高等医学専門学校」だということも知っている。となると、これは合格・不合格どちらかの通知であろう。

さんざん思案したのちに、母の国語辞典を調べてみることにした。「ササヤ」が「ささやか」なら「小さい」意味だ。［爛漫］の項には「花の美しく咲き乱れるさま」とある。

バンザイ、やったやった、と叫びそうになって、引っかかるものがある。「マジヨウ」だ。これが「魔城」で「悪魔の住む城」だったら、事はやっかいだ。

小魔城の桜爛漫」九州医専

こうなのだろうか?……一枚を引きちぎり、壁に押しピンでとめた。

そのうち、疲れて眠っていたと思える。気がつくと母がいて、壁をしきりに見ていた。

「これ、恭君の字?」

11

恭がうなずいて起き上がると、母は、恭と雑記帳の切れ端とを交互に見た。

「よく、むつかしい字が書けたわね。それで、どういう意味かわかるの、恭君には?」

恭はいやいやをして、胸の内ポケットから電報を取り出して母に渡した。

すると母は、瞬時にして顔を紅潮させた。

「合格よ。良兄さんがね、九州医専に合格したのよ。……そうそう、すぐお父様の所に電話しなくてはね」

今にも飛び出そうとするから、恭は引き止めた。

「小魔城って何よ? それに、どうしてここへ電報が届いたの?」

「ササヤマジヨウというのは、こう書くの。久留米にある古いお城の名よ」

母は「小魔城」を「篠山城」と訂正して続けた。

「良兄さんは、大連のこの家を現住所として学校に届けたのよ」

その夜、喜びの電話や電報がひっきりなしだった。それはそれで結構なことなのだが、恭はなぜか気が重かった。今では母の愛が兄の良に移ったように思えてならないのだった。

それから月に一度、きちんと二枚の葉書が届いた。一枚は有日子宛、別の一枚は恭宛。前者は虫眼鏡で覗かねばならないような小さな文字でうずめられ、後者は四、五行の大文字がはねおどっていた。

「恭君、元気ですか。日本の陸軍士官学校をめざして大いに勉強し、大いに体をきたえなさい」

「まあ、『敬慕してやまない母上様』だって。あの子、いつからゴマスリがうまくなったのかしらね」

有日子は自分宛の文面をてれくさそうに読んで聞かせるのである。

「どうして葉書なの？　良兄さん、切手代が惜しいのかな」

恭が言葉をさしはさむと、母は声をひそめた。

「恭君は知らないけれど、検閲という制度があるの。手紙の封を破って中身が読まれるのよ。それなら公明正大に、誰に読まれてもかまわない葉書の方がいいでしょう」

それは一九三七年春の平和な一家庭のできごとであった。

この年、中国は世界的な観客の前で一大悲劇を演じさせられようとしていた。

七月、北京郊外の蘆溝橋《ルーゴーキァオ》で日本軍と中国軍が衝突。

八月、日本軍は上海を攻撃。

九月、反日抗戦のため中国国民党と共産党とが合作。

十二月、長江《ツァンチァン》沿岸を攻め上った日本軍は南京を占領。

翌年五月、徐州《シューチョウ》陥落。
十月、武漢《ウーハン》陥落。広州《コワンチョウ》陥落。……

恭が小学課程の最高学年に上がった四月、有日子は同じ学校の男子部中学課程の教師として採用された。担当は国語・音楽。召集を受けて帰国し軍隊入りする男性教師が多くなったので、その穴埋めのためらしかった。

校内で見かける母の姿は恭にはまぶしかった。その颯爽たる女優的容姿には、にきびの出かかった中学四、五年生の生意気連をも押し黙らせる力があった。彼らは「宝城先生を守る会」を半ば公然と発足させ、「白葡萄」という綽名《あだな》を奉った。中学課程では有島武郎《ありしまたけお》の『一房《ひとふさ》の葡萄』が、国語・英語両教科の教材として使われていたから、その作品に登場する美しい女性教師の姿が有日子に仮借《かしやく》されたものである。そうと知って恭は悪い気はしなかった。

翌年春、恭は中学課程に進んだ。

そして、その年の暮れ、正確には一九四一年十二月八日昼近く、授業半ばにして中学課程生徒に対して非常呼集がかかった。講堂集会は、この日ばかりは男子部・女子部生徒合同である。中学一年生の恭は母の姿をさがしたが、目立つはずのその人がいない。変事を直感して恭は胸騒ぎがしてならなかった。今朝、日本軍が南太平洋において米英軍相手に交戦状態に入ったことをラジオが告げていたから、この非常呼集はそのためのもの以外の何ものでもない。

恭の予測どおり、校長は緊張しきった顔で大事発生を伝えたあと、こうつけ加えた。

「諸君は、大東亜共栄圏の抑圧された民族解放をめざして立ち上がった大日本帝国と満洲帝国のために、協力一致して戦わねばなりません。

それでは、大日本帝国天皇陛下並びに満洲国皇帝陛下の天壌無窮《てんじょうむきゅう》を祈り万歳を三唱する」

万歳三唱がすんで降壇するかと見えた校長は、なおもその場から話を続けた。

「はなはだ遺憾なことを諸君に申し上げねばならない。実は……」

12

校長はあたりをはばかるような姿勢を見せてから声を低めた。

「本日午前、憲兵隊が数人の先生を利敵分子の嫌疑で連行しました。思想的にも中立穏健な、清廉潔白な先生方ばかりのことだから、明日にも教壇に復帰されることと信じます。……」

恭は目の前が暗くなり足がふらついた。

やはり、予感は的中した。母は憲兵隊に連行されたのだ。日露の混血児である母が共産主義国のソ連の肩を持った、いや持つだろうと疑われたのに違いない。「利敵」というのはスパイを意味するが、母のどこがスパイなのだ?

「宝恭君」と校長は壇上から名指しした。「こういうことになって残念だが、力を落とさないように。宝城有日子先生も改悛されしだい釈放される」

恭はたまらず床板を蹴った。「改悛」とは何だ。それを言うなら、母の利敵行為を校長は認めたことになるではないか。

教室に戻る廊下で恭は、高学年のいかにも猛者《もさ》という感じの連中に呼び止められた。

「白葡萄党の面々だ。力になってあげたいけど、君の親近者に誰か有力者はいないか」

首領《ボス》は短軀肥満型の高取《たかとり》、以下、黄《コウ》、金《キン》、趙《チョウ》、楊《ヨウ》と名乗った。その名からして首領は日本人、他は中国もしくは朝鮮系であろう。

恭はためらった。ほんとうにこの面々を信用していいものかどうか。しかし、と、すぐさま考え直した。非力な自分ごときに何ができる？　今は藁にもすがりたい心境なのだ。

そこで恭は、父が吉林省知事をしていること、大連での後見人は王商会の社主であることを明かした。

「よし」と高取は胸をたたいた。「それだけ役者がそろえば十二分だ。任しとけ」

だが、その夜、母は戻らなかった。

翌日は学校にも行けず、白葡萄党の二人と電話に張り付いていると、思いがけない満蒙国境の地名を女性交換手が中国語で告げ、それから、いきなり日本語の大声に変わった。

「そんな場所にいたのか。逃げおおせたと思っていると大きな間違いだぞ」

「どなたでしょうか」

恭はおびえて受話器を取り落としそうになった。

「ははは……、脅してすまんな、恭坊や。徳安八郎大尉だ。宝沢省知事閣下のもとで次長をしている。今、所用があって蒙古に来ているところだ。大連からの警察情報によると、なんでも、お母さんは大富豪の王戴天とかいう男の妾《めかけ》になったそうだな」

「いえ、そんなことは……」

「隠さなくていい、もうすんだことだから。それにしても女は古今東西を問わず美貌が結構な武器になるものだ。お母さんのことだが、夕方には帰れるように手配しておいた」

恭には屈辱だった。だから、この一件は口が裂けても口外しまいと腹に決めた。

徳安大尉の言どおり、その夕刻には有日子が帰されてきた。追っかけるように王戴天のところから遣わされたという中国人医師が人力車でやって来て、傷の手当てをした。拷問を受けたらしく、体じゅうに紫色の打撲傷があるという。

「気丈なお人ですよなあ、泣き声ひとつ立てられない」

帰りぎわ、白い山羊髯の医師はそのように女主人をほめた。

翌日、辞表を車夫に託して有日子は登校しなかった。二年弱の中学教師生活は終わったのである。恭もまた有日子にならった。側にいてやらないと危ない気がする。あるいはそれは臆病からくる口実で、学校が安住の場ではないことを悟らされたせいでもある。

一方、王商会からは目の鋭い無口のボーイが派遣されてきた。店員同様にコーヒーを煎れたり配膳したりするのだが、前掛けの下に小型のピストルが挟まれているのが恭には不気味だった。

学校帰り、白葡萄党のメンバーが立ち寄っては茶をすすりすすり時局を論じた。

冬休み近いある日、高取はさりげなく言った。

「そろそろ帰らなくては」

「そういう時刻よね。冬日は短いから、すっかり暗くなったわ」

「先生、そうではないんです。日本が呼んでいるんです。わかります?」

「そう、帰国するの?　どうしてまた急に?」

「ぼく、頭は大したことないけど年だけは友達より上なんだ。そろそろ兵役が待っててね、親父からも帰国をうながされている。親父は久留米の師団長をしています。どうやら福岡の歩兵連隊にでも入隊させられそうだな」

「戦雲急を告げる、そういうことのようね」

「このぼくでも一兵卒として国家危急の役には立てそうだ」

「帰国されるのだったら」と有日子は一語一語を噛み締めるように言った。「それなら好機かも知れない。恭君を九州医専の兄のもとに送り届けてくださらないかしらね」

恭は肝を冷やした。あまりにも展開が急過ぎはしないか。せめて来春までは母の温かい庇護を受けられると思っていたのに。

八紘一宇
<small>はっこういちう</small>

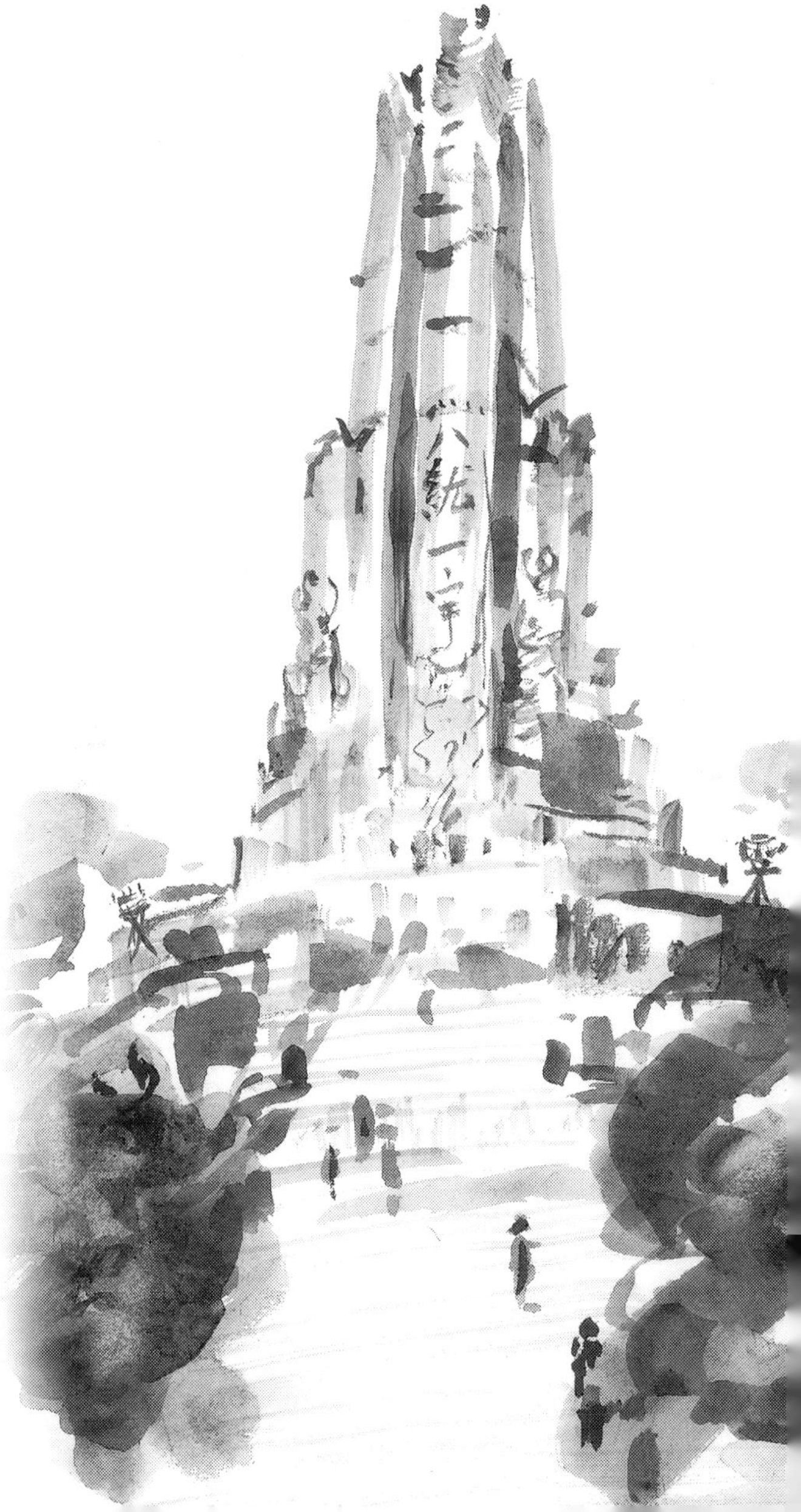

1

折よく王商会所属の貨物船が大連から博多に向かうというので、恭と高取は便乗することになった。穀類を満載した老朽船は悲鳴を発しながら、分厚い冬雲の下の波荒い海をかき分けかき分け進んだ。

思い返せば、母との別れはあっけなかった。前夜から泊まり込んでいた高取と二人、「じゃ、行ってきます」と、まるで登校でもするように軽く挙手の礼をしただけだった。

貨物船の中で二人はすることもなく、暇をもてあましてはトランプに興じ、それも飽きると甲板に出て寒風に外套の襟を立てて長いこと灰色の行く手を見やった。

高取は十九歳と言った。十二で中学入学のはずなのだから、数字が合わない。そこを質《ただ》すと、高取は手袋の両手のひらを丸め荒海に向かって怒号した。

「おかしいってよーっ！　おれがバカだってよーっ！」

「そんなこと言ってはいませんよ、先輩」

恭があわてて否定したら、高取は振り向いた。

「恭君は日本に行って士官学校に入りたいと言ったよね。何のためなんだ？」

「満洲国軍の将校となり、独立軍の中核となるためにです」

「よしたがいいよ、そんなの」

「だって、父の命令ですよ。そのどこが悪いんです？」

「実はおれもそうだった。親父は今、九州で師団長をしている。陸軍幼年学校から士官学校、陸軍大学と、エリートコース一直線の筋金入りの軍人。逆さに言えば融通のきかない頑固一徹。ああいうコチコチ頭が日本を危なくする。軍人になるのはいいとして、一直線はよろしくない。回り道しなくちゃ人間的幅・深みはできない」

「それで先輩は回り道を選ばれた?……」

「選んだといえば格好いいけど、親父に逆らっただけの話。軍関係の学校に行けとうるさいものだから、わざと行かない方法を講じた。名門中学の一年生を二回、二年生を二回。とうとう放校処分になって、大連落ち。そこも卒業できないままに呼び戻されて、今度は星一つの二等兵。おれの生き方はよろしくないけど、少なくとも大連を見た、知った。美しく、豊かで、自由だった。そのくせ、苦力《クーリー》――下層労務者たちは飢えていた。スラム街では、海岸で拾った流木を柱にし、屋根は錆びたトタン板の小屋に十人もが住んでいる。一つの洗面器で顔を洗い体を洗い、そいつを七厘こんろに掛けては煮炊きに使う。かと思うと、野球に競馬にダンスホールにビリヤードに麻雀荘。富裕な日本人や一部肥えふとった中国人たちが華やかに暮らしている。そういうことを見聞きしただけでも、おれの人生にとってはプラスだった。第一、宝城有日子先生に会えたものよな。先生がもう十年若かったら、おれは国だって捨てている。まさに傾国の美女だ」

「そういうものでしょうか、先輩?」

「日本は美しいものを大事にする精神に欠けている。中国の領土を我が物顔に跳梁し、奪い尽くし焼き尽くし殺し尽くそうとする。歴史的に見て西欧の軍隊は、侵略の是非は別にして、戦場に学者を伴った。貴重な文化財・遺物は、巨大な壁画すらも剝ぎ取って故国へ持ち帰った。無知な後進国国民の破壊を恐れ保護するためにである。ひるがえって日本は、大学教授も軍隊では星一つの兵卒にしか過ぎない。――と、こいつは、宝城先生の説かれたことだ」

「母が、そんなことを？……」

「そう、勇気ある発言だ。そのような賢明なる人を、誰かが駆け込み訴えをし、憲兵が逮捕し拷問した。けしからんよ、ほんとうに」

「知らなかった、すみません」

恭は相手のけんまくに押されて詫びた。しかし、この「けしからん」は何も母を誹謗しての言ではない。それはわかるにしても、母の発言そのものは容認しがたい。自分の受けた教育とは百八十度も逆方向ではないか。

「何も恭君が詫びることはないよ。信ずることは堂々と述べるべきだと思うな、おれは」

恭には一度だってその種の話をしたことのない母だった。

「ところで恭君、キメラという怪獣を知っているか」

「キメラ？……恐竜の一種ですか、そいつは？」

「これも宝城先生の受け売りだが、ギリシャ神話に、頭は獅子、胴は羊、しっぽは竜という怪獣が登場する。竜はいうまでもなく中国歴代皇帝の象徴。羊は日本。ならば獅子の頭は満洲国にほかならない。頭が健全ならまだしも、しっぽはあまりにも長大、胴は栄養不良。これでは満洲国は生きようがない」

「では先輩、このぼくは、どう生きればいいのです？」

「大いに勉強したまえ。本を読むことだ。漱石《そうせき》も鷗外《おうがい》もいい。そうだな、中国の作家・魯迅《ろじん》の作品を読みなさい。まずは『阿Q正伝《あきゅうせいでん》』だ。虐《しいた》げられた最下層の中国民衆の悲しみが底にある」

2

大連を出て一週間後、博多湾に入った。横なぐりの雪で視界は閉ざされたままだ。すぐにも上陸できると二人は楽観視していたのだが、管理官は「入国手続きをしたいのなら下関に行け」と言い、船長は「荷役がすみしだい大連に引き返す」と拒み、らちが明かない。それやこれやで、さらに三日間も湾内にとどまった。

「しかたない、切り札を使うか」

高取はそう言って事務長に電話連絡を頼んだ。

その「切り札」が効いて、ようやく下船できた。白一色の埠頭に降り立つと、向こうから黒塗りのタクシーが近寄ってきて、黒ずくめの三人の男を吐き出した。一人は恭の兄の良である。角帽をかぶりオーバーコートの襟を立てた良は、駆け寄るなり、そのボタンをパラパッとはずして恭を懐にくるんだ。

恭は涙があふれそうになるのをこらえて、

「五年ぶりだよね。兄さん、おそろしく背が高くなった」

「恭も逞しくなったではないか。お母さん、元気?」

「うん、学校を辞めて喫茶店経営に熱中しているよ。おかげで店もはやっている」

そこで良は、和装の二重マントの初老の男に恭を紹介した。

「将軍閣下、こいつが弟の恭です。中学校への編入にお力添えをお願いします」

閣下と聞いて、恭は直立不動の姿勢を取り挙手の礼をした。

「うちの亮三郎《りようざぶろう》がご面倒をおかけしたことでしょう」

「いえ、高取先輩のおかげで無事日本に着き上陸することができました」

「よろしい、気に入った。うちのワルにはそのような挨拶もよくできはせん」

博多駅からは二等車に乗った。席に着くとすぐ、将軍は「欅坂君《けやきざか》」と呼ぶ副官相手に将棋盤を膝に置いて一戦交え始めた。恭たち三人は通路を挟んだ反対側の席を占めた。

そこへいきなり怒声が落ちた。

「おい、こら！　学生の分際で二等車に乗っていいのか。時局を何と心得る？」

若い陸軍少尉が二人、恭と高取を押しのけて座ったのである。

「何の権限で民間人にそのような口をきくのですか。大連では軍人は君子だったのに」

高取が抗弁したら、

「ほほー、貴様、大連帰りか。道理で内地の事情を知らぬな。相手が陸軍将校の場合、中学生は敬礼をすることになっている。なあ、そっちの大学生よ、貴様も大連帰りか」

「まあ似たようなものです、少尉殿」

「貴様、言葉遣いがぎこちないな。顔だちが違うところからして、シナ人か」

「満洲国人です。医学を専攻しています」

「なるほど、留学生か。誰のおかげで日本留学を認められておる？」

「満洲の父から学費が送られてきます」

「貴様が日本で学べるのは、畏《かしこ》くも、……起立！　大日本帝国天皇陛下のご慈愛あってのことだ。……よし、座ってよろしい。それで、煙草は持たんか。八紘一宇の精神だ」

恭は怒りに震えた。こういう場で「八紘一宇の精神」を持ち出されるとは思いもしなかった。

「全世界を一家とする」崇高な理念を離れて、これは単なる強請《ゆす》りではないか。

何か言おうと恭が拳を握り締めたら、将軍がその手を引いた。

「まあ、こっちに座って将棋でも見なさい。それとも、長旅で疲れたろうから眠ってもさしつかえない。ちゃんと着駅では起こしてやるよ」

すると、少尉の一人が標的を変えた。

「そっちのマント爺さんよ、煙草を持たんか」

さあ、ことだ。と、恭は息をのんだ。

「欅坂君、煙草だとよ」と将軍は盤面に目を落としたまま言った。「ああ、そうだったよな、君も吸わなかったよな。……はいっ、金の一歩前進と行こう」

「王手飛車《おうてひしゃ》!」と欅坂は一声浴びせてから、「満洲国及び陸軍省からの委託医学生は、そこいらの促成少尉とは異なり中尉が起点となる。そこで、桂馬《けいま》が跳ねて、また王手!」

良は角帽をかぶりなおした。

「それは待遇がよ過ぎます、副官殿」

えっ?——という顔を二人の少尉はし、それから、まわりに目をやり、どちらからともなく席を立つと逃げるようにして後部車両に消えた。

「悪いことをしましたな」

将軍は、禿げた前頭部を将棋の駒でパシパシと鳴らしてから息子に言った。

「亮三郎、網棚の忘れ物を届けついでに、からかってきてやれ」

「よしときますよ、お父さん」と高取は応じた。「虎の威を借る狐の愚を演じさせようたって、その手には乗りませんよ」

将軍は苦笑いした。

「ままならぬのは極道息子に将棋の駒、か」

3

恭は良の部屋に旅装を解いた。ここは医専の学生の専用下宿で木造二階建て。その二階は階段を挟んで東西に四部屋ずつが振り分けられている。片側の列には四畳半が三部屋。行き止まりの奥の部屋が六畳。したがって部屋の総数は八。各部屋に一人ずつ学生がいるので、計八人。満洲から一人、朝鮮・台湾から各二人。あとは内地人である。

良のいる部屋は西北の端の六畳。日当たりは悪いが、医専の校舎越しに古い城壁が望めるのがとりえだ。

経営者は新井戸《にいど》嗣家《つぐや》という元外国航路の船長。六十の坂を越し喘息が持病というが、見た目には健康そのもので、広い屋敷内に野菜や花を作るのを楽しみにしているそうだ。

恭が引き合わされた時、その主人は何も言わずににこにこして葉巻をくゆらしていた。傍らの丸顔の老婦人がちょこまかと動いてはお茶を煎れたりお菓子を勧めたりする。そして、立ち居振舞いの間に言いたいことをぴしぴしと言うのである。

「あたしのところは中学生は置かないことにしていましたの。だけど、大連の王戴天さんからの添え書きももらったでしょう。王さんと主人とは昔から交際がありますのよ。ですから、引き受けましたのよ。そこのところは恭君もよくよく心に留めて、まわりの学生さんに迷惑をかけないようにしましょうね。皆さん勉強家ぞろいですから、夜が遅いのよね。このごろ、警察や警防団がうるさくて、電灯の光が洩れていると、あれこれ言うの。外地の学生さんを預かっているでしょう、憲兵とか特高も来るわ。だけど、何も悪いことをしているわけじゃないから怖がらなくてもいい。何かあったら、あたしに言ってね。これでも、小父さんは七つの海を回っていたつわものだから、ここいらの鼻たれ青二才どもにつべこべ言わせはしません。

それはいいけど、このところ食糧が不足してきて、配給では足りないから、闇米《やみごめ》を買ったりしているのよ。なんといっても下宿人は食べ盛りでしょう。腹を空かしては勉強もできないから、手に入れるのに苦労するの。主人の体があまり丈夫でないでしょう。それで、あたしが買い出しに行きますのよ。そうそう、恭君は体力がありそうね。中学生なら、そんなに勉強もないでしょうから、手伝ってちょうだいよ。学校から帰ってきたら畑仕事か風呂沸かし。日曜日は買い出し。息子がいてくれれば役立つのだけど、大学半ばで出陣、長男・次男ともに南方戦線。一人はタイ、もう一人はフィリピン。ほかに娘が二人いたけど、お嫁に行ってしまって。こんなことなら農家に嫁がせればよかったのかも。……」

「あの、ぼく……」と恭は言いにくそうに切り出した。「中学の編入試験を受けたいのです。その勉強が……」

「あ、そう。それじゃ、合格するまでは免除してあげてもいいわ。良兄さんがその頃には卒業して、めでたく任官よね」

部屋に戻って恭は吐息をついた。春三月まではいいとして、兄がここからいなくなるとどうなるのか。その胸のうちを察してか、良は言った。

「あの小母さん、悪い人じゃないんだけど、口のチャックの締まりが足りない。それというのも、小父さんが船乗りだから、一年に一回、一週間くらいしか家にいなかった。その埋め合わせに、ああいう性格が形作られたのだよ」

恭は、大連に残してきた母のことを偲ばずにはいられなかった。一人きりとなった母は、どのように性格が変わるのだろうか。

翌日、恭は新井戸に伴われて市役所や中学校を回った。県立・私立の中学校の両事務長ともにいい顔はしなかった。どちらも、今が今の一年生編入は常識として受けつけないという返事だ。

「なあに」と新井戸は励ました。「市長とは昵懇《じっこん》だし、医専の校長に紹介状をもらえようから、君は安んじて小学校課程のおさらいをすることだな」

「紹介状なら……」と言おうとして、恭は口をつぐんだ。高取師団長がいる。あの人を頼めば、きっとうまくいく。だが、と止め立てする声が耳奥でした。「虎の威を借る狐の愚」――それは、師団長の息子の亮三郎が言った台詞《せりふ》だ。「虎の威は借りるまい。自力で勝ち取るしかない」と恭は自分に言い聞かせるのだった。

その年――昭和十七年二月十五日、英領だったシンガポールに日章旗がひるがえった。

久留米市中は沸きに沸き、提灯《ちょうちん》行列が出るほどの戦勝祝賀気分である。下宿ではお赤飯が出、取って置きのブランデーの栓が抜かれた。

「これで白人支配体制は揺らぎ、東洋民族の解放の日は近い」

と、新井戸は鼻の頭を赤くして乾杯の音頭をとった。

バンザイの喚呼の中、朝鮮出身の南《ナン》という学生が恭の耳元でささやいた。

「東洋民族解放ならば、朝鮮族も満洲族も解放されるわけだから、とにかくバンザイよね」

確かにそうだ。東洋民族の解放を言うのなら、そういう理屈になる。しかし、この国は「八紘一宇」という世界統一国家論を熱っぽく進めている。八紘（全世界）を一宇（一軒の家）とする、つまり日本を世界の家長とする思想だから、「東洋民族解放」とは根本から相容れないではないか。と、そのように南は告げようとしているかのようだ。

4

この年——一九四二年四月五日、恭の私立中学校入学式には見習士官の軍服姿の良が付き添った。結局、二年生への編入は認められず、新入生としてのスタートである。

式後、二人は篠山城に行った。古城もその北側の筑後川放水路堤防も満開の桜である。

「ササヤマジヨウノサクラランマンの意味が今やっと実感できたよ」

恭は言った。あれは小学校二年生の終わりの春休みだったから、ササヤマジヨウを「小魔城」と読み取って悩んだのも無理はない。そのことを話したら、良は大笑いした。

「上出来上出来、それにしてもその小魔城《しょうましょう》だが、案外、正鵠《せいこく》を射ているのかも知れない。日本の神様は朝鮮・台湾・満洲からアジアにまで進出して大忙しだからな」

「兄さんはこれからどうするの？」

「軍隊での短期教育がすんだら、満洲国軍入りだろうな」

「帰国できたら、お母さんが喜ぶだろうね」

「おふくろ?」と良は顔をゆがめた。「喜ぶも何も、阿片中毒ですっかり廃人だ。息子の顔さえわかるまい。……ああ、そうか。恭の言うお母さんは、有日子さんのことだったよな。あの人は燦々《さんさん》たる陽光の下したたかに生きるよ。たとえるならば向日葵《ひまわり》の花だ。その点、吉林のおふくろは陰花植物でしかない」

「どうして、ああなったの? 医学的に救う手は?」

「もとはといえば親父が悪い。三年も家族を見放したろう。その寂しさをまぎらすために阿片におぼれてしまった」

「拘禁した政府側が悪いと思うよ、ぼくは。だって、釈放の際、お父さんに対する民衆の支持は熱狂的だったじゃないか」

「個人の思考・行動範疇《はんちゅう》ではなく、歴史的必然というやつだ。日本の満洲建国しかり、国際連盟脱退しかり、日中戦争拡大しかり、第二次世界大戦突入しかりだ」

頭の痛い会話に発展しそうだった。新入生の恭には理解できる性質のものではない。

翌日からは授業開始。第一時限は修身。原稿用紙が配られ、「僕の決意」を書くようにと命じられた。四百字一枚きりであるから恭は考えた。おそらく二つ折りにして綴じられ職員室に保管されるだろう。となると、裏には書けない。それならば、どうする? 縦四十字、横六十行、ぎっしり詰めれば二四〇〇字。これなら思いのたけが書ける。

第二時限は代数、移項について。a + b = 1 の場合、a = 1 − b または b = 1 − a となる。――といった基礎学習がくり返された。そのようなことはとっくに知っている恭はばからしくさえなった。隣席のを覗き見ると、aとかbの文字すらもが書けないでいた。

次の時間は英語。アルファベットを学ぶ。ここで恭は、先の代数の時間にａｂの書けない級友のいるなぞが解けた気になった。

第四時限は漢文。『論語』を教わる。

子曰《しいわく》、学而時習之《まなんでときにこれをならう》、不亦説乎《またよろこばしからずや》。
有朋自遠方来《ともありてえんぽうよりきたる》、不亦楽乎《またたのしからずや》。

「漢文元祖の中国人なら、頭から順に読む。ところが日本では返り点・送りがなをつけて読まねばならない。……」

国漢教師の檀哲《だんさとし》ことダンテツはそのように説明し、まずは模範読みしたあと、何度も口をそろえて大声で読ませた。それから、大ざっぱな解釈と続く。

しびれを切らして「質問！」と恭は立った。朝来の程度の低い授業に忍耐し続けだったが、それもとうとう限界に達したのだ。思うに、大連の中学校ではもっと高度の授業がなされていた。恭自身は気づいていないことだが、それはたぶんに一年生を二度重ねているところに起因しているのかも知れないのだけれど。

「朋《ほう》と友《ゆう》との違いを教えてください。二番目に、先生は『朋《とも》有りて遠方より来たる』と読まれましたが、『朋遠方より来たる有り』ではないのですか。古くから付き合いの友人が来たのか、学ぼうとして来たから同学の士になるのか、違いが生じると思いますが、どうでしょうか」

檀哲は不意を突かれたようにうろたえ、教室のざわめきを静めるべく声をきつくした。

「今日のこの時間は初歩も初歩、初めて漢文に接する者たちにやさしく教えている」

「ごまかさないでください、先生」と恭は追究した。「『学而篇《がくじへん》』冒頭部分に欠落があります。『人知らずして慍《うら》みず、亦君子《またくんし》ならずや』の文言を、なぜ削ったのですか」

「そんなことは職員室に来て質問しなさい。多くの同級生が迷惑するではないか」

「なぜ迷惑するのですか。ぼくの質問で学問の質は高められると思います。大連の中学校ではそうしてきました」

「ここは日本だ。ちょっとばかり先走ったからといって高慢になってはいけないよ」

「いいえ、先生。『為政篇《いせいへん》』にはこうあります。『これを知るを知るとなし、知らざるを知らずとなす。これ知るなり』と。知らないから質問しているのです」

「退場！　廊下に立っていなさい！」

それが恭に対する唯一明快な解答だった。

5

第六時限が終わり終礼をすましたところに、檀哲先生から「剣道場に来い」との呼び出しを受けた。逃げるわけにもいかず恭が腹を決めてそこに出向くと、うむを言わさず上級生から防具を着けさせられた。

何の権限からか檀哲は正面席の一段高いところにいて、左右に数人の教師をはべらせている。どうやら、初日の授業で出会った教師たちらしい。

檀哲は声を張り上げた。

「満洲馬賊出身の宝恭《ほうきょう》――日本名・宝城恭君を紹介する。内申書によれば、外地・大連の中学在学中に剣道をやったとある。植民地の剣道がいかなるものか、試してみるのも好都合だ。まずは剣道部の先鋒、やわらかく揉んでやれ」

そういうことか、なんという卑劣さよ、と恭は怒りが込み上げてきた。いくらなんでも、紹介するのに「満洲馬賊」呼ばわりはないだろう。

恭は覚えのある捨て身の戦法を採用することにした。それは日本式剣道ではなくて、満洲族――というより、宝家に伝わる古来剣法と呼ぶのがふさわしい術だ。その流儀を用いるならば、勝たないまでも敵を攪乱することはできる。

腰をかがめて両足のばねをため、右手は竹刀の束《つか》を握り左手はその峰を支える。相手が打ち込んで来たら、竹刀をはね上げ、飛び込みざま拳を喉にくれるのである。

相手は明らかにめんくらったようすだ。どうしたものか、と檀先生に目を移した。

そこに隙が生じた。その無防備の喉元へ竹刀はすーっと吸い込まれた。

「よし、宝恭の勝ち！……うーむ、なかなか手ごわいぞ。副将、行け！」

副将ともなると、四、五年生だろう。さすがに、恭の手を先読みして自分から打って出ようとはしない。

恭は待つほかない。相手が間合いを取るのに応じて、面の中の目を見離すことなく、右に左にじりっじりりっと回る。我慢、ただ我慢あるのみ。と、恭は自身に言い聞かせ続けた。

「何している！　隙だらけだ、打てっ！」

檀哲はがなった。

この督戦はかえって恭に味方した。相手は跳ね、「面っ！」と叫ぶや渾身の力を込めて竹刀を打ち下ろしてきた。

バギッ。恭は左肩に小さな衝撃を感じながらも、瞬間引いた竹刀を突進してくる相手の両脚めがけて横に払う、と、ドダッと音立てて敵は倒れ、そのはずみで床を数メートルも滑って控えの剣士たちの列に突っ込んだ。

「よし、そこまで！」

檀哲は恭に近寄ると、にやりと笑った。

「脚を打つのは禁じ手だ。しかし、満洲馬賊のことだから許してやろう。その代わり、君は今日から剣道部の使い走りをしなければならぬ。わかったか」

恭が面をはずすと、鼻血が吹き出た。修身の教師が手拭いで顔を拭いてくれ、耳打ちした。

「ダンテツ神様には逆らわぬものだ。それにしても君の作文、あいつは上出来だった」

この剣道部強制入部は、ある意味では恭には救いとなった。なにしろ授業にはまるきり興味が湧かないのだから。ついていけない、のではなくて、恭の頭の方が一年分だけ先行していたのである。ほとんど一日退屈な恭は、文庫本を教科書にはさんで読みふけった。

一学期の中間試験でも成績はトップ、学期末考査でもその地位に揺るぎはなかった。

夏休みに入ろうとする日、檀哲は恭をつかまえて言った。

「行く所がないだろう。うちに来て仕事を手伝いなさい。本だってゴマンとある」

檀哲は郊外の神社の宮司をしていた。社務所には「八紘一宇　大日本帝国青少年練成道場」の看板が掲げられ、近隣の男子中学生三十人ほどが夏期合宿をしている。

午前四時起床。井戸水を浴びてから斎戒沐浴《さいかいもくよく》。檀哲創案の「神ながらの道八則」なる誓詞を声高らかに唱える。

一、大和民族《やまと》は八百万《やおよろず》の神の子孫にして、死すれば神と祀《まつ》られるものなり。
一、大和民族は八紘一宇の精神に則《のっと》り、大東亜共栄圏の柱石《ちゅうせき》となるものなり。
一、大和民族は大東亜民族の規範《きはん》として、独立独行の実《じつ》を挙げるものなり。
一、大和民族は……。

五時、食事当番を除いては境内などの清掃。六時、朝食。七時から九時までは夏休みの宿題の消化。九時から正午まで座学。この座学は、檀哲による精神訓話・世界情勢の分析が主となるが、一時間だけ恭は中国語講座を担当させられた。

そこで考えたのが、檀哲が得意とするところの詩吟を中国語に翻訳し皆で吟ずるという学習法であった。これなら講師としての負担も軽くてすむ。

午後は山歩きまたは水泳訓練、格闘技。時には、近くの農家の農作業の手伝いもする。そのくり返しである。ただし恭だけには午後の自由特権が許されたから、檀哲の蔵書を片端からむさぼり読むことができるのだった。

6

ここ練成道場で最も愛唱されたのは「馬賊の歌」だった。

ぼくも行くから君も行け
狭い日本にゃ住み飽いた
浪の向こうにゃシナがある
シナにゃ四億の民が待つ

恭には抵抗のある歌だ。学校で恭は、満洲馬賊の出身だということが半ば公然化している。「馬賊ではない、豪族だ」と主張したにしても「どちらも同じようなものさ」と一蹴されるだけだ。「シナ」というのも好きではない。そのような侮蔑用語ではなくて、「中華民国」または略称で「中国」と呼んでほしいものである。

それやこれやで恭は、檀哲の再三の頼みにもかかわらず「馬賊の歌」の翻訳を渋ってきた。しかし、歌詞を検討していくと、「馬賊」は何も蔑称でないことに気づく。

御国《みくに》を去って十四年
今じゃ満洲の大馬賊
アジア高根の繁間《しげま》より
くり出す手下が五千人

稚拙といえば稚拙。しかし、大陸進出にかける青少年らしい「夢」があり「憧れ」があるといえなくもない。

夏休みの終わりが近くなって、恭はやっと「馬賊の歌」の中国語訳をすました。できた旨を告げると、檀哲は夏休みじゅう剃らなかった髭面《ひげづら》をほころばせた。

「よし、歌わせてくれ」

恭は黒板に二か国語の歌詞を書いた。

そうしているうちに、半ばで背中の空気が変わった。誰か来たようすである。

振り向くと、軍服の二人が沓脱《くつぬぎ》石の上に立っていた。少尉とその従兵らしい。

「良兄さん！……」

「下宿に行ったら、ここだと教えてくれた。頑張っているようだな」

「出征？——きまったんですね、兄さん？……で、どちらの方面へ？……」

それには答えず良は顎をしゃくった。

襟章に星二つの一等兵が軍靴《ぐんか》のかかとをカチンと鳴らして挙手の礼をした。

「もしかして？……」

「不肖高取亮三郎一等兵、このたび縁あって宝良軍医少尉殿の当番兵配属を命じられました」

恭が涙ぐみそうになると、檀哲が傍《ほか》らから叫んだ。

「これをご神慮といわずして他に何があろうものぞ。団員もよく聞け。願望は祈れば必ず神様が聞き届けられるものなのだ」

「高取先輩」と恭は頭を下げた。「兄のことをよろしく頼みます。いつか副官殿の言われた軍医中尉への特別昇任でないとすれば、行く先は南方戦線のようですね」

「それは推測にまかせるよ。幸い、親父も一緒だから心強いよ」

「そうですか、師団ごと出撃ですか。いよいよ戦域拡大ですね」

「それより、恭」と良は恭を引き寄せた。「お母さんに便りを出しているか。お前は絵がうまいから、たとえば、こういう合宿のさまを葉書に書いて送ればいい。それはそうと、ここに来る前、担任の安田先生に会って、お前のことを頼んでおいた。いいか、一番はいかん、二番に徹しろ。満点はよして、一、二点わざとでもはずせ。どうも宝家の血筋はおのれを高く売り込もうとしがちだ。先陣駆けると死傷の確率が高い。慎むべきことだ」

恭が不審そうに首をかしげると、良は念を押した。

「今の件、深く考えたがよい」

そのまま二人は去った。

二学期が始まってから、恭の授業中の「内職」は絵に転じた。

「ほほー、そいつ、わたしか。なかなかうまいじゃないか。一枚くれんか」

幾何《きか》が専門の担任は寛大に笑ってみせた。

恭は「減速」を心がけた。百点ではなく、一問を誤ることによって九十五から九十八点あたりをねらえばいい。そのようにすると、教師たちは答案を返す際に親切にその誤りを指摘してくれるのである。友達はできないでいる。中学一年生の段階での一年の年長は、体格・体力はいうに及ばず、学力・知力の面でも大差を生む。恭の言うことなすことが級友には大人に見えるものだから、民族の違いも手伝って誰も近寄ろうとはしないのである。だが、恭はそのことを苦にはしなかった。愛慕する母の教えによれば、「孤高なる虎は群狼《ぐんろう》の咆吼《ほうこう》に髭をふるわすことはない」

のだから。

7

二学期の中間試験が終わるとすぐ稲の収穫期に入る。そこで、勤労奉仕作業ということでおよそ一週間、農家の手伝いに出向くことになる。恭の学級は、中学校から東に一里ほど歩いた集落に割り当てられた。村社でさらに細分化されて、恭は河村雄平と二人、「軍人遺族の家」という札が掛けられた杉下姓の農家に行った。

恭は五か月前、別の地区へ麦の取り入れに行ったことがある。鎌で刈り倒して干したのち束ねる。それを脱穀機に運んで穂先の実を落とすのだが、その作業手順は麦も稲も大差ない。麦取りの手伝いで恭は思わぬ余禄にあずかった。一応は弁当持参ということになっているものの、それはたいていが持ち帰りだった。昼食には麦や大豆などの混ぜ物のない正真正銘の白米飯が出されたし、十時と三時にはおやつが提供された。

食べ盛りの恭たち中学生にとって、食餌の提供ほどありがたいものはない。わけても、下宿で満足な食餌にありつけなくて慢性空腹症にとらわれている恭のこと、一年中、農作業手伝いに出てもかまわないと、我ながらあさましい思いを抱いたものだ。ところがこの秋、恭の希望的観測は初日からして、予期しない突発事件によってくずれることになる。

昼休み、恭と河村は、稲藁の小山の上で午睡としゃれた。無風快晴、ほかほかと天国に遊ぶかのように温かい。こういう日和《ひより》を日本晴れというのだそうだが、故国・満洲にはそのような語彙があったろうか。

そこに、すぐ前の農道を黒牛に牽《ひ》かせた荷車が通りかかった。

「おや？　あいつ、チャンコロと違うか」

その「チャンコロ」なる中国人に対する蔑称が恭の眠りを破った。どうやら、中国からの留学生として恭は地方有名人になったかのようだ。日射を避けるべく顔にかぶせていた制帽の下から声の方角を窺うと、牛を牽くのも、稲束を満載した荷車を押すのも、農学校高学年の生徒らしい。全体で五人いる。

恭の胸中をつむじ風が吹き通ったものの、相手が悪過ぎる、ここは忍の一字だ。と、黙殺することにした。それで、また制帽を顔にかぶせて寝たふりを装った。

ところが、農学校の生徒連は相手を二人だとあなどり、罵声を浴びせてきた。

「やい、チャンコロ、面《つら》を見せろ！」

そう出られると恭の忍耐にも限界というものがある。

「チャンコロとは、このぼくのことか」

立ち上がろうとするのを、河村が止めて彼らに対した。

「無礼はよしたがいいよ、君たち。ぼくの友人は満洲五族の一つ、宝家のお坊ちゃまだ」

「なんだ、マンゴロか。かばうところを見ると、お前もマンゴロだな」

「何を言う？　宝家は、満洲国皇帝陛下・愛親覚羅《あいしんかくら》家とは親戚関係であられる」

「なんだ、大日本帝国天皇陛下の子分か。チャンコロならんマンゴロだ」

大人っぽい顔をした首領株が引き綱片手にあざ笑うと、皆はいっせいに吠え立てた。

「マンゴロ、マンゴロ、マンゴロゴロ……」

我慢の緒が切れた恭は稲藁の山から飛び降りた。

「国家元首を侮辱されたからには許せん！」

「なら、どうする？　一人で五人相手にやる気か？」

首領株は引き綱をはずして指を鳴らした。そこを見逃さず恭は跳ねとぶなり、編み上げ靴の両足先をそろえて牛の腹を蹴った。

この痛烈な足蹴りに牛はぎょうてんし、角《つの》を立ててまっしぐらに駆け出したのである。はずみをくらって首領株はその場に投げ出され、農道の高みから田んぼへと転がった。得たりや応とばかり、河村が馬乗りになってポカポカ殴りつける。すると、ほかの四人は親分を置き去りにして、牛と荷車の暴走をとどめるべく、何とかわめきながら必死であとを追った。

首領株は河村をはね返して体を起こすなり、捨てぜりふを残して走り去った。

「くそっ！　ガキのくせに、覚えておけっ！」

恭と河村とは相擁《あいよう》して凱歌《がいか》を奏した。気がつくと、河村の頭は恭の胸までしかない。この百五十センチあるなしの、いわば子供が、よくもまあ相撲取りみたいな大男をねじ伏せて殴ったものだ、勇気ある少年だ。恭のほめ言葉に、河村はてれくさそうに頭を掻いた。

「なあに、あいつが目の前に落ちてきたものだから、乗っかったまでよ」

ところが、この小事件、ただ事ではすまなくなった。牛は暴走するうちに、荷の稲束を振り落としたり、とどめようとする農学校生徒や付近の農夫を引きずっては傷を負わせたりしたからである。

農学校と村の顔役から厳重抗議を受けたらしく、その日の夕刻、恭と河村とは、担任教師の付添いで校長室に呼び出された。

恭は臆することなく言い張った。

「皇帝陛下を侮辱されたゆえ正義の鉄拳を振り下ろしたまでのこと」

だが、そのような言い分の通るわけはなかった。

「宝恭並びに河村雄平の両名を無期停学処分にする」

校長から申し渡されて廊下に出ると、そこに檀哲が待っていて、片目をつぶって笑った。

「君たちの身柄は、今日行った農家が預かってくれるとよ。身を慎んで働きなさい」

8

恭と河村の身柄を預かることになった杉下家には、八十代の「おおばあちゃん」、六十代の「ばあちゃん」、それに四十代の「順子さん」と呼ばれるこの家一番の働き者がいる。順子には六人の子供がいて、長男は海軍の戦闘機乗り、次男は満蒙開拓少年義勇団に志願し吉林省の日本人入植地で働いているという。なお、おおばあちゃんの連れ合いは日露戦争で、ばあちゃんの夫は第一次世界大戦で、順子の「父ちゃん」こと正純は中国戦線で、それぞれ名誉の戦死。この正純が、中学時代、檀哲の親友だったそうだ。

戦死した杉下家の三代目には弟が二人いるのだが、両者ともに召集されて戦場に赴いたものだから、その二家族が東京・名古屋からそれぞれ疎開し実家に同居して農業を手伝っている。作付規模は、自作がおよそ一町、小作これまた一町と、この辺りでいうところの「大作《おおざく》」つまり村一、二番の富農階級に当たる。

それらのことを恭は、三代の軍人遺影が掛けられている仏間で檀哲から教わった。

「四代目は金鵄勲章《きんしくんしょう》付きの海軍少佐殿。そうなれば杉下家一番の出世になろうよ」

檀哲は無表情につぶやいた。

長男の杉下純一は海軍兵学校出身の中尉。功あって戦死でもすると二階級特進で少佐になれるというわけだ。

耳の遠いはずのおおばあちゃんだが、檀哲のこの解説には敏感に反応を示した。

「天皇様のおん為に一命を捧げるのなら、杉下家一門にとってははなはだ名誉なことで、……」

恭は背筋が冷たくなるのを感じた。ここに四枚目の戦死者の写真を掲げることが、そのように名誉なことなのか。

だから急遽、恭は話題を切り替えることにした。

「その次男の純二さんといわれるお人ですが、満洲国吉林省にいられるとか。幸いそこの省知事はぼくの父親ですから、何かのお役に立てるかも……」

「まあ!」と順子は相好《そうごう》をくずした。「よかったよかった。あなたは純二の身代わり同様だから、ずっとこの家にいてもいいのよ」

それを聞くと、檀哲は苦い顔をした。

「この子に甘い顔をしてはなりませんぞ。かりそめにも人や牛を傷つけた、いわば犯罪人です。退学処分でもいたしかたないところを、無期停学で救ってやったのはこの私。ですから、懲罰代わりに徹底してこき使うがいい」

「こき使うなんて、もったいない。満洲国皇帝陛下のご遠縁とか聞いていますのに」

「この子は近い将来、陸軍士官学校を受験する。中学校からの推薦状に無期停学と記載されるようだと、はなはだ困る。そこで、近隣には停学のテも言ってはなりませんぞ。あくまで自発謹慎。自発謹慎なら履歴に残らないですむ。しかし、こう言っては何だが、こいつ、なかなか見どころのある男でしてね。国家元首を侮辱されたら命を賭けても闘う、そのどこが悪い？　と、校長相手に一歩も引かなかった。これこそ、杉下家の伝統と似通うものがある」

「そういうものでしょうか」

「校長は立場上、無期停学を言い渡したが、実際は謹慎。つごうのいいことに、目下、奉仕作業中で登校に及ばないのだから、教師も生徒も怪しむことはない。ああ、それから、大事なことを言い忘れていた。こいつはマンゴロではない。マンゴロというのは、満洲ゴロツキの略。日本人であって満洲に流れ利権あさりをしている大陸浪人のこと。だから、マンゴロを満洲人の蔑称と取るのは了解違いというもの」

「では、マンゴロは敬称、とでも？……」

「マンゴロは日本人。チャンコロはシナ人。……それはとにかく、こいつの姓は宝城、名は恭。宝城恭と宝恭とはまるきり別人。杉下家の皆さん、その点、よくよく頼みましたぞ」

檀哲はそう言って後ろざまにはね、畳に額をすりつけた。恭も河村も、あわてて先生に倣《なら》うことになる。

翌朝は日の出前から、恭は牛の世話をしなければならなかった。まずは牛小屋の清掃に始まり、切り藁と野菜屑を刻んだものに米糠《こめぬか》をまぶして給餌《きゆうじ》する。そのあと、牛のハナ子に親しんでもらうための道行き。一汗かいてからブラシ掛け。……

「宝城君のうちは農家でしょう。牛を扱ったことはないの？」

不慣れな手つきを見て順子がそう言うから、恭は、

「農家といっても、執事の釆配で何人もの農夫頭が任された十町単位の農地・農民を管理するのです。ぼくは母親と二人きりで町住まいでしたから農業経験はないのです」

「まあ、結構なお坊ちゃまだったのね」

恭はある矛盾に気づいて黙った。ここの次男は満蒙開拓団員として吉林省で働いているが、土地はもともと父の所有だったはず。そこを強制接収して植民地となし、日本から青少年を派遣しているのだ。そして、その家の人手不足を補うために自分は奉仕作業に従事している。これはどういう仕組みなのだろうか。

9

三泊目の深夜、雨戸がドンドンと叩かれ、しわがれた老人の声が呼びかけてきた。

「杉下さん、起きなさい！　雨、雨ですぞ！」

表庭には収穫を終えたばかりの籾が干してあるのだが、晴天続きで雨を予想しなかったのは油断というほかない。二階の部屋に寝ていた恭と河村は、満足に衣服を着ける暇とてなく裸足で外に走り出た。

籾は、三メートル角ほどのネコダの上に広げて干す。ネコダというのは、藁と縄とで編んだ大型の莚《むしろ》だが、厚さといい重さといい、尋常な大人二人がかりでやっと動かせるしろものだ。ネコダ一枚当たり籾二俵分（百キロ超）が干してある。前日の夕刻、籾はネコダの中にくるみ込んだ

ままだったのだ。

ネコダの片側を恭が抱え、反対側に女二人か三人が取りつく。濡らしては大変だから、一分一秒を争う勢いで納屋の中に運び込まねばならない。照明設備といえば、子供の掲げる三灯の提灯頼り。なにしろ村一、二番の豪農のこと、ネコダの数は二十枚を超えよう。

やっと片づけ終わって気づいたのだが、恭は全身ずぶ濡れだった。濡れた寝巻と下着を絞って物干し竿に掛けたあと、乾いたタオルで体を痛いほどこすり、それから二階に駆け上がって布団の中にもぐり込む。と、五体がきしり、歯がガチガチと鳴った。

「おかげで助かりました」と順子が枕元に座った。「これを飲みなさい。体が温まってぐっすり眠れるわよ」

大ぶりの湯飲みの中はとろりと白く、何やらぶつぶつしたものが舌にさわった。

「どぶろく?……謹慎中の中学生がこんなものを飲んでいいの?」

河村が渋ると、順子は表情を引き締めた。

「ですから、杉下家特製の防寒薬。さあさあ一気にお飲み。それでも体が温まらなかったら、こっちのマムシ焼酎を上げようか」

「いくらなんでも、それは」と河村は一気にあおるなり、「では、お休みなさい」と布団を頭にかぶった。

恭は、どぶろくなる液体になじめなかった。匂いと多分に生理的嫌悪感からなのか、飲んだらもどしそうだ。それで、首を横に振って、別のマムシ焼酎とやらを所望した。

「さすが満洲仕込みだけあって酒に強いのね。ただし、こちらは盃で少しよね」

恭の食道を青くさい液体が下るとき、それは火を吹くかのように感じられた。

「もう一杯、いかが?」

勧められるままに目をつぶって二杯目を飲み下すと、頭がくらくらっとして天井がぐるぐる回った。だからすぐさま、河村同様に、「お休みなさい」を発して布団にもぐった。

そのようにして何時間眠ったろうか。隣の気配が何やら怪しい。

「どうした、河村君?」

手を伸ばして驚き、そこで芯から目が覚めた。熱い、のである。

これはいけない、と額に手を当て直す。相手とこちらと交互に手を当ててみて、河村の異変がわかった。

階段を下りかけて恭は足を踏みはずした。筋肉がこわばっていて、我が足の制御がままならないのである。

ドダッ、と自分ながら情けない音を立てて恭は階下の廊下に転がった。

「どうしました?……」

障子が開き数人が駆け寄ってきた。

「河村君が高熱を出してうなっています。医者を呼んでいただけないでしょうか」

「医者?……ゲンパクさんなら隣にいるわ。だけど、あの人、元軍医だとか何とか威張っているけど、ほんとは獣医だから頼りないわね。いえいえ、きっと風邪よ。あんなに雨にたたかれたから無理もないわね」

順子はそう言いながら二階に上がった。が、たちまち大声を降らしてきた。

「誰か早く井戸水を汲んできて！　それから、ゲンパクさんを呼んできなさい！」

「井戸水ならぼくが……」

恭は駆け出そうとして、また転んだ。腰から下が自分のものではない。

「ぎっくり腰だよ、これは」と、ばあちゃんことタツノが顔をしかめてわざとのように笑った。

「こっちは暖め、あっちは冷やし、か。盆と正月一緒に来たようなもんだ」

誰も笑いに乗ろうとはしない。むろん、恭はその場にへたり込んだまま声すら出せないありさまだ。

ゲンパクさんが呼ばれてきた。てかてか頭の老人である。

「人呼んでドクトル・ゲンパクとはおいらのことなり、だ。この杉下家の分家で、人間から牛馬・犬猫に至るまで、おいらの診立《みた》てで治らぬものはない。安心なさい」

その自称名医の診察の結果、恭は腰回りに黒い膏薬を、河村はこめかみに白い膏薬を貼られて、仲良く仏間に床《とこ》を並べることとなった。

10

檀哲が訪ねてきて、いかにもいまいましそうに言った。

「情けないガキどもよ。脂汗を搾ってやるつもりだったのに、かえって杉下家のご厄介になっているとはな」

情けないのは恭とて同じ思いだから黙っていると、檀哲は、

「喜べ、河村雄平は謹慎が解けた。お前が殴った農学校の生徒の平島平太というのが嘆願書を

出してくれた。非はマンゴロ呼ばわりした自分たち農学校側にもある、とな。その点、宝城は何の罪とがもない牛を足蹴りにしているから、許すわけにはいかない。——先方はそう言うのさ。どこかあやふやな理屈ではあるけれどな」

「しかし、闘いを仕掛けたのは向こうだったのですよ」と恭は反発した。「多勢に無勢だから、牛を蹴ったのは作戦上のこと」

「言うな宝城、潔くないぞ。……しかし、病人二人が農繁期真っ盛りの農家に寝ているわけにはいかんだろう。河村は自宅に引き取ってもらえるとして、宝城は行き場所がない。……ま、いいか、当分の間、青少年練成道場で預かりだな」

こうして、青少年練成道場つまり檀哲のお宮の社務所でぶらぶらすること一週間、体調が回復して恭が下宿に戻ったら新井戸夫人が口をとがらした。

「まあ、お久しぶりだこと。杉下さんとかいうお家《うち》がすっかりお気に召したようね。いっそのこと、向こうに下宿を変えたら? 食べる物だって潤沢でしょうし、檀哲先生のお話だと、女ばっかり十人もいるというじゃないの。恭君は体格はいいし男前ではあるし家柄まで王族だし、将来みんな連れて帰国したら、どう?」

「そんなこと考えたこともありません」

「あらあら、純情な少年相手にさ、はしたない話をしたりして。……でもね、恭君が十日ほど留守したおかげで、お米が三升は浮いたのよ。これだけは嘘偽りない事実」

恭はむしょうに泣きたかった。だから自分の部屋に逃げ込むなり、かびくさい布団に顔をうずめ声を殺して泣いた。

「良兄さん、有日子お母さん、ぼく、ひどくみじめなんです。……」

それはさておき、「八紘一宇」とか「大東亜共栄圏樹立」とか「満蒙開拓」とかいった日本精神鼓吹《こすい》を説く檀哲の青少年練成道場が成り立ったのは、一九四三年——昭和十八年夏、つまり恭が二年生の時期までであって、三年生の夏ともなると夏期休暇すらもが硝煙に吹っ飛ばされた感がある。連合軍の大反攻が開始され、日本軍は次々と占領地を奪回されつつあった。
七、八月、恭の属する学級は飛行場建設に勤労動員され、福岡近郊の海水浴場の海の家を飯場《はんば》として働かされた。雨の日も風の日もトロッコ押しの明け暮れ。食べ物は、三食とも甘藷入りの麦飯に貝の味噌汁——その程度だった。しかも、甘藷といい貝といい自分たちの手で掘ったものである。
八月末、やっと解放された恭は、一つ前の駅で電車を下り、ひとり筑後川で泳いだ。ついでに下着類も洗ってそれが乾くまで河川敷の草の上に寝た。これで二か月分の汗と塩水、それに加えるに蚤・虱・南京虫らによる痒みが、少しは落ちたような気になった。

下宿に帰ったら、新井戸夫人が疑い深い目つきをして恭の顔を覗き込んだ。

「恭君にお聞きしますけどね、宝城桃子という人、あなたの妹さん？ 隠さずに言いなさいよ。その女学生さんが東京から突然やって来て、あなたの名前を告げたのよ。そして、泊まるところがないと言うものだから、ここに二泊させたわよ」

「腹違いの妹なら吉林にいるけど、ずっと年下だし……。それに、その女学生、宝と名乗らずに宝城と？ 変だな。それとも、良兄さんの知り合いかな？」

「いや、はっきり恭君の名を言ったわよ。丸顔の二重まぶたの目のぱっちりした、いかにも気の強そうなお嬢さんだったわ。恭君、ほんとに知らないの？」

「わからない。変ですよね」

首をかしげかしげ二階の部屋に行ったら、驚いたことに見知らぬ男が二人いて、そこいらじゅうを掻き回していた。

「警察の者だ」と二人は黒い手帳を振った。「軍事機密に関する絵を描いては大連に送っているようだな」

「母への葉書のことですか。そいつのどこが悪いのです？」

「『軍事飛行場建設に従事する中学生』という説明までつけやがっている」

恭はむしゃくしゃしたものの相手が悪過ぎる。逮捕・連行されるよりはましと、「以後、気をつけます」と謝るほかなかった。

「うさんくさい奴《やつ》が来たら、すぐ警察に知らせろ。シナ人が九州の炭坑には大勢働きに来ている。そいつらが逃げて貴様の所に来るかも知れんから、気をつけたがいい」

「うさんくさい奴」と言われて、恭の頭には二人の人物が思い浮かんだ。

飛行場建設のおりの、ある夕刻のことだ。潮の引いた浜で仲間たちと貝を掘っているところに、二十人ほどの英軍捕虜がやって来て貝掘りを始めた。そのうちの一人が監視の目をくぐって英語で「中国人か、君は？」と話しかけるから、「ええ、満洲出身です」と答えたら、「短波ラジオで聞いたが、日本海軍はマリアナ海戦で全滅した。ビルマではイギリス軍が大勝利だ。あと一年で日本は壊滅する。頑張れよ」と手を握ったのだった。

11

また別の日の早朝、恭がぼんやりした頭で飯場前に立っているところに、朝鮮人の一隊がスコップ・つるはしを肩に通りかかった。中の何人かが手を振るから、しようことなしに応じたら、驚いたことに早口の中国語が発せられたのである。「来年夏、日本は敗戦だ。元気出せよ、同志」。ガツンと、恭は目を覚まされたものだ。……

私服警官から「うさんくさい奴」と言われて思い浮かんだのは、その二件だ。だけど思うのだが、中学生の自分を中国人だと見分けられるその嗅覚は何なのだろう。

しかし、この二人の警官の前では「うさんくさい奴」はおくびにも出さない方がよい。そんなことでも言おうものなら、根掘り葉掘り追及されるにちがいないから。

私服警官が引き上げた直後、入れ代わりに文字どおりの「うさんくさい奴」が来て、恭は肝をつぶしそうになった。

「鳥丘修一郎だ。ほら、檀哲道場で一緒だった……」

県立中学校に通う同学年生で、少年期をひとっ飛びしたような顔に見覚えがある。

鳥丘は、蝦蟇《がま》がえるのようにはいつくばって赤茶けた畳に額をすりつけた。

「おれを満洲に連れていってくれぬか。頼む、このとおりだ」

あまりにもとうとつ、芝居がかった所作《しょさ》に、恭は二の句が継げなかった。

「もう日本はだめだ。このまま看過《かんか》すれば神国滅亡は必至。そこで、檀哲先生とも相談したのだが、畏くも天皇陛下のご安住の地は、王道楽土といわれる満洲国をおいてほかにない。そこで、おれは先遣調査員として彼《か》の地に渡ることを決意した」

「待ってくれ。君も知ってのとおり、父の命令で陸軍士官学校に進み、帰国して満洲国軍の中核となるつもりだ。目的達成半ばで帰るわけにはいかぬ」

「何を言う？　君の私立中学校は夏休み返上で飛行場造りの土方《どかた》作業よ。そのあと、九月からは砲弾作りの旋盤工が待っているそうだな。おれの方だって目下、西鉄の整備工場に勤労動員中よ。君の志望の陸士だけど、今の無学習状態で受験し合格できると思うのか」

「うーむ」と恭は腕を組んだ。「ご指摘のとおり、受験勉強など思いもよらぬな」

「檀哲先生は予言された。来年夏、日本は壊滅する、とな。日本が壊滅して、何の陸士志願よ」

「わからん、ほんとうに。……どうすればいいのだ？」

「行こう、今すぐ」

「そんな無鉄砲な！　今すぐ満洲行きなんてとんでもない！」

「即刻満洲行きとは言わぬ。檀哲先生の所に行って話し合おうじゃないか」

二人はそろって下宿を出た。

鳥打ち帽の男が二人、尾行してくるのがわかる。恭がそのことを耳打ちすると、鳥丘は下駄を脱いで両手に持った。

「おれは右、君は左、走って走って、檀哲先生のお宮。いいな」

それっとばかりに走り出したのだが、その後ろ姿を見て恭は失笑した。極端なO脚《オーきゃく》でもって同じ地面を蹴っているかに見える。このような不器用な男を恭はかつて知らない。あれで満洲行き？　とてもじゃない、と思ったのだった。

日が西山に沈もうとするころ、二人は檀哲の神社で落ち合った。不精髭・浴衣姿の檀哲は、会うやいきなり一升瓶をでんと畳の上に置いた。

「お神酒《みき》をいただかんか。出征軍人の武運長久祈願《ぶうんちょうきゅう》で酒は腐るほどあるわ」

「ありがたい」

と早速、鳥丘は湯飲みで一気に飲み、さらに継ぎ足した。

恭が渋っているのを見て、檀哲は井戸から西瓜を引き上げて来て勧めた。

「宝恭君は、こっちがよかろう。適当な大きさに自分で切ってから食え」

それから人気《ひとけ》のない境内に向かって持ち前の大声を張り上げた。

「蚊に食われたくないだろう。出て来て、一緒に話に加わらんか」

恭はあっけにとられた。捲いたはずのあの私服警官が二人、もみ手しながら檀哲の前にかしこまったのである。

時をおかず酒盛りになった。酒瓶が何本も並び、牛肉や貝の缶詰がいくつも切られ、魚の干物が盆の上に小山をなした。

「宝恭君は甘いものが好きだろう」

と恭には饅頭に餅・甘納豆・羊羹などがありあまるほどあてがわれた。

解《げ》せないのは警官の態度だ。食糧管理法違反の取り締まりどころか、上着を脱ぎ袖をまくり、あぐらまでかいて、団扇《うちわ》をパタパタいわせながら、常識はずれのご馳走にあずかっている。鳥丘はしきりに悲憤慷慨し、それに対して檀哲は相づちを打ち、二人の警官は黙したまま飲みかつ食らう。そして恭は、そのさまに半ばあきれ、半ば遠い世界のように傍観している。たとえるならば、双眼鏡を逆さまに覗いたような世界だ。耳は小うるさい騒音を捕捉しているにもかかわらず、目は現実感の乏しい場面を映している。警官の言葉を借りていえば、これこそ、うさんくさい奴の集まり以外の何ものでもないではないか。

12

「上《かみ》ご一人《いちにん》のご安泰」を涙ながらに熱弁する鳥丘といい、二言めには「玄洋社《げんようしゃ》の頭山満翁《とうやまみつるおう》」を持ち出さずにはおれない檀哲といい、四角顔・三角頭のコンビの警官といい、うさんくささにおいては人後に落ちることはない。

昔、民話の挿絵にあった「瘤取り爺《こぶとじい》さんを取り巻く鬼の図」がまさしくこれだ。仮にこの見立てが正しいとするならば、この自分こそは「瘤取り爺さん」なのか?

「……そういうことだ。帰ったがいいよ、宝恭君」

恭は檀哲に声をかけられて唖然となった。一人だけの夢想にとらわれていたと見えて、事態の進行・展開がのみこめない。

「そう、『帰りなんいざ、田園まさに蕪《あ》れなんとす。何ぞ帰らざる』だ。宝城君、陶淵明《とうえんめい》のごとく帰りたまえ」

と鳥丘は男泣きして恭にすがり、二人の警官までもが「帰りなさい」と真顔で勧める。

陶淵明は中国・東晋《とうしん》時代、宋《そう》の傑出した詩人で、『帰去来《ききょらい》の辞』は中学校用漢文の教科書にも採用されている。今、鳥丘が引いたのはその冒頭の句である。

「『帰りなんいざ、田園まさに蕪れなんとす。何ぞ帰らざる』か……」

恭は独り言するうち、急に涙腺を刺激され、それを糊塗すべく湯飲みに手を伸ばした。

一口飲むと食道から胃にかけて熱線が走った。お茶のはずが酒だったのである。

「飲めよ。飲めるじゃないか。この馬賊中学生め」

三角おにぎりを思わせる警官が背中をどんとたたいた。

たちまち仙人になったような浮遊感に包まれた。こうなったら、瘤取り爺さんだろうが仙人だろうが、何でも来い、だ。

「陶淵明もいいけど、それより『馬賊の歌』、歌います」

恭が立つと、みな肩組み合って輪になった。

長《ちょう》　白山《はくさん》の朝風に

剣《つるぎ》を扼《やく》し俯《ふ》し見れば

北満洲の大平野

おれが住家《すみか》にゃまだ……

突然、それこそ突然に、恭は腹底から突き上げてくるような望郷の思いに胸かきむしられた。

母恋し父恋し、大連恋し吉林恋し、である。いったん火がつくと、もう抑制がきかない。

「帰りたいよーっ！　誰が止めようとも満洲に帰りたいよーっ！」

恭は狂ったように絶叫し、腕を振りほどくなり、裸足で外へ駆け出していた。

一月《ひとつき》後、玄界灘《げんかいなだ》を渡るちっぽけな漁船上で恭と鳥丘は船酔いに苦しめられていた。

下関と釜山《ふざん》とを結ぶ関釜《かんぷ》連絡船は米軍潜水艦の格好の標的となって危険この上ない。むろん大連直行客船の運航など遠い過去の夢である。まさか漁船をえじきにする潜水艦はなかろうけれど、日本本土爆撃帰りの護衛戦闘機のお遊び銃撃の的にはなりやすい。

唐津から壱岐、壱岐から対馬、対馬から朝鮮半島南岸へと、檀哲いうところの「秘密工作員」を乗せた漁船は、忍者のように昼を避けて行動した。それが曲がりなりにもできたのは、檀哲の裏工作あってのことだ。どういう接点があるのかは知らないが、右翼の超大物・頭山満の手下の手配によるものらしかった。もっとも、その頭山満はこの年十月、九十歳で世を去っている。

それとは知らず、同じ月半ば、列車を乗り継いで朝鮮半島を北上した恭と鳥丘は大連に無事達することができた。九州は秋の好季節だったため薄着をしてきた二人が夜行列車から吐き出された朝、駅頭は霜が白く水溜まりには薄氷が張っていた。

とにかく急げとばかり、着払いの人力車を雇い高台の茶房に直行する。まだ開いていないドアを乱打すると、ピストルをかまえたボーイ長の銭高進《チャンコウジン》の背に、昨日の続きのような有日子の顔がステンドグラス越しの朝日を浴びてまぶしく輝いた。

「まあ、恭君じゃないの。だしぬけに、どうしてここに？……」

「お母さん！……」と抱きつき、その胸に顔をうずめて大声で泣きたいところだが、鳥丘の手前そうもならず、強がりを言うほかない。

「日本は、相撲でいう死《し》に体《たい》だから、学業放棄して帰ってきたよ。こんな落ちこぼれでも拾ってくれる？　入っていいかな、お母さん？」

「そう。お帰りなさい。朝食、まだでしょう？　さあさあストーブのそばで暖まって。それとも、お風呂を沸かす?……」

　まる三年ぶりというのに、恭には違和感がまったくない。ここでは時間がストップでもしているのだろうか。ただ母がいくぶん小さく見えるのは、その分だけ自分の背丈が伸びたせいなのだろう。

　一息つくと、有日子を先頭に店員たちは日本内地のようすを聞きたがった。食糧不足・物資不足、女学生までもが学業を捨てて工場で働いている、などと言うと、皆は信じられぬという顔をした。ここ大連は、そのような危機的状況とは無縁なのだ。

13

　恭のおかげで茶房はにぎわった。それというのも、内地から二人の中学生が来た、せっかくの機会だから新しい情報を聞きたいものだ。――そういう思いを抱く客が引きも切らぬありさまだったからだ。

　恭がかつて在籍していた日本人学校からも鐘崎校長以下顔見知りの教師たちが訪ねてきた。彼らは恭の留学体験を聞きたがるのだが、そこにはきまって鳥丘が同席し、彼一流の――というか、あの右翼教師・檀哲からの受け売りの持論を吹聴《ふいちょう》した。

「満洲はまさしく王道楽土です。地球上唯一の理想の帝国です。なんといっても農産物・鉱物資源の宝庫です。日本本土が危殆《きたい》に瀕《ひん》している現在、上ご一人を初めとして政府要人・軍幹部たちの満洲への避難策を進めなければなりません。無敵の関東軍を主体とし満洲国軍を盾として国体護持《こくたいごじ》に努めれば、五年か十年の臥薪嘗胆《がしんしょうたん》・隠忍自重《いんにんじちょう》の末、捲土重来《けんどじゅうらい》を期することにより大東亜共栄圏樹立はおろか世界制覇も可能です。……」

鐘崎校長は大げさに肩をすくめた。

「君、君、頭は確かかね？　満洲国には初代皇帝が在位していられるのだよ」

「何を言われる？　校長こそ情勢認識にうとい。大日本帝国が危機ならば、皇帝が帝位を禅譲し満洲全土を明け渡すのは至極当然のこと」

「満洲は歴然とした独立国だよ。五族協和・王道楽土を謳い上げたくせに、それを建国の理想とは異なり日本の盾に仕立て上げたのは、極右的発想、直言すれば誇大妄想狂的軍人・官僚のせいだ。満洲奥地に行けば君だって否応なく現状認識ができよう。何十万もの満洲族が土地・家屋を奪われ、行く所もなく飢えている。なぜだと思う、君？　日本による略奪・搾取のせいだ。満蒙開拓という美名のもとに送り込まれてきた青少年開拓団員たちが土地を取り上げ、日本の神様まで祀ったのだよ。本来アメリカ映画の西部劇と同じく、の神を取り上げられた満洲族はインディアン部族のように奥地へと追われていく。零下五十度という酷寒の中、赤ん坊は産み落とされたままの裸だ。そんな悲惨な現実を君は知っているのか。そもそも、満洲国民は皇帝陛下に忠誠

を尽くすのは当然としても、なぜ日本の天皇陛下までお守り申し上げねばならぬ？」

「インディアンも満洲族も無知蒙昧という点で共通している。だから、啓蒙してやらなくてはならないのです。それこそ教育者の責務ではないのですか。あなたね、大日本帝国の天皇陛下にどうのこうのと言うのは、非国民・不忠の臣の最たる者」

鐘崎校長はお手上げだといわんばかりに恭に対した。

「君のご学友、完全に神がかりしてしまってるよ。お父さんが数万町歩もの土地を手放した真の理由を話してやれよ」

恭はこの時、ぬかるみに取られていた長靴がすぽっと抜けたような思いがした。檀哲とその取り巻きの青少年たちが陥っていた誤謬《ごびゅう》——それが今ようやくにして指摘できる。そう、彼らは「満洲族のため」と主張しながら、その実、「日本民族のため」に満洲族を「盾」に仕立てようとしているのだ。「大東亜共栄圏」も「八紘一宇」も他民族国家の征服・領土奪取という野望を糊塗・粉飾するための美的表現に過ぎないのではなかったか。

満洲国軍を盾にする、か？——と、恭は胸中につぶやく。矛を握るのは日本軍。つまり満足な武器一つ与えず、満洲国軍を弾よけに使おうというのだ。そういえば、満洲人警察官だって丸腰ではないか。一握りの日本人幹部によって牛耳られているに過ぎない。

恭は憤りに体中が熱くなるのを感じた。しかし、この狂信の徒に翻意を迫ることなどできようもない。

まだ言い足りなくて執拗に議論をいどむ鳥丘に、鐘崎校長は「後でまた……」と手を振ってから、恭に対した。

「ところで恭君、復学しないか。校長裁量で四年生並みの学力と認めていいよ」

「いいえ、とても」と恭は言った。「内地ではまともな学習がなされていません。三年生に戻れるかすら自信がないのです」

「いや、謙遜するに及ばない。学力はこちらで正当に評価・認定する」

「お気持ちはありがたいけれど、その試験を受けるのさえ恥ずかしいのです」

押し問答しているところに、また鳥丘がくちばしを容れてきた。

「日本の中学の教育内容は満洲ごときより断然上だ。四年生復学はこの鳥丘が保証していい」

そこへ両手に盆を持ったボーイ長が通りかかった。腰のピストルが無防備だ。

恭はそれを引き抜きざま鳥丘の胸に擬して撃鉄を起こし、声を落とした。

「出ていってくれ。気にいらんことを言わせておくほど、ぼくは寛大ではない。君の顔など、もう二度と見たくもないよ」

鳥丘はすーっと蒼ざめ、両手を挙げてソファーに腰をうずめた。

すかさず恭は銃口を額《ひたい》に押しつけ、引き鉄《がね》を引いた。

カチッ。不発だった。

恭は冷たい笑いを浮かべ、卓上にピストルを投げ出した。

「一発目は空《から》撃ち。二発目からは実弾五発発射。——安全装置なしのこのピストルは、そういう構造になっている。お別れに進呈しよう。では、元気でいろよな」

帝国《ていこく》瓦解《がかい》

1

同じ年（一九四四）も暮れの日本——下関は暗黒の底に沈んでいた。米軍機の空襲におびえつつ東京からほとんど一昼夜走り続けてきた急行列車は、おずおずと駅に入った。

宝城院桃子は重いリュックの上にトランクまでをも背負い、人波にもまれながら関釜連絡船の桟橋へと駆けた。誰もが押し黙っている。皆のように、口を開けば敵機に察知されると信じているかのようだ。それだけに雑多な足音が桃子の心をいら立たせる。もしここに戦闘機が来襲したら、もしここに爆弾が落ちたら、もしここに……。その「もし……」の予感に桃子は息が詰まりそうだ。そうしたら、もう満洲への疎開どころではなく、それこそ黄泉《よみ》の国への旅立ちである。

実際、この年の十月二十五日、B29は北九州を空爆している。十一月一日、東京に偵察飛行。そして、つい先月の十一月二十四日深夜、とうとうB29七十機が東京に飛来して焼夷弾《しょういだん》を投下、市民を恐怖に震えおののかせたばかりである。

闇夜の川を泳ぐようにして桃子は人の群れと行動を共にし、桟橋の古い木造階段を降りた。そこには、小山ほどもある黒い鉄の壁がずしりとした重みでもって行く手を閉ざしていた。桃子はどきりとして足を止めた。金縛りにでもあったかのように足が進まない。

その背を押して年配の女の声が、「興亜丸よ」と告げた。言外に、桃子を年下の女学生と見て「安心なさい」といういたわりの念が感じられる。

すでに長い行列ができている。皆がみな梟《ふくろう》のように目だけは光らして行儀よい。係員の指示に従って足元を確かめつつタラップを昇ると、その巨人の口に声もなく吸い込まれていく。

船内はいっそう暗い。なまじっか一等の切符を持つだけに、桃子は大多数の動きとは切り離されていた。まごまごしていると、上部甲板にある大きな展望室のようなロビーに入った。そこへ係員が来て懐中電灯で切符を調べ、別の小部屋へと案内してくれた。ベッドが二つ並び、片側にテーブルと椅子。ドアの奥はシャワールームとトイレ。それを確かめた桃子は、ほっとして小さなソファーに体をうずめた。

さあ、これからどうしよう? 釜山までこの小さな船室にひとりっきりだ。「主よ、孤独な少女を守りたまえ」。祖父も父母もキリスト教徒ではあったものの戦時下のためお祈りすら自由ではなかったのだが、今なら安んじて神様に訴えることができそうだ。

その祖父をひとり東京に置き去りにして、自分は父母のいる満洲へ旅立とうとしている。

「わしはこのままでいいから、桃子だけは両親のもとに行け。たとい東京が灰燼《かいじん》に帰《き》そうとも、案ずることはない。わしは平家の落人みたいに四国の山奥に落ち延びているよ」

大学で国文学を教えている祖父はそう言って桃子を送り出したのだった。

八月には学童の集団疎開が始まり、学徒動員令・女子挺身動員令発布によって、桃子たち女学生も工場で働くことを強いられた。空襲による被害を最小限にとどめようと、建物の取り壊しも進む。祖父と東京とに別れを告げるのは心残りではあるが、安住の地は満洲しかないのである。

いつとは知れず、甲板上を重い金属体がずり動くようなきつい音が耳に入った。桃子は息苦しくなった。自分もその重い物体ごと海底へと引きずり込まれていくような感じだ。

しかし、気を落ち着けると、それは錨《いかり》を巻き上げる音だった。

出港だ。船は汽笛も鳴らさず、まして見送り人の喚呼や紙テープの交換もないままに、おもむろに滑り出た。何もかも暗黒の中の沈黙の世界だ。米軍機の空襲や潜水艦の襲撃を恐れての隠密行動であった。

船は巨体を揺すらせ、それからゆっくりと頭部をもたげたかのようだ。規則正しいエンジン音を床下《ゆかした》から送りつつ、外海へと乗り出していくのがわかる。

ベッドで桃子はしばらくまどろんだように思う。目が覚めると、顔ほどの大きさの丸窓から、重い灰色の空と宙にはね上がる鉛色のしぶきが見えた。窓ガラスに目を寄せて外を窺《うかが》うと、黒いうねりがすぐそこにあった。

突然、銅鑼《どら》が乱打された。廊下じゅうを騒ぎが走り、男たちの怒鳴り声がした。

「出ろ！　出ろ！」

桃子は救命胴着をあわてて着用し、人の動きのままに一列横隊に甲板に並んだ。

手に拳銃をわしづかみにした憲兵がいて、乗客の救命胴着を乱暴に引っ張ったり小突いたりしていた。不審者の臨検らしい。暗がりの中にも野獣のように光る憲兵の目が怖くて、桃子はずっと甲板に目を落としていた。

遠くに小さく軍艦らしいのが見えた。

「砲艦だ！」

一人が抑えた声でそう言うと、甲板上の皆の目はいっせいにその方角に注がれた。

だが、敵か味方か —— それは、居丈高《いたけだか》な憲兵にすらわからないことだった。

釜山港着は夜。普段なら八時間の海路を二十時間もかけて無事到着したのである。

ただちに奉天行きの特急列車に乗り移る。

2

二等車の向かいの席は日本人の若い女性。肩まで垂らした髪がつややかに黒く、色白、切れ長の目、鼻筋の通った、きりりとした裏日本型の美しい人である。

「あなた、どこへ?」

と問われて、桃子は、

「奉天です。あなたは?……」

「わたしも……」

会話にならない短い会話を交わしたあと、二人は黙った。

桃子は窓にもたれて目を閉じた。慣れない船旅の疲れ――というか、離京以来の緊張がほぐれて、長いこと眠っていたようでもある。

「食べる?」

声をかけられて顔を上げると、窓辺に淡い朝の光がたゆたっている。そして、海苔巻きの大きなおにぎりが一つと、半割りの梨とが、いきなり目に飛び込んできた。

「まだ旅は長いのよ。座席下にトランク二個を重ね、わたしのでよかったらコートを上から掛けましょうね。テーブル代わりにもなることだし」

桃子は思わず涙をこぼしそうになった。リュックの中には若干の米と乾パン以外まともな食べ物は入っていない。東京は食糧配給制が厳しく、このような白米のおにぎりにありつけるのは何年ぶりだろうか。

「奉天は初めて？」

聞かれて桃子は、

「ええ、向こうに一家がいますから」

「そう、いいわね。わたしは国の母に会いに行っての帰りよ」

「それで、お国は？……」

「鳥取なの。あなたは？」

「四国は愛媛の山奥です。でも、祖父は大学の仕事がありますから東京です」

特急とはいうものの、桃子には、ガタンゴトンののろまな牛車《ぎっしゃ》としか言いようがなかった。車窓には貧しい朝鮮半島の村々が、関心を惹くこともなく通り過ぎていった。

隣席には、午前中は日本軍の将校が座り、午後は朝鮮人の老夫婦に変わった。

夕刻、田舎の小さな駅に臨時停車した。

「鳥取の母に梨と魚の干物《ひもの》なら山ほど持たされたけど」と年上の女性は顔をしかめてみせた。

「食べ物は何も売っていそうにはないわね、無理ないけど」

桃子は悪い気がした。朝も昼も、一方的に食餌は提供されっぱなしできている。

「井戸があります。水を汲んできますから、水筒を貸してください」

と桃子は立った。

ホームの端に井戸ポンプがある。それをギーコギーコやっていると、枕木の柵の向こうにかわいい女の子が立っていて、もの珍しげに桃子を見た。持っている新聞包みから、こうばしい匂いが漂ってくる。桃子は、はしたなくも唾の湧くのを感じた。

「それ、何？……売ってよ」

桃子は銅貨を数枚押しつけておいて、逃げるようにして車両に戻った。すぐに列車は発車し、窓越しに幼な子の母親らしい女が手を振り上げて何ごとか叫んでいるのが見えた。娘の食べ物を奪われて怒っているようでもある。悪いことをしたかな？　と反省しかけて、はっとした。その手には水筒が振られているのだ。

「あっ、あれは？……」

自分のだった。だが、そうとも言えず、桃子は包みを開いた。

「まあ、蒸《ふ》かしたじゃがいもだわ。おいしそうね」

二人は皮をむくのももどかしく、それをむさぼり食った。適当に塩味が効いているし、何よりも温かいのがとりえだ。

その深夜、検問があって国境を越えたことを知らされた。満洲領に入ったと知って緊張が解けたのか、それからは所在ない旅の大半を、桃子は昼夜の別なく窓ガラスにもたれて眠り、向かい座席の年上の人は、暇さえあれば岩波文庫に目を落としていた。

「落ちましたよ」

声をかけられて、桃子は眠りを破られた。

「銀時計よ、ほら」

桃子が受け取ってセーラー服の胸のポケットにそれを納めようとしたら、ポコンと覆いが開いた。そして、耳を澄ませば聞き取れるくらいのかわいいメロディーが流れ出た。

「あら、『トロイメライ』？……」

「祖父の形見の懐中時計です」

「ハイカラさんだったのね、あなたのお祖父ちゃまは」

「はい、東京帝国大学教授で私立大学の講師も兼ねています」

「あれ?……だったら、現役よね。亡くなった人の遺品を形見というのでしょう。……それにしても、牡丹の花の彫刻までしてあって、凝った作りよね。なになに? ローマ字で刻まれている。ブイチロウ・ホウジョウイン。これ、お祖父様の名?」

「ええ。フランス留学の記念品だと聞きました」

3

未明、奉天駅が近くなったと相客に起こされて、桃子は洗面所に立った。用をすまして席に戻ったら、そこには見知らぬ中学生らしい坊主頭の少年がいた。見るからに横着な面構えで足を投げ出して四座席を占拠しているから、桃子は口をとがらした。

「あなた、誰よ? ここは座席指定なの。車掌の許可でももらった?」

「だって、空《す》いているのだろう。何も問題ないじゃないか」

「ですからね、そうと断わってから座りなさい。その前に、切符の番号を見せてよ」

「態度のでかい女学生だな。嫁のもらい手がなかろう」

「よけいなお世話ね。さあさあ、どいた、どいた。どかぬと、大声挙げて車掌呼ぶわよ。これでもね、うちの父は満鉄の管理局長なのよ」

「でたらめ言うな。あんたが局長とやらのお嬢様なら、専用個室ご使用だろうによ」

「シーッ」と、遅れて戻ってきた相客が唇に指を当てた。「皆さん、まだお休み中だから、お互いに大声を出すのはよしましょう。それで、何が言いたいの、坊や?」

桃子は中学生を押しのけるようにして席に座りかけだが、「ウム」と声を押し殺してしゃちこばった。桃子が脱ぎ捨てておいた黒ラシャのオーバーコートの上に黒っぽい小型ピストルが置かれているではないか。

「あるのは、それだけよ」と中学生は顎をしゃくった。「そいつを買ってくれんか」

「そんな物騒《ぶっそう》なもの、女に買えるはずないじゃないの。でもね、旅費ならご用立てしてもいいわ。いくら欲しいの?」

桃子は気を取り直してそう言った。ここは荒立てぬが賢明と見ての策だ。

「多くは望まぬ。吉林までの旅費と食費、その程度よ」

「わかりました」と桃子は男物の黒革の財布をコートの上にほうった。「祖父から非常用に持たされたものよ。ただし、吉林で誰に会いたいのか、教えてくれてもいいでしょう」

「吉林省知事の宝沢《ほうたく》閣下よ。そのお坊ちゃまの、内地留学していた宝恭君と知り合いなんだ。おれ、鳥丘修一郎といってね、宝恭君と二人、しばらく大連にいたんだが、用件ができて、おれだけが吉林に行くことになった。金は充分持っていたけど、途中で盗まれてしまった。すまん、住所と名前とを教えてくれれば、あとで返すよ」

桃子が手帳を出そうとするのを、相客が目くばせして止めた。

「ここは日本ではないのよ」

そういうことだった、と桃子は自省した。外地では住所・氏名を安易に見知らぬ人に教えるものではない、誘拐・脅迫などの危険を伴うから。とそのように、この女性は教えてくれたのだった。だとすると、その権威を借りるべく父親を引き合いに出したのは明らかにまずかったといえる。

車掌が来た。警官まで伴っている。それを見たとたん中学生は、

「おれ、便所に……」

と後部車両へ去った。

目を落とすと、コートの上にはピストルと財布とが奇妙な取り合わせで居座っている。桃子は、むぞうさにそれらをコートにくるみ、脇へ押しやった。

「あなた、勇気あるわね。そんなに若くて一人旅ができるなんて、よほど旅慣れていられるのかしらね」

車内がもとのように静かになった時、相客がほめた。

「十年も昔のことですから、うろ覚えですけど」と桃子は思い出し思い出し話を切り出した。

「ハルピンから朝鮮半島を経て東京へと一人旅をさせられたことがあるのです。当時、両親はハルピン住まいで、東京には祖父がいましたから。個室寝台で新京まで来たら、宝城という一家三人と一緒になりました。その人たち、大連に行くとか言っていました。話は飛ぶのですけど、今年の夏休み、『久留米の陸軍病院に戦場から送還された従兄が入院しているから見舞いに行きなさい』と祖父が言うものですから、一人で出かけました。佐賀が母の里なので、泊めてもらうつもりでしたのに、満洲に行ったとかで空き家になっていました。それで、東京へ引き返そうと夜行列車を待っていると、わたしの胸の名札を見た見知らぬ小母さんが話しかけてきたのです。

『宝城桃子さん？　奇遇よね。うちの下宿にも同じ姓の人がいるわよ』って。宝城院の院の字がうすれていたのね。それが縁で、その小母さんの家にご厄介になったりして……」

「まあ、そんなことまで！……それで、その宝城さんとやらに会えた？」

「いえ、兄さんは軍医になって南方戦線。弟さんは勤労奉仕作業で福岡の飛行場に寝泊まり。ということで会えずじまいでした。でも、会えようと会えまいとどうでもいいことです。もともと知らない人ですし、二晩も泊めてもらえた、それだけでも大助かりでしたから」

「ずいぶんと貴重な体験をしたのね。だから、そのようにお強い。……ああ、それから、その飛び道具だけど、わたしが預かってもいい？　実はね、父が奉天で憲兵隊長をしているのよ」

4

こうして釜山から二昼夜、行き着いた奉天駅の朝は厳しい寒気が凜々《りんりん》と膚《はだ》を刺した。

「紀元二六〇四年十二月十日、桃子十六歳。記念すべき一歩を奉天駅頭に踏み出す」

桃子は今日書くことになるだろう日記文案を声に出してみた。ちなみに紀元二六〇四年は昭和十九年、西暦では一九四四年に相当し、桃子の満年齢は十五歳であった。

車中一緒だったあの人に挨拶を、と気づいて、桃子はきょろきょろと見回したが、猛烈な雑踏に紛れてどこにも見当たらない。悪かった、とは思うものの、今更どうしようもない。それよりも桃子は駅前広場の人波に圧倒され、くらくらっときそうだった。鼠色の服と異臭と喧騒とが目と鼻と耳とをいきなり襲ってきて、強い衝撃をもたらしたのである。

とにかくにも公衆電話を探さねば、とトランクを引きずって歩み出したら、そのトランクと背中のリュックに薄汚い青年の手が右左から何本も伸びてきた。

「ニホン、オジョウサン、どこ行きます?」「ジンリキシャ案内します」「宿はありますか?」……。

桃子は唇をぎゅっと結ぶとトランクの握り手を両手で握り締め、くるりと回れ右するなり、今が今出てきたばかりの改札口を目指した。あっけにとられる少年っぽい駅員に父の名を告げたら、はじかれたように彼はプラットホームに立つ助役に向かって突進した。この強引な作戦は功を奏し、助役が斡旋してくれた人力車が宝城院家へと走った。

桃子の両親と姉の桜子は、奉天市南十条の住宅区に住んでいた。家はヨーロッパ調の豪華な二階建て。内部は全部洋室。二階には姉妹のためにそれぞれの個室もある。広々とした二十畳相当の客室と、それに続く同程度の食堂兼居間とを備え、それぞれにピアノが置かれている。南満洲鉄道局幹部級用の社宅だそうで、東京の山の手の高級住宅街で暮らしてきた桃子にとってさえ、夢に見たこともない超豪華版である。

早速、母と姉は、運転手付きの自家用車で桃子を市内見学に連れ出してくれた。どこもかしこも洋風建築だ。そして、そこにおさまる主人は皆日本人だという。

「この街は日本の支配下にあり日本人のものよ。ここは王道楽土なの」

姉は誇らしげにそう言った。

桃子には、「王道」は別にして「楽土」の意味は理解できる。「日本人の暮らしを楽しくする土地」なのだろう。父の宝城院道雄は満鉄の人事管理局長。姉も満鉄職員。つまりは満鉄一家なのだ。ここ満洲にあっては「満鉄なくして満洲国なし」「満鉄にあらざれば人にあらず」ほどの権勢が誇れるというのである。

「米軍機の空襲はないの？　東京はＢ29におびえて、みんな家をたたんで疎開していったわよ」

「そう。そんなもの、あるものですか。満洲には天下無敵の関東軍が健在なのよ」

桃子の危惧を姉は一笑に付した。関東軍とは満洲国派遣の日本陸軍のことである。

「学徒動員は？」

「それ、何よ？」

「あら、姉さん知らないの？　内地の女学生は学業を捨てて軍需工場で働かされているのよ。ミシンを置いて学校がすっかり軍服工場に変わったところもある。運動場を耕して芋をつくったりしたわ。働かない者は非国民」

「そんなひどい言葉を使っているの、内地の人は？」

昼食は豪華なレストランで摂った。口いっぱいにフランスパンを押し込む桃子を見て、姉はたしなめた。

「そんな犬みたいな、みじめな食べ方をしないでよ。連れが恥ずかしい思いをするわよ」

「だって、東京では……」

桃子は涙ぐんだ。祖父は今、何を食べているのだろうか。甘藷の茎だって乾燥されて飯に混ぜられるのだから。

桃子は浪速高等女学校の三年生に転入手続きをとった。浪速通りの中央部にひときわ目立つ、東京帝国大学を模した校舎がある。これが通称、浪速高女である。

クラス四十人の女生徒の中に、一人だけ満洲人がいた。彼女は桃子のすぐ横の席にいて、親しげにほほえみかけてきた。

「王梅《ワンメイ》というの。仲良くしてね」

慣れるうち、二つ年上だということ、母を亡くし父は元日本留学生、現在は満字日報という新聞社の編集長をしていること、などがわかってきた。王梅は背が高く、銀鈴を震わせるようなきれいな声をしている。

日曜日、桃子は彼女の家を訪ねた。純漢式の四角い広大な住まい。長い塀の中に四つもの庭園があり、その庭園を過ぎるたびに門があるさまに桃子は目をみはらされた。

古めいた薄暗い部屋の奥で、温突《オンドル》に腰を掛けて二人はあれこれ話し合った。

「満洲帝国って、満洲人がつくった国よね。すごいことよね」

何の話からだったか、桃子は素朴な質問をした。

すると、見る見る王梅の顔が曇った。言ってならないことを言ったようだ。

「ごめんね、あなたの気を悪くしたようで。わたし、満洲に来たばかりで、満洲のことを何も知らないのよ。ねえ、満洲のこと、教えてよ」

「そうよね」と王梅は口をきいた。「満洲帝国は満洲人がつくった国ではないのよ。そもそもね、あなたの言う満洲人というのは存在しない」

5

「えっ？　それ、どういうこと？……」

意表を突かれて桃子が反問すると、王梅は考え考え、

「満洲人ではなくて中国人なのよ。満洲族とか漢族とか蒙古族とかいうけど、ほとんどは混血

して純粋種とはいいがたいわけね。中国の東北部にあった地域を満洲と称し、そこに満洲帝国をつくったのは日本人よ。清国最後の宣統廃帝を無理やり連れてきて、初代皇帝の座に据えたの」

「廃帝？……」

「清王朝が亡ぼされて共和国になったから、最後の皇帝をそのように呼んでいるのよ。そのラストエンペラーが返り咲いてファーストエンペラーになったってこと。何のため？……もちろん、日本のためよ。日本の狭い国土にあふれている人間を送り込んできて、植民地にする考えよね。だから、心ある人は満洲国と言わずに傀儡国って言うの。傀儡というのは、操る人間の思うがままになるもの。ここには広大な土地があり、豊富な鉱物資源がある。そこに日本は目をつけた。日本から開拓団と称する人たちが続々と送られてくる。その人たちは満洲の土地を奪い、もともとそこに住んでいた地域住民を奥地へと追い払う」

桃子は平手打ちをくらったような思いで言葉を返せず、じっと王梅の顔を見守った。

「桃子さん、あなたは南満洲鉄道に乗ってここに来たのでしょう。略称満鉄は日本の経営。働いている人も当然、日本人。乗客もまた日本人。あなたの言う満洲人はほとんど満鉄には乗れないの。貧しくて切符を買う金すらないから、一生乗ることはないでしょう」

「だって、満洲人の国に満洲の鉄道が走っているのでしょう。……あら、ごめんなさい。また満洲人と言ったりして」

「いいの。中国人の労働者だって、荒野を切り開き鉄道を通し、誇りを持って働いているわよ。だけど、そこまででしかない。満鉄内での地位は向上しようもない。満鉄が、あなたの言う満洲人の鉄道ならば、高級職員から駅長まで満洲人でなければならないのに、上の方はみんな日本人。

掃除夫などの下っぱが中国人。おかしいと思わない?」

「しかし、日本の資本で日本人が鉄道を敷設した。——そのように聞いている」

「そのことは認めていい。ただ、誰のためにという一条が欠落しているの」

「誰のために鉄道があるか、ということ?」

「そう、ずばり日本人のためにあるの。あなたの言う満洲人のためではないのよ」

桃子は吐息をつくほかなかった。

帰宅して桃子が王梅との会話内容を桜子に告げると、姉は引き締まった顔をした。

「その女の子、きっとアカよね。日本転覆をねらっている共産党の仲間よ。敬遠した方が、あなただけではなくこの宝城院一家のためになる」

厳しくも長い冬が去り杏《あんず》の花の咲き香る季節ともなると、ドイツ領事館でパーティーが催されることになり、宝城院一家に招待状が届いた。女学校の四年生になったばかりの桃子は自分が主賓でもあるかのように浮かれて、学業もろくすっぽ手につかなかった。

ドイツ領事館はこんもりとした樹木に包まれた瀟洒《しょうしゃ》な建物である。二階に大ホールがあって、招待客は百人を超えた。

そのころドイツはヨーロッパ戦線で敗退に追い込まれていたから、枢軸《すうじく》国のよしみで日本との友好の絆《きずな》を固くする必要があったものと思える。そのせいもあってか、客の大半は日本人だった。枢軸国というのは、日本・ドイツ・イタリアの三国を指し、これに対しアメリカ・イギリス・フランス・オランダ・中国・ソ連などが連合国を形成した。一九三九年、ドイツはポーランドに侵攻し、一九四一年にはドイツとソ連とが戦うことになる。この年の暮れ、日本も、経済封鎖に耐えかねて連合国相手に宣戦を布告する。世にいう第二次世界大戦の勃発である。緒戦のヨーロッパ戦線ではドイツ軍が圧倒的優位に終始し、日本軍もまた一九四二年までは連戦連勝の勢いであった。だが、一九四三年にはイタリアが降伏し、一九四四年ともなると、ドイツも日本も敗色濃厚となった。

しかし、この「敗色濃厚」という現状認識は、ここ満洲国にいる日本人には著しく欠如している。なぜなら、ソ連と日本との間には中立条約が結ばれていたから、ソ連軍との間に戦闘行為があろうとは考えられないのだった。

さて、この夜、宝城院一家は最高のおしゃれをきめこんだ。桜子と桃子の姉妹は仕立て下ろしの白い絹のドレス、母の慶子は藤色の和服に朱色の博多帯を締め、父の道雄はタキシードの胸ポケットに白蘭《びゃくらん》の花を挿した。

桃子が黒光りのするグランドピアノの前で足を止めると、その視線を察してかドイツ領事夫人が声をかけた。

「お嬢様、どうぞお弾きになって」

桃子にはショパンのエチュード「革命」がこの場にふさわしく思えたから、その曲を一気に弾奏した。拍手と「アンコール！」の声に、桃子はすっかり上気した。

そこへ若いドイツ人女性が駆け寄ってきて、日本語できつくとがめた。

「ショパンは禁じられた曲です。アンコール曲はベートーベンにお願いします」

桃子がけげんな顔をしたら、

「ショパンはポーランド出身。つまりドイツにとって敵国人です。これは常識」

「常識、ですか?」

6

桃子はがっくりと肩を落とした。音楽の世界にも敵と味方があるものなのか。しかたなく桃子は、勧められるがままにベートーベンの「月光」を弾いた。だが、それまでの会場の陽気な雰囲気が沈んで空気の重くなるのが背中に感じられてならない。名曲には違いないものの、この曲想は軽やかに浮き立つものではない。

どうにか弾き終えたら、今度は日本人の若い女性が寄ってきて肩をたたいた。

「覚えている?」

あっ!と桃子は叫びそうになった。

「その節は何かとお世話になりました。なのに、お礼一つ言わず別れてしまって」

と桃子は丁重に詫びた。

「お互いよ。そんなことは、もうどうでもいいの」と彼女は後ろの憲兵少佐を顧みて言った。

「お父さん、この人はわたしの親友」

いかめしい顔の少佐はうなずき返した。

「帰郷のおりに娘が何かとお世話をおかけしたようで……。で、お名前と出身地は？」

桃子が名乗ると、あらためて相手の女性も「森早苗《もりさなえ》です」と自己紹介した。そのさまを見て、森少佐は鼻髭をつまんで皮肉っぽく笑った。

「おかしな親友だな、お互いにほんとうの姓名をこれまで知らなかったとはね」

そこに若い男の声が割り込んだ。

「スパイに用心しろ。——これ、お父さんの口癖じゃなかったかな？」

航空兵の襟章をつけた色白・長身の少尉だった。

「森克巳《かつみ》という者です。武骨な戦闘機乗りです。よろしくお見知りのほどを」

桃子は森少尉の顔をちらっと見るなり、恥じらいを覚えて目を伏せた。早苗の兄にふさわしく見るからに頼もしい美青年である。

王梅も寄ってきた。後ろにいるのがその父らしい。

「よーっ、王恬《ワンテン》君。久しぶりだな」

「こちらこそ……」

森少佐と王恬の二人は旧知の仲らしく、肩を擁し合って場所を移した。

ダンスになった。桃子もドイツ人の初老の男性に誘われるがままに慣れないステップを踏んだ。

鉢植えの観葉植物の陰で、父と森少佐とが煙草を吹かしながら何ごとか真剣に話し込んでいた。

変だな、と不審の思いが先立ち、桃子が踊りながら近づくと、父のくぐもった声が耳に入った。

「またやるのか。憲兵とはいえ、親日家中国人をやるのはよろしくない」

「……王恬君は日本での学校友達だ」

そこまでだった。桃子は聞き捨てならないことを聞いてしまったようにも思うのだが、森少尉にパートナーの交代を申し出られて顔がほてった。

ドイツ領事館での出会い以来、桃子には森少尉の面影が焼きついて離れなくなった。休日ともなると二人は、長沼公園、千代田公園と、場所を変えては出歩くようになった。折から奉天は、百花繚乱の季節を迎えようとしていた。この地では、長い忍従の冬のあと、春がありとあらゆる花を一斉開花させるのである。

学校では、どうしたことか、王梅の欠席が続くようになった。気にはかかるものの、クラス唯一の満洲人だけに交友がなく、誰に確かめようとてない。

ある日、桃子が帰宅すると、母の実弟の池田普《ひろし》准尉《じゅんい》一家が来合わせていた。

万年准尉と自称してはばからない池田普は、佐賀の農家の出身だけのことはあって素朴で心根《こころね》が純だった。彼は奉天からさして遠くない小さな駅の警備隊長をしている。逆にいえば、軍隊の警備なくしては満鉄は安全運行が保ちがたいのである。軍隊を定年退職した彼は、義兄の縁で満鉄に再雇用されたのだった。

鉄道警備隊というきつい勤務も、彼自身の言葉を借りると、「軌道の安全維持さえできれば、それ以上の仕事はいっさいごめんだよ」と気楽なものだ。日本人一般にありがちな中国人や朝鮮人への差別をしないばかりか、誰に対しても裸の付き合いができるものだから、食糧は配給制にもかかわらず彼だけには貴重な米が手に入る。それを宝城院家に送り届けては自慢気に、「どうだ、やはり百姓の心は百姓には通じるものよなあ」などと言ったりする。

そういう池田准尉だから、彼が来ると一家じゅうが明るくはずむ。なのに、今日に限って主《あるじ》の道雄は妙に浮かない顔をしている。父が見当違いの応答をするところからして、桃子には、何か重い考えごとをしているように感じ取られてならない。

桃子の予感は的中した。その夜、王梅が駆け込んできたのである。髪は乱れ、顔はすっかり土《つち》気色《けいろ》だ。何かありそうだ、と桃子は自分の部屋に彼女を通した。

「どうしたの、そんななりをして？　何かあったの？」

桃子が問うと、王梅はすすり上げた。

「父が、日本の憲兵隊に連行されたのよ。もう半月以上にもなるのに帰されてこない」

「えっ？　あなたのお父さん、森憲兵隊長とは中学校時代の友人と聞いたのに」

王梅は血走った目で訴える。

「父がいっこうに帰されてこないものだから、会わせてくれと、その父の旧友の森さんのところに行ったの。そして、どうして逮捕されたのか、いつ釈放されるのか、それを尋ねると、あの人、知らぬ存ぜぬの一点張り」

「それはおかしい。だって、憲兵隊に逮捕・連行されたのは確かでしょう？」

「で、わたしにはわかったの、父がもうだめだっていうことが」

桃子にはひらめいたことがある。——あれは、ドイツ領事館での招待宴の夜だった。父と森少佐とが密談をしていて、その中に「王恬は日本での学校友達」というのがあった。「やる」とも言っていた。今が今気づいたのだが、「やる」は「殺る」なのだ。つまり「殺られた」のは王恬その人。そして今、その「殺られた」人の娘が目の前にいる。殺された理由——それは、姉の桜子が言った「アカ」に関連がありそうだ。アカは赤。赤イコール共産主義者。満洲国にとっても、その背後にある日本にとっても、アカは大いなる邪魔物なのだ。父もまた、事の顚末を森少佐から知らされたに違いない。だから、今日の日中、あのように鬱気だったのだ。

しかし、その絶望的な推測を、うちひしがれている王梅に告げられはしない。

心は別のところをさ迷いながら、言葉だけが妙にうわすべりした。

「そんなこと、断じてあるものですか」と桃子は励ました。「お父さんは日本びいきでしょう。日本の学校を出てあるし、あなただって浪速高等女学校に通わせている」

「違うのよ、父は日本びいきではなくて日本人びいきなの。日本帝国主義者は中国を侵略し中国人を虐殺する。日本人にもいい人がいて、その人たちは差別もなしに接してくれて、ほんとうの意味の王道楽土を夢見、真摯に満洲国建設に取り組んでいる。つまりね、父は日本帝国主義者の侵略に徹頭徹尾反対だったのよ。新聞に、そのような論調の記事も書いた。それがもとで日本軍ににらまれて、憲兵隊の手によって消された」

「満洲という正真正銘の独立国で、そんな無法が許されるはずはない」

「気休めは言わないで。わたしには、わかり過ぎるほどわかっているの」

二人は沈黙した。鉛のように重い沈黙だった。

桃子にはとても解決してやれそうにない重荷だ。友情とか思いやりとかいった言葉の空虚さが、この時ほど切実に感じられたことはない。

「それで、王梅さんは、これからどうするの?」

「消される前に、こちらから消えてやる」

「消えるって?……どこへ?……」

「あの世ではないから、安心してちょうだい。わたしを助けてくれる仲間がいるのよ」

「そう。では、気を強くして生きてよね。死んだりしては絶対だめよ」

「戦後また会えるといいわね、桃子」

抱き合って相手の濡れた瞳を見つめるうち、桃子は何か贈らねばと気づいた。大事なもの、そして役立つもの……。

そうだ！　と桃子は机の引き出しを開けた。

東京を発つおり、祖父は愛用の銀製の懐中時計を孫娘に与えてこう言ったものだ。「向こうでは銀製品が重宝される。こいつはスイス製でダイヤ入り・オルゴール付きの逸品だから、いざという時にはきっと役立つ」と。

桃子は懐中時計の突起を押した。すると蓋がひとりでに開いて、蟋蟀《こおろぎ》が羽をふるわすような音が流れ出した。

「ほら王梅さん、聞いて。『トロイメライ』よ」

二人はしばらく黙って聞き入った。

曲がとぎれると、桃子は蓋を閉じてそれを相手に握らせた。

「これ、あなたに贈る」

「そんな！」と王梅は押し戻した。「こんな大事な品、いただくわけにはいかないわ」

「いえ、大事な品だからこそ、友情の証《あかし》に持っていってよね」

「そう、友情の証なのね」と王梅は瞳を光らせた。「ありがとう、大事にするわ」

そこへ、ドアがノックされて桜子が入ってきた。

「お母さんがね、『あの子たち、食事まだでしょうから、運んであげなさい』だって」

桃子は盆ごと受け取った。冷麺に氷入りのお茶が添えられている。

「食事がすんだら、お風呂と着替えとを勧めておいてね。お帰りが遅くなりそうだからと車も待機させてあるわ。用心のため、池田の叔父さんが同乗してくれるってよ」

桃子は、女中の手をわずらわさない母の気配りに感謝した。母はきっと王梅の異様さを読み取ったのだろう。あるいは、父が命じたのかも知れない。なぜなら、父はとっくに王恬の運命をつかんでいたのだろうから。

深夜、二人は再会を約して別れた。

その後、桃子は王梅の姿を見かけたことがない。言葉どおり王梅は消えたのである。

桃子は後日——というより、後年になって思い当たるのだが、王梅の投げかけた「助けてくれる仲間」とか「戦後」とかいう言葉には深い意味が込められていたのだった。とはいうものの、十五歳そこそこの小娘に深遠な意味など推し量るすべもなかった。

8

それよりも桃子には二人だけの世界が待っていた。森克巳少尉が離れがたい存在になったのだ。森憲兵少佐と森少尉——その二人の親子関係を、未成熟な桃子の頭脳は線で結ぶことはなかった。天上天下、桃子には森克巳があるだけだ。二人は、そのころ既に敗戦国となっていたドイツの領事館を訪ねてはテニスコートで汗を流したりした。

この年五月、ヒトラー総統率いるドイツは無条件降伏している。一方、ムッソリーニ首相のイタリアの敗北はその前年九月であった。日本・ドイツ・イタリア三国同盟——枢軸国のうち強大な連合国相手に戦うのは、日本だけとなった。冷徹な先見性のある目には第二次世界大戦の終結の日の近いことは明らかなのだが、若い恋人同士には破滅の日の予知のできようはずとてない。

「もしかして日本は負けるのでは？……」

桃子が学校でひそかにささやかれている疑念を森少尉に質《ただ》してみたら、木陰の芝生の上に寝ころんだまま彼は答えた。

「桃ちゃんに言いたいのは、まず神州日本は不滅ということ。第二に、百歩譲って、たとい日本が負けたとしても満洲は残るよ。日ソ中立条約があるからには、ソ連が満洲を侵すことはない。その見通しのもとに、大本営参謀は在満日本軍を割いて南方戦線や本土防衛に送っている」

返されてきた森少尉の言葉を桃子は頼もしく聞いた。そうなのだ、日本は負けても満洲は残るのだ。だとすると、日本を捨てた自分の選択は正しかったと言える。何がどうなろうとも、彼と二人この満洲に生きられれば、それが幸せというものではないか。

八月になった。奉天の夏は情け容赦なく暑い。毎日のように熱風が見舞い、早朝から油の切れた荷車のような声を立てて蝉がうるさい。そのような日曜日の真昼時《まひるどき》、門前に自動車のブレーキ音がきしったかと思うと、若い男の声がした。

「ごめん下さい」

はじかれたように桃子は階段を駆け降りた。この一月《ひとつき》、無音だった森少尉の声なのだ。

家人の誰よりも早く玄関を開けると、飛行服姿の彼は、半長靴《はんちょうか》のかかとをカチンと合わせて挙手の礼をした。

「さあさあ、お上がりになって……」

すがりつかんばかりにして桃子がうながすのだが、森少尉は飛行帽を脱ぐなり首を大きく左右に振った。

「行かなくてはなりません、B29の迎撃に。あるいは刺し違えることになるかも……。そういうことで、お別れに参りました」

桃子はたちまち視野が霧の向こうにぼやけるのを感じた。

「そんな!……」

「心配いらないよ。見ているがいい。あの図体《ずうたい》だろう、近寄りざま機関砲弾をたたき込んでやるよ。目をつぶってても命中疑いなしさ。そこでお願い、大和撫子《やまとなでしこ》はアメリカ兵の落下傘《らっかさん》降下に腰をぬかさんでくれよな」

従兵の運転手や家族の手前もかまわず、桃子は森少尉の胸にむしゃぶりついた。

「そんなこと言わないの。行かないで。ばかっ、ばかっ、ばかばかっ! あなたに行かれて、わたし、どうすればいいの?」

「戦争の終結を祈ってくれればいい」

「戦争、終わるの?」

「この地球上に終わりのない戦争なんてあるものか。きっと終わる、それも、ごく近い日にだ」

森少尉は桃子を振りほどいて母親に預けると、再び挙手の礼をし、カクッと回れ右して去った。

その時、桃子の涙いっぱいの目には、奉天空襲の際のB29の巨影が映し出されていた。

女学校でのことだ、「空襲!」の声に外へ飛び出したら、青空万里《せいくうばんり》とでもいうべき透明な大空に、整然と編隊を組んだ重爆撃機群が出現したのだった。東京空襲のような夜間攻撃ではなく、白昼堂々、無人の境《きょう》を行くがごとき自信に満ちた飛びようである。白い飛行機雲を幾筋も引き、まぶしいまでに機体を輝かせるさまは、敵ながらもまことに美しいというほかない。

そこに高射砲がポンポンと打ち上げられた。砲弾は編隊のはるかな下方で炸裂し、まるで歓迎の花火みたいに白い花を開いた。次いで玩具めいた戦闘機が数機舞い上がった。それらが急上昇して編隊に接近したと見ていると、パッパッと白い閃光がきらめき、次の瞬間には紅蓮《ぐれん》の炎と化し、赤黒い煙の尾を引いて落下した。いうまでもなく、それが日本空軍の迎撃戦闘機の末路であった。幸いにして、残骸を離れて落下傘が降下していく。それを見やって女学生たちは邪気のない拍手を送った。

あいつぐB29の焼夷弾攻撃によって東京は焼け野が原になりそうだった。とても安住の地とはいいがたいから、桃子は祖父一人を残してここ奉天へと落ち延びてきたのだったが、それを追うようにしてB29はこの地にまで達した。悪魔としかいいようがない。恐怖が再燃して桃子は真っ先に防空壕に突進し、歯の根も合わないほどに震えていた。……

9

日を置かずして八月九日、ソ連軍は日ソ中立条約を一方的に破棄し、北満並びに蒙古の国境線を突破した。ドイツの降伏によりヨーロッパ戦線で余剰をきたした重戦車大軍団はこの日のためにかねてからシベリア鉄道で東へ運ばれていたのだが、それらが怒濤のごとくハルピン、新京、奉天などの大都市攻略を目指して南下した。日ソ中立条約を盾にソ連軍の侵攻はないと楽観視し重火器や戦車隊を南方戦線と本土防衛に回していた日本軍は、小銃と手榴弾とでソ連軍に立ち向かうほかなく、たちまち敗走また敗走である。

奉天では、桃子の通う浪速高女が閉鎖された。桃子は家にこもり、出勤先を失った父や姉、それに母の暗い顔と向かい合わなければならなくなった。

関東軍（在満日本軍）は日本本土を捨てて満洲国を死守すべく、奉天市内の要所要所に土嚢を築き鉄条網《てつじょうもう》を張りめぐらした。銃剣と軍靴の響きとが街路を往来し、市街戦の近きを思わせた。

そして八月十五日正午、天皇の肉声による、いわゆる「玉音」放送。騒音いっぱいのラジオだったが、日本がポツダム宣言を受け入れて全面降伏したことだけは桃子にも聞き取れた。というより、父がそのように解説してくれたからわかったのである。

だが、「大日本帝国敗れたりとはいえども満洲帝国並びに関東軍は健在なり」の論がまかり通って、奉天はなおも戦闘状態を継続した。

「意気込ごみはいいのだけれど」と拳銃の手入れをしながら父は言った。「この期《ご》に及んで、非戦闘員を巻き込んでの抵抗が果たして効果的なのかどうかは疑問だな。それに、天皇陛下のご命令にそむくことは、そもそも軍規違反に当たるのではないか」

その日の夜半、電話のベルの音が桃子一家を震撼《しんかん》させた。森早苗からだった。

「……父が自決しました。拳銃でこめかみを撃ちました。手帳を破った紙切れに走り書きがあります。読みます。『人生の誤解と苦痛。王恬君にすまない。大日本帝国万歳』。以上です」

「お気の毒に……。それで、あなたはお一人？」

「いえ、ここに兄の克巳がいます。桃子さんを出してください」

桃子は信じられなかった。王梅の父の王恬は予測どおり消されていた。そのことはわかるとして、どうして、森克巳少尉がそこにいるのだ？

おずおずと受話器を握ると、別人のように、一気に老衰したような声がかぼそく伝わってきた。

「ぼくです、森克巳です。お元気ですか」

「桃子です。ほんとうに、あなたは克巳さんですか」

「そうですとも、森克巳本人です」

電話の声はかすかに笑ったようでもある。

「どうして、そこにおられるのですか。出撃なさらなかったのですか」

「飛行場で戦闘機内に待機しているところを、ソ連軍の落下傘部隊に急襲されて、いったんは捕まったけれど隙を見て脱走しました。家に帰ると、父が冷たくなっていた。ぼくも後を追おうとしたが、妹に止められた」

「死んではなりません。誰よりもわたしが悲しみます。それで、これからは？……」

「中国国民党軍の地下組織と連絡を取り合あい、ソ連侵攻軍とあくまで対決し、勝利をおさめるつもり……」

そこまでで電話は切れた。

それ以降、電話はいっさい通じなくなった。電話線が切れたのか、それとも電話局自体が、いずれかの勢力によって制圧されたかである。

八月十八日、関東軍も奉天市内から撤退した。満洲国皇帝並びに関東軍司令官がソ連軍に逮捕され、指揮系統中枢が機能しなくなったのだ。

そうなると、もう無政府状態というほかない。中国人民はいっせいに蜂起した。日本人や朝鮮人を見つけると、片端から襲いかかっては殴り殺した。これではとても街を出歩けはしない。そこで日本人たちは、最初のうちこそ家にこもったが、家ごと襲撃されたり焼き打ちされたりしたらたまらないから、日本人学校に集結し、そこを自発的に民間人の収容所として、勝者の保護を求めることになったものである。

桃子の一家は浪速高女の校舎に入った。身寄りのない、やつれきった森早苗も一家を頼ってきた。数家族単位で一つの教室が割り当てられた。そこはなんと、つい近日まで桃子の席のあった学級であった。机で仕切りなどしてどうにか落ち着くと、早苗は、その後の森克巳少尉の消息をぽつりぽつりと話してくれた。

「兄はあれから軍用飛行場に中国国民党軍の地下組織のメンバーと一緒に行ったの。捕獲されている日本軍機を奪って北平に飛ばして、国民党軍と合流するという作戦だったのね。日本軍残兵と国民党系地下組織とが、反ソ・反共の線で利害関係が一致し徹底抗戦に立ち上がったのよ」

10

同年八月一日、大連――。恭が学校から戻ると、王商会主の王戴天が珍しく来合わせていて銭高進ボーイ長らをまじえて何ごとか真剣に話し込んでいた。

「おー、王子様のお帰りだ」と王戴天はコーヒーカップを頭上に載せておどけた。「重大秘密会議中だった。中学四年生ともなれば君も大人の仲間だ。話に加わってもらわねばならない」

恭にもその「重大事」とやらがわかる気がする。七月中旬ごろからというもの、日本人一般はまだ感知していないようすだが、中国人や朝鮮人の動きにどことなく秘密めいたにおいがする。具体的には、日本の通貨の手放しを急いでいるかのようだ。友人の一人は恭に対して予言めいたことを告げた。「鼠は船の沈没を予感して脱出をはかるものだ」

「王戴天さんはね」と有日子は言った。「台湾に行こうとおっしゃるのよ。恭君は、どうしたがいいと思う?」

王戴天は部下の一人に新しい煙草に火をつけることを命じてから、恭に向かった。

「ソ連が参戦しそうなのだ。共産主義国家に満洲を、ひいては大連を占領されたらどういうことになるか。王商会はたちまち破滅よね。だから今のうちに、本社を台北に移す」

「しかし、南方戦線でも日本軍は負け続けですよ。台湾だって危ない」

「そこだが、飛び石作戦で連合軍は沖縄を占拠した。台湾には目もくれないでいる。次のねらいは九州だ。要するに台湾は残り、中国から解放される。そこで恭君、お母さんに一緒に行ってくれないかと口説いているところだった」

「それで、母は何と?……」

有日子は寂しい笑みを浮かべた。

「お気持ちはありがたいけれど、わたしは残ります。ソ連軍が侵攻してきても、わたしにはロシア語という武器があります。彼らはきっと、わたしを必要とするでしょう」

「これだよな」と王戴天は苦笑した。「頑固なんだよ、お母さんは。残ろうものなら、強姦されたり殺されたりするのは必至。恭君、君からも台湾行きを勧めてくれないか」

「では、ぼくはどうなるのです? 吉林には父がいます、生みの母がいます」

「それは君しだいよ。わかってもいようが、ソ連共産主義者は土地の私有を認めない。したがって、宝家の土地・資産は没収となり人民に分配される。君だって安閑と学業が続けられるわけはない。わしに同行すれば、台湾で我が社の正社員にしてあげよう。お母さんとわしが正式に結婚する、と、君はわしの後継者になれるのだ」

「いつまでに返事を?……」

「即刻だ。こういう論議をしている余裕などない。信ずべき情報によると、シベリア鉄道を続々と重戦車軍団が東に動いている。ひとたび越境すれば、無防備に近い日本軍はたちまち蹴散らされる。そこでだ、今夜にも王商会は大連を撤収し、持ち船を台湾へ移さねばならない」

「お母さん」と恭は有日子の手を握った。「ぼくには満洲を離れねばならない理由が見当たらない。あなたが台湾に行かれても、なんとか生きていけます。ですから、お母さんはぼくにはこだわらず、大連を脱出し向こうで幸せになってほしいのです」

「まあまあ」と有日子は恭の手を強く握り返した。「心強いことを言ってくれるのね、恭君。あなたさえいれば百人力よ。だってあなたは、あの神州不滅教の狂信者にピストルを突きつけたんですものね。……ということで王さん、わたしたち母子は大連に残ることにします」

王戴天は煙草の火を靴でもみ消してから立った。

「それではお互い恨みっこなしだ。戦後再会できることを祈るよ。ああ、それから、日本のお金は早く物に換えなさい。塵紙《ちりがみ》にもならんから」

深夜、無灯火のトラックが三台も来て茶房の前に荷物を投げ下ろし、逃げるようにして去った。恭が調べてみると、コーヒー豆や紅茶、砂糖に缶詰に穀類など、数年かかっても消化できそうにないおびただしい品である。王戴天からの厚意ある置き土産《みやげ》と思われた。

放ってはおけず、恭は近所の学校友達に救援を求めた。まずは中庭の池に酒類の瓶を沈め、その上に荷を積んで天幕で覆った。夜を徹しての作業が終わろうとするころ、早くも東空の雲が朱《あけ》に染まろうとしていた。お礼と口止めの意味を込めて、「担《かつ》げる物を一荷《いっか》、何でもいいから持ち帰ってくれ」と気前よく言って恭は彼らを帰した。

運命の日の八月十五日は、学校中の動揺の中で恭は落ち着いていられた。緊急集会で天皇のラジオ放送を聞かされたあと、鐘崎校長の泣きながらの訓示があった。「日本は降伏した。諸君は軽挙妄動することなく、いさぎよく運命を享受しようではないか」というのがその主旨だった。それより、ソ連軍はどこまで侵攻してきたのか、中国軍はどう出るのか、恭には気がかりでならなかった。

学園を接収し、革命委員会を樹立しよう。――との五年生の呼びかけに応じた恭は、その委員長に推された。

「日章旗を下ろして火をつけるのだ」

代わりの旗はひとまず赤旗ですますことにした。

非日系中学生百人の先頭に立った恭は、次の攻撃目

標を校長以下日本人教師に設定した。三角帽をかぶらせ腰縄をつけ、廊下を引き回し罵倒し唾を浴びせた。

11

宝恭委員長は学校側に対して、民族人種別・使用言語別の学級編制を要求した。

「そんな無茶な！」と鐘崎校長は即答を渋った。「仮に白系ロシア人一人のクラスをつくったとして、週三十四時間の授業をその子一人のために進めなければならないのだよ。単純計算でも新たに二人の教師が必要になる。経営上無理だ」

「それが校長の仕事ではないですか」

恭は三十人もの委員の罵詈雑言《ばりぞうごん》を味方に校長に迫った。

夜、街頭では大連地区解放革命委員会と日本人自警団との間に「市街戦」が勃発した。互いに相手をののしるうち、投石から乱闘におよぶ。最終的には誰かが持ち込んだ銃が火を吹き、一人か二人が傷つき倒れる。と、それをしおに解散し、警官が駆けつけるころには双方とも涼しい顔をして善良な市民に戻るのだった。

そうしたある朝、登校して恭はわが目を疑った。中国人将校に指揮された日本兵の小隊が、小銃に着剣すらして学園を警備しているのである。ただ事ではない。

通用門のみが開けられ、教師と日本人生徒だけがそこをくぐって校内に消える。そして正門にはこういう貼り紙があった。

「日本仏教真宗系経営の学園につき、日本人以外の立入りを厳禁する」

恭は敗北感に打ちのめされた。これはいったい何なのだ？

日本は降伏した。満洲国は滅亡した。では、ここ大連はどこの国なのだ？　ロシアが清国から借りて港湾都市を築き、それを日露戦争の勝利によって日本が引き継いだ、いわゆる租借権なるしろもの。――それはソ連が勝ち取るのだろうか。それとも中国に返還されるのだろうか。あるいは、どこかの軍閥が占有するのだろうか。いや案外、主権は日本にあるのかも知れない。その証拠に、敗れたはずの日本軍が健在で警備についているではないか。

次に恭を襲ったのは、足がすくむほどの恐怖感だった。学園騒動の仕掛け人として、または夜の街の争乱に加わった容疑者として、追及の果ては公開断首が待っている。

蹌踉《そうろう》とした負け犬のような恭を、有日子は店頭でなぜだか朗らかに迎えた。

「見て、見てよ」

と言うから、指差された二つのものを交互に見やって、恭は目をむいた。

有日子は長い髪をすっぱりと切り落とし男装をしている。それも黒いタキシードを着用し、ハイネックの白いワイシャツに蝶ネクタイまで結んでいる。そして、得意げに示す看板には、恭のなじみのないロシア文字が書かれていた。

「『ソ連軍将校ご指定の茶房』――そう読むのよ。それから、そっちの紙は、恭君も読める中国語と日本語で『ロシア語個人教授引き受けます』と。どう？」

「それどころじゃなくて、ぼく、大変なショックを受けて帰ってきたんだ」

「その内容だけど、ほぼ想像できるわ。だって、あなたは早々に逃げ帰ってきたんですものね。ソ連軍が学校を占拠してたんでしょう、駐留軍本部にでもするつもりで？」

「違うんだ。日本軍が守っていたよ」

「恭君、わたしをからかおうって言うの?」

「冗談なものか。中国人将校に率いられているのをこの目で見たんだ」

「考えられなくもない。国民党か共産党もしくは軍閥、どこだって日本軍を従えたいのよね」

と有日子は真顔になったが、たちまちはしゃいだ。「混沌は混沌として、お部屋に珍客よ。ただし、決して喧嘩などしないこと、大声を張り上げないこと。約束できる?」

有日子がくぎをさしたのも無理はない。珍客というのは、あの徳安大尉と鳥丘だったのである。

「やあ!」と鳥丘は手を上げた。「これ返すよ。品物は違うけど、必要だろう」

自動式22口径の小型ピストルだった。恭が点検すると弾倉は空である。

「撃ったのか。人を殺してはいないだろうな?」

「とてもとても。小型ピストルというやつ、人殺しには不向きだ」

「間に合わなかった、すまん」と徳安大尉は深々と頭を下げ、テーブルに手をついた。「宝沢閣下は民衆に襲われ拉致された。大衆裁判のうえ、なぶり殺しだった。あの分では、ご家族も安泰ではあるまい。愚昧なる大衆ほど恐ろしいものはない。阻止できなかった側近としては自決しかない。だが、このことを君や母君に報告するまではと思いとどまり、恥を忍んでここへ来た」

「それで、母は?……」

「お耳に入れたら、キャッキャ笑われて、それから、あの始末さ」

あの始末というのは、恭を驚かせた男装とロシア語の看板を指すのだろう。

「このところ母は驚いてばかりですから、父の死にも平気でいられたのでしょう」と恭は有日子をかばった。「ただ、ぼくには、どうしても納得しがたいことがあります。父が牢獄から釈放された時、民衆はお祭り騒ぎでした。その同じ人たちが父をなぶり殺しにしたとは信じられません。あれから十年、父は満洲人の怒り・恨みを買うようなことをしたのでしょうか」

12

「『親の心子知らず』というものよ」と徳安大尉は首を横に振った。「君は、日本軍が殺《や》ったのではないかと疑っているようだが、襲ったのは満洲人だ」

「それを言うなら、親の方が子の心を読めなかったのではないでしょうか。父が、というより、父を盲《めしい》にした人の圧力によって」

「次長のわしの責任だとでも言うのか、君は?」

「そうは言いません。しかし、満洲国の建国さえなければ、父とその一族は県長どまりで健在だったのです。満洲族の満洲なのだから、日本はいらぬ介入をした。……いや、もう過去のことはどうでもいい。それで、あなたたちは、これからどうなさるおつもりですか」

「かくまってほしいのだ、ソ連軍や、旧日本軍人を追う勢力から。わしは戦争犯罪人として訴追されようとしている」

「それで、母は何と?……」

「かくまおう。――そう言われた」

かっとなった恭は階段を駆け下りざま有日子をなじった。

「どういう気です? お父さんを骨抜きにして利用するだけ利用したあげくに見殺し。昔はあいつのせいで、われわれは吉林から夜逃げしなければならなかった。徳安大尉もだが、鳥丘も鳥丘だ。『二度と顔出すな』とピストルを突きつけて追い出したのに、どこをどうほっつき歩いていたのか、今ごろになって、のほほんと出てきやがった」

「それなら、二人まとめて殺せばいい。絶好の機会じゃないの。殺しなさいよ。徳安さんだって、あなたから殺されれば恨まないと思うわよ」

「それじゃお母さん、二人をぼくに殺させるために家に入れたのか」

「あなたは夜ごと街に出ては、日本人相手に喧嘩売ってるでしょう。これからは何も外へ出ることないわよ。内に生きた玩具を置いてあるし、ピストルも戻ったことだし」

「わからないよ、お母さんの気持ち」

「日本のことわざにこんなのがあったわよね。『窮鳥懐ろ《きゅうちょうふところ》に入れば猟師《りょうし》といえどもこれを殺さず』って。わたし、むつかしいことはわからないけど、人間、仲良くやればそれに越したことはないと思うのよ。明日のことが読めないから今日を大事にしなくてはね」

恭はまるめこまれて手も足も出なかった。

一方、大連地区解放革命委員会からは「茶房に日本逃亡兵が隠れているらしい」と追及を受けた。そこで恭は「ラマ僧とその付き人だ」とごまかしておいたが、これだって、いつまで隠しおおせるものでもなかろう。

立ち返ってそのことを有日子に告げたら、

「いいこと思いついたのね、恭君。徳安さんは姓を逆さにして安徳《アンドウ》。姓が安、名は徳。蒙古の言葉がしゃべれるから、適役よ。鳥丘さんは、安徳坊の弟子で通せるわよね。じっとさせてもおけないから、ボーイをやってもらうわ。異義があるのなら今のうちに言っておきなさいね」

「お母さん……」

「何でそんなにわたしの顔を見るの？　どこか汚《よご》れている？」

「ううん」と恭は首を横に振った。「お母さんは強いよ。出征にあたって良兄さんが言っていた。『お母さんは向日葵の花、したたかに生きる』って。その良兄さん、今ごろどこにいるのかな？」

「ほら、見なさい。あの人は日本軍の軍医。良兄さんが軍服を着て大連の夜の通りを歩いていたら、恭君、あなたは襲うかしらね」

恭は引き下がらざるをえない。

それにしても、部屋に閉じこもりがちな徳安とは顔を合わせなくてすむからいいようなものの、鳥丘は向こうから何かにつけて接近してくるので、その一挙手一投足が恭の感情を逆なでする。

「コーヒーカップにスプーンにお皿。天下無敵の鳥丘さまに、こんな雑役をいつまでやらせようっていうのかよ」

そんなふうに高声で言うのだ。本人にしてみれば自分自身を叱咤激励しているつもりだろうが、恭は「この野郎、居候のくせに横着な口をききやがって」と腹が立つ。

「雑役がいやなら、よそに行ったらどうだ？」

恭が言うと、鳥丘はすましたもので、

「おれがいなくなったら、あの人、口が干上がってしまうものな。自分一人ではナイフもフォークもよくはお使いになれん。それとも、老人ぼけかな。まだそんな年でもなかろうに、精神的衝撃が大き過ぎたようでもある」

「徳安大尉とはどこで結びついた?」

「君のお父さんを頼っていったところ、あの人がいて、走り使いに雇ってくれた。君の前だけど、知事閣下の権力なんて指の先っちょもありはせん。すべて徳安次長が取りしきっていた」

13

鳥丘は恭の胸中など意に介するふうでもなく続ける。

「知事閣下の仕事といったら、書類に署名して印鑑を押すだけ。あとは日がな一日、長いキセルで煙草をくゆらしている。あんなのだったら、どんなばかだって勤まる」

「よく言えたものだ。口に気をつけぬと、今度こそ叩き出すぞ」

「待て待て、君のお父さんの悪口を言うのじゃない。実際、いやというほど見せつけられたよ。満洲人官吏は無知・無能・無気力だ。満洲の自治を任されているのに日本人の指示待ちで、自分から何もやろうとはしない。こいつは、どうしようもない冷厳なる事実」

「そのように仕向けたのは日本人じゃないか。満洲国そのものが傀儡だったのだから」

「そう、そこに至った因はいろいろあろう。官吏の資質の問題なのか、日本人が彼らの頭を能なしにしたのか、それだけで大論文が書けよう。だが、かんじんの徳安大尉殿だが、やる気をなくしてしまって、『満洲がだめなら、蒙古に希望を託すしかない』とか、『満洲帝国を土台からひっくり返して再構築するという手もあるにはある』なんて言い出す始末。そこへ、ソ連軍の侵攻よ。ソ連軍が攻めてくるというので、民衆が決起して役所を襲った。日本軍はとっくに退いていたから、守りようがない。おれたち二人、農民と同じ格好をして騒動に加わったふりをし、知事閣下の最期を見届けてから逃げた。……これ、正真正銘の真実」

そのようなことを話し込んでいると、表が騒々《そうぞう》しくなった。デモ隊が、「日本軍逃亡兵を出せ！」と叫んでいるのである。恭は最悪の事態に陥ったと頭を抱え込んだ。学校からは追放されたし、怪しげな日本人をかくまったからには夜の「出撃」もままならない。

しかし、よくしたもので、事態は恭を決定的破局に導くことはなかった。進駐してきたソ連軍の軍規が最低だものだから、最初は「熱烈歓迎」の旗を掲げた解放革命委員会だったが、幻滅と憎悪を感じてそっぽを向くし、日本人自警団は中国人相手の争闘を中止してソ連軍兵士の蛮行――婦女暴行や物品略奪に対して自衛策を講じなければならなくなったのである。
四、五日が過ぎて、皿洗いしながら鳥丘は恭に言った。
「中庭の隠匿物資、売りさばいてやろうか。あのままじゃ、腐っちまうよ。それに、も一つの腐れものもどうか処分しなくちゃね。安徳坊さん、読経三昧《どきょうざんまい》だからね。あれを聞いていたら、こっちの臓の腑まで腐りそうだ」

徳安大尉は蒙古人ラマ僧・安徳になりすまし、部屋にこもりっきりなのだ。日がな一日、飽くこともなくラマ教の教典を唱えている。

恭が黙っていると、鳥丘は、

「君の仲間の手を借りたい。さっき言った隠匿物資、あれを売る」

「待った。今どき、日本の札《さつ》や貨幣は何の値打ちもない。物の方が大事だ」

「わかっているとも。間もなく寒くなる。ストーブで莚包《むしろづつ》みを燃やす気でいるのかね」

恭の返事を待たず、鳥丘は翌朝にはもう行動を開始していた。自転車の尻に荷を積んで出かけたと思ったら、一時間後にはそれが側車付きの三輪自転車に変わっていた。次に飛び出して帰った時には、コーヒー豆袋の中身は石炭に化けていた。

「錬金術師かしらね、鳥丘君は?」

有日子が感心したら、鳥丘は大声で二階の主を呼んだ。

「安徳坊さん、托鉢《たくはつ》の時間ですよ。下りてきなさい」

鳥丘にはためらいがない。変わり身が早く、押しが強い。その押しの強さに、安徳坊こと徳安大尉も恭も押しきられた形になった。

一般に大連の日本人は物持ちである。にもかかわらず、危難を恐れて家に閉じこもりがちだから、新鮮食品などの生活物資に困窮している。そこが付け目だった。鳥丘は衣服や装飾品を預かっては中国人から米や肉や野菜を手に入れた。恭も安徳もその行商の手伝い役である。身を隠すべき立場にある徳安大尉だが、逆に身をさらすことによって安全を確保できたともいえる。なぜなら、薄汚いラマ僧が市中を白昼堂々と自転車を漕いでいるのを見て、誰が指名手配中の日本人A級戦犯を思い浮かべよう。

一方、市民にとってソ連進駐軍兵士は恐怖と憎悪の対象でしかない。彼らは、女と見れば人目もはばからず押し倒して馬乗りになる。道行く人の腕時計・万年筆を強奪する。民家に平気で押し入り、何でも手当たりしだい持ち帰る。なのに、鳥丘にかかると彼らは手もなくひねられた。鳥丘は、腕時計や装飾品をざらつかせて熊のような兵士に近寄り、腰の軍用拳銃との交換を持ちかける。そのように明からさまに言われれば、どのような厚顔無恥《こうがんむち》な兵士であろうとも手を振って逃げたがるものだ。ところが十人中一人は拳銃を手放す。中にはマンドリンのニックネームを持つマシンガンで取り引きをはかる豪の者までいる。なにしろ時が時だけに、これらの武器を入手したがる中国人や朝鮮人は数多くいる。

「闇商売」には恭の「ワル仲間」が加わった。彼らは学校を追い出されて行き場所をなくしていたものだから、結構な働き口を得たことになる。物々交換の末に、鳥丘の言う「隠匿物資」の山はあらかた消え、中庭には季節はずれの噴水すらもが復活した。

荒野新風《こうやしんぷう》

1

奉天に秋が来た。本来なら最もさわやかな季節なのだが、心なしか秋風が寂しい。

中国人による日本人への復讐が最も恐れられていたことなのだが、実際はさほどでもなかった。彼らの憎悪の牙《きば》は朝鮮人に向けられた。十間房《シージンファン》と西塔《シーター》区の朝鮮人居住区が真っ先に襲撃された。それまで朝鮮人の一部は日本人の手先となって直接的に中国人を差別視し迫害してきていたから、その報復が血を呼んだのである。

そこで、中国人の有力者たちが臨時維持政府を樹立し治安の回復をはかった。私刑は厳禁され、奉天省はもとの遼寧《リオニン》省に、奉天市は瀋陽《シエンヤン》市と名を改めた。そうした努力にもかかわらず、瀋陽市内は空前の大混乱に陥っていた。日本国は倒れ満洲は瓦解した。代わって中国を代表するはずの国民党政府は南京を首都に中国中央部を支配し、東北地方（旧満洲国）にまでは力が及ばないでいる。一方、中国革命軍を標榜する八路軍は東北部に進出はしているものの、国際的な承認を受けていないがゆえに、外交関係に妨げられて公《おおやけ》には瀋陽を占領することができないでいる。

一週間戦争で日本軍を制圧・屈服させたソ連占領軍は、軍規不在の野獣集団そのものだった。彼らは日本人・中国人の別なく敗戦国民として一括処理し、略奪・暴行は日常茶飯事である。私的にもそうだが、公的にも強奪をほしいままにした。瀋陽市内にある重工業・軽工業施設を解体して自国内に持ち去ったのを手始めに、発電所の中枢機材を搬出したため全市が停電。その後日、中国民衆を扇動して発電所内に乱入させ、器物破壊・略奪のさまを映画と写真に撮りまくった。あとで国民党政府相手の交渉の際に、民衆暴動の結果このような惨状になったのだと言いつくろおうとしたものである。

あまつさえ、東北地方にのみ流通する軍用券を発行して物資を買いつけた。何しろ通し番号すら打たれていない紙幣を天文学的数字で刷ったものだから、インフレをあおり民衆を疲弊させた。後年、ソ連の絶対支配者だったスターリン首相の陰謀が暴露されるのだが、日本軍捕虜六十万人をシベリア開拓に従事させる目的で開戦に踏み切ったという。

最初、中国民衆はソ連軍を解放軍として熱狂的に歓迎した。それもそのはず、日本は満洲を十四年間統治し、その間、ありとあらゆる手段を講じて中国民衆を搾取し続けたものである。愚民・奴隷化政策も徹底していて、中等・高等教育の学校施設は微々たるものだった。その結果として、満洲国中央官庁の高級役人あるいは技術者の供給源が乏しく、日本人が進出してきて穴を埋めた。他方では、中国人を不法に逮捕・連行し、奥地の開発や鉱山の労務などの強制労働に当らせた。従わない者・反抗を企てる者は、拘禁のあげく、マルタと称して医学用生体実験に使いもした。細菌やガスなどにどこまで耐えられるのか、生きた人間を実験材料とするのである。

このような日本による悪逆無道の満洲支配から解放してくれた救世主——とばかりに歓呼して迎えたソ連軍だったのに、なんとそれは日本軍の比ではなかった。中国人民衆は完全に裏切られたのである。少なくとも日本軍には厳正な軍規が保たれていたから、組織的・政治的な弾圧や迫害を抜きにすれば、一般兵士はおしなべて温和だった。

その点、ソ連の軍政は無能である。野盗的兵士をまったく取り締まれないし、「解放軍」らしい使命感は将校にすらみじんもないものだから、中国人はたちまち愛想を尽かし、憎悪の火をすら燃やすことになる。

無政府状態であろうとも市民は生きなければならない。そこで、民衆の知恵で市内至る所に「市《いち》」が開かれた。言うならば露天マーケットである。衣食住の「住」はさておき、無い物はないというほどに何でもあった。

暮らし向きで途方に暮れていた日本人もおいおい収容所から出て、駅前通りで手持ちの品物を売った。ぜんざい・汁粉・煎餅などの純和風の食べ物もあった。日本や満洲の紙幣、ソ連の軍用券は紙切れ同然だから、もっぱら物々交換か、中国人の好む銀製品が通貨として動いた。

そのようなある日、桜子・桃子の姉妹それに早苗の三人は男装して、平静さが復した街に出てみた。びくつきながら歩いていると、見てならぬものを見たように桃子は立ちすくんだ。なんと、浪速高女の気位高い先生たちが物売りをしているのである。

あまりのことに桃子が手放しで泣いたら、先生の一人はかえって慰め顔に言った。

「何でもないさ、泣くことはない。報いがあったのだよ、宝城院さん」

その「報い」という言葉は、長いこと桃子の耳奥にとどまった。「報い」とは「悪事」のあとに来るもの。ならば、先生はどういう悪事をはたらいたのだろうか。それとも、それは先生個人の問題ではなくて日本人全般がはたらいた悪事なのだろうか。だとすると、日本人はどのような「報い」を受けるのだろうか。……

収容所に逃げ帰ると、父のところに国民党地下組織の徐瑛《シュイエン》と名乗る若い男が来ていた。

「あれから」と徐瑛は言った。「森少尉たちは鹵獲《ろかく》された日本軍用機を奪おうとして飛行場に侵入したけど、ソ連軍に気づかれて逃げ散りました。今は国民党軍に加わって作戦行動中です」

2

愛する人が生きて戦っている、との情報は桃子を勇気づかせた。生きる希望すらもが失われがちだったのだから、かすかな明りでもほしいものだ。

「徐瑛さんはね」と声を殺して父は桃子に言った。「国民党政府軍の瀋陽到来を望んでおられる。共産党系軍が中国全土を制するようになったらどのような暗黒の未来が訪れるか、ソ連軍の野蛮な行動を見れば一目瞭然だろう。——と、そのように言われて、提案をされた。日本人から軍事資金として金銀・宝石の類を寄付してほしい、それらは国民党軍の軍事費として活用される。交換条件として、宝城院一家をはじめ資金提供者にはビルの部屋を確保してあげよう、と」

「それで、お父さんはどのように返事をしたの?」

「乗ることにした。森克巳少尉も徐瑛さんたちの仲間だからな」

「あの人は今どこに?……」

「通化《トンファ》に走って作戦行動中らしい」

そこがどの辺なのか桃子にはわかりかねたが、「作戦行動中」というからには日本軍残党はかなりの兵力を温存しているのかも知れない。

「それなら、今のところは無事よね。よかったよかった」

「ところでお嬢さん」と徐瑛は桃子に対した。「玉杏《ユーシェン》という娘をご存じではありませんか。浪速高女でお嬢さんとは同級生だったらしいのですが」

「いいえ、同級生に玉杏という名の人はいませんでした。その人が何か?……」

「娘ながらに八路軍の一派の東北紅軍の遊撃隊長として先鋭・過激な戦闘に走り、中国国民党軍とは敵対関係にあります。むかし、父親を日本軍の憲兵に虐殺されたとかで、日本人を恨んでいます。森憲兵隊長の息子が森克巳少尉。ですから、もしお嬢さんが同級生だったのなら、気をつけられたがよかろう、と」

「もしかして？……」と道雄は桃子に言った。「ほら、森憲兵隊長の追及から逃れて我が家に忍んできた娘さんがいたろう。あの人の名は？……」

「王梅さん？……王と玉、梅と杏、似ているわよね。偽名ということは考えられる。でも、仮に同一人物だとして、あの人が憎んでいるのは日本帝国主義で、一般の日本人は好きだ、と言っていました。わたし、あの人にはよくしてあげたから恨まれることなんかない」

桃子は痛いほどに首を左右に振った。

それからほどなくして、宝城院一家と四世帯の日本人家族は、南八条の四階建ビルに引っ越した。元日本系商店の建物を中国人が占拠したものだ。ここなら、一、二階部分には徐瑛一派の中国人たちが住まっているので、まずは安全だといえる。

初冬に入った。十一月七日はソ連軍革命記念日である。この日、瀋陽市内では盛大な戦勝祝賀会が催された。

もともと瀋陽は東北民主連合軍を名乗る旧八路軍の支配下にあった。だが、外交ルートを通して、ソ連は十月末、この軍隊を市外へ追放してしまった。ソ連の主張では、中国を代表するのはあくまで中華民国、つまり国民党政権だというのである。

戦勝を祝してソ連軍は駅前広場に解放記念碑を建てた。今日はその除幕式だ。親ソ派の中国人学生と民衆とがソ連国旗をうち振って行進した。

高射機関砲が空に向けて連発され、記念碑を覆っていた白い絹布が引き落とされた。すると、高い塔の上に銅製の真新しい戦車が出現した。駅前広場をうずめていたソ連軍将兵と中国民衆とがいっせいにどよめいた。

「チェッ」徐瑛は舌打ちして日本語で言った。「奉天駅のホームを出て駅前に立つとぐーんと視野が開けたのに、瀋陽駅と改名したとたん、何でこんな不細工な物で目を遮らねばならんのだ」

男装をした桜子・桃子姉妹、それに森早苗は思わず顔を見合わせた。

「徐瑛さんはこの記念碑に反対なの？」

「大反対だ。ソ連の野豚野郎めが中国人の自尊心に糞を塗りやがったのだ」

旧千代田通りはスターリン通りと改名され、そこをさまざまな団体がにぎやかにパレードした。

中国人学生の一隊が通りかかると、そのリーダーが何ごとか叫び、続いて皆がそれに唱和した。

早速、早苗が拍手と賞賛の言葉を送った。彼女には中国語、それも東北方言が理解できるのだ。

「学生のリーダーは何と叫んだと思う？『ソ連軍帰れ！ソ連軍の盗人《ぬすっと》野郎！』。そこで、わたし言ってやったのよ。『人食い熊ども、くたばれ！』って」

「そんなこと言ったの。勇気あるわね」

「大丈夫よ、ロスケには中国東北方言は通じないから」

三人はその場で手を取り合うと、ピョンコピョンコ踊った。

台上に居並ぶソ連軍幹部将校たちは、表情をくずすこともなく挙手の礼で答えている。

帰り道、ソ連軍女性士官の乗る車を酒瓶片手の一兵士が仁王立《におうだ》ちで止めるのを見た。車が止まるやいなや、兵士は士官を引きずり下ろし無理やりに辱を重ねた。

3

上官に下級兵士が乱暴をはたらくとは、日本の軍隊では考えられないことだった。もっとも、従軍看護婦を除いては日本軍に女性兵士など存在しなかったけれど。

桃子たち三人は、あわてふためいてその場から逃げた。

千代田公園の前まで来ると、群衆が大騒ぎしている。逃げる者、反対に押しかける者、てんでばらばらの動きである。

いったい何ごとならん？　と怖いもの見たさに近寄ってみて、桃子たちは息をのんだ。軍用トラックが数台停車している。そして、車から降り立った兵士たちが、力ずくで中国人の所持品を奪っているのである。相手が女だと見ると、数人掛かりで木陰に引っ張り込んでは衣類をむしる。それを止めようとする中国人男性を殴り倒し踏んづける。……

そこへ新たな一台が突っ込んでくるなり、空に向かって自動小銃を放った。ダダダダダダ……。冷静に考えれば、ソ連軍憲兵が乗り込んできて兵士たちの乱暴の制止にかかったのだから一般民衆は逃げなくていいものを、人々は銃声におびえて四方八方に散る。民衆が逃げるものだから、野生むき出しの兵士はおもしろがってそれらを追う。と、憲兵はむきになって威嚇射撃をする。……

それらの人波に蹴散らされるようにして、三人はたちまち引きはがされた。

「お姉さん！　早苗さん！　どこよ？　どこ？……」

桃子は必死であらがうのだが、いくら叫んでも、怒濤の海に落ちた一枚の木の葉のようにもまれていく。よろけて倒れると誰一人引き起こしてくれる者もない。そこへ憲兵に追われた軍用トラックが迫ってきた。男子学生が数人、駆け寄りざま、桃子を街路樹の陰に引きずった。

「名は？……家はどこ？……」

中国語が満足には話せないものだから、とっさに徐瑛の名を告げたら、彼らは顔を見合わせて、短く言った。

「帯道児吧《タイタオルバ》（送ろう）」

こうして桃子は幸いに帰れたが、桜子と早苗は行方知れずだ。

道雄は徐瑛に捜索を頼んだ。

二日経ち三日経っても、手がかりはない。やっと五日目、徐瑛は、城内の中国人開業医の産院にいる早苗を見つけ出したと知らせてきた。彼女はソ連軍兵士に暴行されて意識不明だという。

睫《まつげ》までが白くなるような寒風を突いて、桃子と両親は徐瑛の案内で馬車を走らせた。

薄汚い病室の土間に、早苗はじかに寝せつけられていた。茶色のしみだらけのシーツが全体を覆っている。勇を鼓《こ》して道雄がそれを剝ぐと、泥まみれの凍った顔が目に飛び込んできた。

「早苗さん！……」桃子は呆然と立ちすくんだ。「どうして、

このように？……」

中年の女医は事務的に応じた。

「強姦よ。一人でなく何人もからね。この娘、その前に舌を噛んで……」

「それはソ連軍兵士の乱暴によるものだ。病院側は責任を追及できないのか」

道雄が詰め寄ると、

「中国人女性もたくさん暴行されたわ。その中には、うちの院長先生も含まれていた。若いならいざ知らず、院長はもう六十よ。先生を知っている中国人が院長を助け、この娘を助け……。でも、手遅れだった。担ぎ込まれた時、すでに絶命していた」

「桜子もこのように？……」

慶子はまだ見つからない長女の安否に早くも思いをはせている。

桃子は、森一家の不運を思いやり胸を詰まらせた。釜山から奉天行きの急行列車内で初めて言葉を交わした時以来、ずっと憧れの対象としてきた早苗のこのような無惨な変容といい、その父の憲兵少佐の非業《ひごう》の死といい、我が思う人、克巳少尉の逃亡といい、どうしてこの一家はこのように呪われているのだろうか。このことを鳥取の里にいるというお母さんが知られたら、どのように嘆き悲しまれることだろう。……

とにもかくにも遺体を引き取り、この地方の習慣に則《のっと》って草原《そうげん》に埋葬するほかない。徐瑛が取りしきり、小さな墓標を立てて十人に満たない人たちが寂しい野辺の送りをした。

「それにしても、桜子は？……」

戻る道すがら、慶子はそのことばかりを言い続けた。

隠れ家に帰って、桃子は肝をつぶしそうになった。なんと驚いたことに雲を突くような巨漢がぬーっと顔を出したのである。

後ろざまに跳ねとんで、またも「キーッ」と悲鳴を上げたくなった。巨漢の腕の下から桜子のいたずらっぽい目が覗いているではないか。

桃子が胸をなでおろすと、慶子はもう長女を胸にかき抱き、涙、涙である。

「あのあとね、憲兵隊が突入してきて威嚇射撃をしたでしょう」と桜子は泣き笑いした。「あの憲兵隊の中にこの人がいたのよ。カリコフ中尉といって、モスクワ大学で日本語専攻だったそうよ。助かったわ、おかげで」

4

「あなた、憲兵なら、野蛮なソ連軍兵士を取り締まるのが仕事でしょう」

桃子が嚙みつくと、カリコフ中尉は大げさに肩をすくめ、癖のある日本語を返してきた。

「満洲の日本軍は勇猛だとソ連全土に知れ渡っていた。それで、刑務所から囚人釈放し、手柄立てたら過去のことなし、と宣言しました。そのこと災い、今では憲兵もお手上げよね。みんな逮捕し裁判にかける。収容する建物ありません、食う物ありません」

「なるほど」と道雄も肩をすくめた。「あなたは大学出の将校だ。兵士とは異なり、将校は教養ある人・節度ある人と見ていいわけだな」

「その言葉、ありがとうです。パパさん、あなたはいい男。ぼく、お嬢さんが大好きだから、傷つけることはしません、絶対。男が女を守る、これ、ヨーロッパの騎士道よね」

桃子は直感で、この二人が結びつくに違いないと読んだ。

カリコフ中尉の出現で一家はより安全が保証されることになった。ソ連軍憲兵将校が一、二度でも軍用車で出入りしたとあっては、下級兵士の乗ずる隙はない。

「それにしても」と道雄は苦笑混じりに言った。「ソ連の憲兵は国民党軍の地下組織のことをどの程度つかんでいるのかな。あの連中、徐瑛君をはじめとして大のソ連嫌いだからな。桜子が漏らせば事だぞ」

それに対して桜子はかぶりを振る。

「信じてちょうだい、あなたの娘ですから」

冬に入ると、徐瑛はストーブと石炭を手配してくれた。暖房なしで零下三十度にも下がる北国の冬を越すのは無謀にひとしい。その直後、カリコフ中尉の使いだと言って、兵士二人でやっと持てるような絨緞《じゅうたん》が差し入れられた。それを広げると、中から麦粉と粉ミルクの袋が出てきた。

「さすが憲兵だけのことはある」

道雄はおかしな褒めようをした。

その年の暮れ、徐瑛の仲間と名乗る男が来て、「桃子さんですね」とくどいほど念を押して薬包みたいなものを握らした。

開いてみると、中から小さなお守り札が出てきた。「乃木神社」とある。桃子は変事をさとった。このお守りには覚えがある。森克巳少尉とその神社に参拝したおり、社務所で授かったものだ。それが返されてきたからには、彼はおそらく無事ではあるまい。

だが、と気をとり直した。よくよく見ると、包紙の裏には、虫眼鏡で見なければわからないほどの小さな几帳面《きちょうめん》な字が書かれていた。

我々は日本軍残党と国民党軍からなる一個小隊と遭遇、これを壊滅させた。遺体の一つから出てきた物が貴女の手に渡ることを祈願してやまない。

東北紅軍遊撃隊長　玉杏

桃子は膝から下の感覚が急に失せていくのを意識した。あの王梅が姿なき姿を見せてきたのだ。使いの男は徐瑛の仲間ではなく、彼女の配下だったらしい。「亡き父の仇を討てた」とでも言いたげな文面を持たせたのである。桃子の胸は複雑に揺れた。これは王梅の勝利宣言なのか。それとも、旧交の証明なのか。いずれにしても、森克巳少尉が満洲の土となったことは否定できない。

「さようなら」と桃子は涙をぬぐい、それをそっと達磨《だるま》ストーブに投げ入れた。

新しい年になって、しばらく遠ざかっていた徐瑛が顔を出した。

「宝城院さん、お嬢さんを二人とも貸してはくれませんか」

「貸すって、どういうこと?」と道雄は気色《けしき》ばんだ。「犬・猫ではあるまいし」

「実はね、国民党政府の東北長官部の高級将校たちが瀋陽入りしていて、乃木ホテル改め中蘇ホテルで毎晩のようにパーティーをやっているけど、武骨な軍人ばかりで女っ気がない。集まってレコード聞くだけではおもしろくないものだから、美しいお嬢さんでピアノが弾ける人、ダンスのできる人を捜してこい、という話になった。それなら格好の人がいる。――というわけで、お二人に白羽の矢が立ったのですよ」

「しかし、軍人ばかりの中に娘を……」

「ご心配はごもっとも。気がかりなら、両親も付添って出向かれたがいい」

「そうは言っても、この頭、男の子みたいでしょう」

桃子が照れると、徐瑛はその頭を撫でて笑った。

「ボーイッシュカットというやつで、かえって清潔感があって喜ばれますよ。ああ、それに桜子さん、あのカリコフ中尉も来ることだし……」

「まあ！……」

と桜子は頬を染めた。

「徐瑛君、何か画策《かくさく》しているのでは？」

「ばれましたか。国民党軍としてはソ連軍と友好を保ちたいわけよ。特に憲兵とはねんごろにしておかねばならない。中国人への暴行を止めさせるためにもね。そこへ日本人が顔を出せば、戦勝者と戦敗者との橋渡しにもなる。宝城院さん、あなたは子爵家の名門として触れこんであるから、お嬢さんはさだめし友好親善私設大使ということにもなる」

5

中蘇ホテルの夜会で、桃子は得意のピアノを演奏した。選曲第一はショパンのエチュード「革命」である。過ぐる年、ドイツ領事館で「禁曲」と戒められた思い出の曲だ。あの時は森早苗がいた。その兄の克巳にも紹介された。王梅とその父もいた。……

弾き進むうちに次々と思い出がよみがえってきて、桃子は切りもなく涙があふれて止めようがなかった。

いつかピアノの横に四十前後の少将が立っていて、なぜだか涙ぐんでいた。

桃子が弾き終わって立つと、軽く会釈し胸ポケットから刺繍入りのハンカチをさりげなく出して手渡した。

本人は名乗ることなく、副官が英語で紹介した。

「皇 甫凌雲《ホアンプーリンユン》将軍閣下です。漢 口《ハアンコウ》出身、アメリカの士官学校卒、中国軍の超エリート」

肌白く、中肉中背。スマートな身のこなし。桃子は一目で惹かれるものを感じた。

そこで恥を忍んでへたな中国語で話してみると、英語が返されてきた。滞米十年で身につけたらしい流暢な英語の使い手に対し、たかが高等女学校仕込みのそれでは格差がひど過ぎる。だが、劣等感を抱かせない配慮が巧みだから、ついつい乗せられて、桃子はうろ覚えの単語を連ねただけの会話でもってはしゃいだ。

夜会が重なるうち、皇甫は桃子にショパンの「夜想曲《ノクターン》」の演奏を所望した。桃子は十九もの曲目をそらんじていたから、順に一つ一つを心を込めて弾くことにした。

三曲弾き終えた時、皇甫は「そこまで」と止めた。桃子がいぶかって立つと、おもむろに皇甫は片膝ついた。そして、手を差し出すようにと促してきた。

「ありがとう、宝城院子爵家のお嬢さん。名演奏でした」

皇甫は西欧貴族式に、桃子の手にうやうやしく唇を触れたのである。

その手の甲から脳天にかけて甘美な電流が流れるのを桃子は体感し、顔が上げられないほどの恥じらいを覚えた。森克巳との逢瀬の中で一度として味わったことのない陶酔の感覚である。

桃子の胸のうちはわからず、まわりはいっせいに拍手を送った。

その時、桃子は、森克巳という一つの星が色あせて消滅するのを感じた。それを超えるきらめきを持つ新星の出現だった。そう、二十もの年齢差を越えて、皇甫との間に愛が芽生えたのである。男女間のそれというより父娘《おやこ》の愛に近い。

その後、皇甫の手配で宝城院一家は一戸建ての警備兵付きの住まいに移った。敗戦国の避難民にとっては最高の扱いというほかない。

翌年——一九四六年の夏、中国国民党軍は「向こう三か月をもって東北全域から共産軍を駆逐・殲滅する」と内外に宣言した。その内戦に終止符を打つ前に、瀋陽に集めた旧満洲領域の日本人居留民を帰国させねばならない、それが中日十五年戦争に勝利した勝者の寛大な措置である、と蔣介石総統率いるところの国民党政府は考えたのだった。

ここでも皇甫少将の奔走がきいて、宝城院一家——というより、道雄・慶子夫妻の帰国者名簿への登録手続きがいち早くすんだ。この段階になって、桃子は皇甫少将のもとにとどまり、桜子はカリコフ中尉に従ってモスクワに行く、と、それぞれ身の振り方が決まった。灰燼の日本で辛酸をなめるよりはと、もともと国際的な広い視野と考えを持つ両親は二人の娘の選択に異を唱えはしなかった。

引揚げが近くなった日、突然、慶子の里方の弟である池田普の家族四人が出現した。この家族、大多数の日本人とは異なり顔の色つやがいい。

「よくもまあ無事で……。それで、今までどこにいた？……どうしてここが？……」

道雄が矢継ぎ早に尋ねると、普はこともなげに笑った。

「ここから北へ十キロ、北陵の知り合いの農家にかくまわれていたとたい。以前、枕木盗みを捕まえたことがあっての、憐憫の情とかがはたらいて釈放してやったとたい。それ以来の付き合い。あの辺は、清の皇帝の墓があるもんだから、誰も近寄ろうとはせん。そこでおおっぴらに労力提供で働いてきたけん、見てんの、家族みんな健康じゃろうが」

「それにしても、よくここが？……」

「村々におふれが出て、日本人はいないか、罪は問わんから申し出よ、すぐ帰国させる、ということだったんで、家内はだましの手に乗らんようにと引き止めたけど、日本語の貼り紙まであるから嘘偽りじゃなかろうと出てきたわけたい。道々聞いたところによると、国共内戦にけりをつけるため日本人は総引揚げさせる、とよ。それで、瀋陽に来たら、義兄《あん》しゃん一家の所在がわかった。この食うや食わずの時世に豪勢なよか暮らしばしとるのー」

「いや、君こそ、ほんとに偉い」

道雄がほめると、普は高笑いした。

「そげなことはなかばい。おどんが百姓の出じゃったけん、人種・民族が違おうとも地球上農民はおんなじたい」

桃子は言葉を返せず、叔父の丸顔をまじまじと見た。

「それで、桜子も桃子も一緒に日本に帰れるよなあ。よかったな、家族の一人も欠けることなしに。これも仏様・ご先祖様信心のおかげよ」

6

「いや、そのことだが、本人の希望を容れて桜子も桃子も残ることになった」

道雄がそう言うや、普は怒声を発した。

「残る?……どういうことじゃ、そいつは?」

道雄と慶子がこもごも説明すると、普は不愉快極まりないという顔を見せた。

「そげなこつが、あってよかもんかい? 若い娘の一時的な気の迷いたい。帰ろう、みんなして一緒に帰ろうよ」

二家族みなが応対に困るくらい普は声を上げて泣き、道雄夫婦につっかかった。

「子爵家の末裔ともあろう家系でありながら、大事な娘をばロスケやチャンコロの嫁にしていいもんか。第一、東京帝国大学教授のお祖父ちゃんが嘆くぞ」

「待って、叔父さん!」と桃子は口をとがらした。「ロスケとかチャンコロとか、そんな侮蔑語を平気で口にしていいのですか」

「大和民族の純潔を保てないようでは、万世一系の天皇様に申し訳が立たんばい」

「叔父さんがそういう人とは思わなかった」

「じゃ、どういう人と思うとったか、桃子は?」

「民族差別とか偏見のない、開放的・進歩的な人だと、ずっと尊敬していました。叔父さんの見当はずれの発言を聞いて、がっかりしたわ」

「よせよ、おどんは農民出の一兵卒からのたたき上げよ。つまり純粋日本人よ。おれの一族に外人さんの血が入るのは許せん。ただ、それだけの話」

「何を言うんです、叔父さんは? 神国日本は負けたのよ。天皇だって戦争責任は免れない。アメリカ兵の軍靴に踏みにじられている国におめおめと帰るよりは、縁のあるこの国に残った方がいいとわたしは思うの。それこそ、叔父さんのかねての主張の五族協和の精神よ。ほら、満洲に骨を埋めると言っていた昔の叔父さんの考えそのものよ」

「そうじゃない。おどんは佐賀の百姓の出たい。それがお国のために十八で兵隊を志願してからこっち、二十五年もの間、軍隊のおまんまを食うてきた。准尉まで昇りつめて軍隊を満期除隊になった時、義兄しゃんの世話で満鉄の鉄道警備隊に採用された。ばってん、満洲は滅んだ。おどんの骨を埋める所がどこにあると言うのか、桃子？」

「わかったわ。叔父さんは帰国なさってかまわないけど、わたしはこの国に恩を感じているから残らしてもらうわ」

「お前たちも、この地じゃ、ようは生きていけん。なあ、帰ろう。お前たち姉妹は赤ん坊のころから知っちょる。それば残して帰るおどんが辛か。なあ、一緒に帰ろうよ」

桃子は扱いにほとほと困った。しかし、その心情は理解できなくはない。だから、叔父をなだめようと姉妹二人して取りすがるうち、二家族みんなして泣くだけ泣くのだった。

翌朝、皇甫少将の手配したアメリカ製ジープが二家族を瀋陽駅へ送った。見送りに皇甫はプラットホームまで行を共にした。

ここでも普は桜子・桃子の姉妹を抱き寄せ、声を放って泣いた。

「桜子に桃子よ、気が変わったら異人さんの亭主を捨てて、いつでも帰ってこいよ。へたに『女大学』の教えや『葉隠《はがくれ》』精神を守らずともよか。もう、そういう旧来の陋習《ろうしゅう》にしばられる時代じゃなかもんな」

「ふふふふっ……」と桜子はくすぐったそうに笑った。「叔父さんこそ、その旧来の陋習にとらわれることなく、田舎で元気に農業をやって日本の戦後復興に寄与してね」

桃子は込み上げてくる涙で声が詰まってならない。

「中国と日本との間に往来ができるようになったら、叔父さんたち、満洲に来てよね」

汽車が出そうになった。皆をせかして乗せたあと、道雄はデッキから声をかけた。

「桃子、皇甫将軍へは何もお礼できなかった。その分は、こういう言い方は悪いけど、お前の働きで返してくれ」

「ええ、そうします。……お祖父ちゃんに会えたらね、この……」と言いかけて桃子ははっとした。「この銀時計を返して」と言おうとしたのだった。しかし、その大事な銀時計は王梅に渡してしまっていた。そして、その王梅はどうやら「敵」に回ったようすだ。

桃子は痛いほど唇を噛み締めたのち、汽車の動きを追って歩きながら言った。

「内戦が片づき中国に平和が戻ったら、将軍と二人して、きっと訪日しますから、お元気でいてね。──と、お祖父ちゃんには伝えておいてください」

窓からは、慶子が上体を乗り出してハンカチを振り続ける。

「再見《ツアイチエン》! この言葉、大好きよ。サヨナラなんて言うものですか。桜子に桃子、再見!」

「再見!」

桃子も負けじとばかりに大声を上げた。

汽車を見送ってから駅舎を出ると、徐瑛が自転車を飛ばしてやってきた。すでにシャツといわずズボンといわず雨に濡れたような汗である。

「遅かったか、チェッ!」

徐瑛はまわりに聞こえるほどの舌打ちをした。

「いいのよ、そのお気持ちだけでも」

徐瑛は強くかぶりを振り、それから皇甫将軍に何ごとか耳打ちした。

7

「うむ、それは捨て置けぬ……」

皇甫の表情は見る見るこわばり、すぐさま部下をうながしてジープに乗った。

「桃子には悪いが、緊急かつ重大な用件が生じたと本部からの呼び出しだ」

皇甫はそう言い残し、ジープは急発進して去った。

「徐瑛さん、何か起きたの?」

桃子がおびえて尋ねると、

「実は」と徐瑛は声をひそめた。「投げ文が届いたのです。小石に通信文を巻きつけて投げ込む。これまでも同じ手口のが何件かあった」

「で、投げ文には何と?……」

「今回のには、共産党系軍の地下組織が日本人の引揚げ列車を襲う、とあった」

「単なる脅しでは?……それとも、脅しておいての取り引き?……」

「いや」と徐瑛はまっすぐに桃子を見た。「発信人には玉杏の署名があった」

「玉杏といえば……」

と桃子は息をのんだ。

「そう、あなたのご学友の王梅からのものです。この玉杏発の投げ文については、最初のころは半信半疑だった。ところが最近、信用度が高い。つまり、こいつは脅しなんかではない。彼女は警告を発してそのとおりに行動する癖がある」

「それでは、今の列車が？……」

「かも知れないし、別のかも……。いや、宝城院さんたちの列車には日本人の組織的引揚げ団は乗車していないから、別の列車の線が濃厚だ」

「そんな！　そんなことをして共産党系軍のメリットになることはないでしょう。デメリットどころか、共産党軍に対する国際的信用度はがた落ちではないですか」

「そのことなら、向こうの玉杏こと王梅様に聞いてくれ、だ」

「それで、皇甫将軍は？……」

「ソ連軍とも緊急連絡し合って沿線の警備を固めることになる。襲撃地点と時刻も予告されていることだし、政府軍が急行すれば阻止可能だ」

「もしかして罠では？　出撃してくる政府軍を待ち伏せ攻撃するための」

「その線、考えられなくもないけど、玉杏指揮の遊撃隊はせいぜい三十名に過ぎないのだから、米軍式装備の機動力に富む政府軍を待ち伏せするだけの兵力はない。……なあに、桃子さんが胸を痛めるほどのことはないでしょう。一時間もすればきっと将軍から朗報が届きますよ」

「それで、この駅に一時間待たされるの？　姉はカリコフ中尉と先に帰ったわ」

「自転車の後ろに乗りなさい。四つ車よりはクッションが悪いけど、しばしの我慢です」

桃子は、徐瑛がペダルを踏む自転車の荷載せに横乗りになった。

そこで旧友の王梅の心情を推測するのだが、彼女は父を殺された怨恨をつのらせ日本人の殺戮《さつりく》に狂奔しているのに違いない。端的にいって「敵討《かたきうち》」の思想だ。しかし、このことで、仮に宝城院一家が血祭りに上げられるとしたら、わたしはいかなる手段に訴えればよいのか。王梅とその一党を撲滅するために銃を握るのであろうか。

それにしても、王梅はなぜ共産党系軍に走ったのか。真に中国の独立を願うのなら、国民党軍を選んでもよかったろうものを。そもそも中日十五年戦争に勝利したというのに、中国はなぜ国を二分しての内戦を続けなければならない？　愚かなことよ。

「桃子さん」と徐瑛が話しかけてきた。「あなたの胸のうちをずばり当てましょうか。昔の友人のことを考えていますね。あの人、国民党軍にいたら強い味方だったろうに。惜しい女傑よ」

「惜しい、のですか」

「信義があるね。嘘をつかない。襲撃を予言し、またそのとおりに実行する」

桃子は、彼女が送りつけてきた乃木神社のお守りを思い浮かべた。あの時、桃子の心は二つに割れた。「報復成功」の凱歌なのか、それとも友情の証明なのか、と。今、徐瑛の言う「信義」に厚い「女傑」の線を採用するならば、彼女は危険を冒してまで旧友との接触をはかろうとしていることになる。それはつまり、友情の継続もしくは発露を暗示していると言えなくもない。

「つかぬことを尋ねますが」と徐瑛は背中越しに語りかけた。「宝城有日子という女性に心当たりはありませんか。秘密機関の情報によると、白系ロシア人の血を引く満洲一の美女、元吉林省知事の第二夫人、転じて大連では豪商・王戴天の情人」

「小説的なヒロインですね。それで、なぜ、わたしに？……」

「今の列車は大連行きだ。そこでひらめいたのだが、桃子さんの姓の宝城院と、その女性の宝城との共通性・関連性はないか、と。宝城有日子と宝城院桃子とに関係ありとすれば、その豪商から国民党軍に対して軍事援助資金を引き出せはしないか。この話がうまくいけば、皇甫将軍には有利な展開となり、国民党軍内での存在感が大きくなる」

「下ろして！」と桃子は怒った。「今が今、肉親の乗る列車が襲われようとしているのに、徐瑛さんときたら、夢想から妄想にはしっている。不謹慎な！」

8

時はさかのぼって一九四五年十二月、大連、宝城有日子の茶房——。近づく不安とある種の恐怖感を蔵《ぞう》しながらも、大手術を控えた患者のように、大連は不思議な静謐《せいひつ》の中にあった。国民党と共産党との対立から中国の主権者が確定に至らないものだから、日本の租借地・大連の帰趨《きすう》がさだまらないでいる。

有日子の茶房にはソ連軍将校の出入りが多い。彼らは美貌の女主人にくびったけで、くすねた軍用品をプレゼントしては歓心を買おうとする。おかげで無頼《ぶらい》な下級兵士は寄りつけず、茶房は実入りが結構多かった。女性将校の一人は恭がお気に入りのようすで、「モスクワにおいで。大学に推薦してあげるから」などと秋波《しゅうは》を送ってきたりした。

日本人学校の鐘崎校長が茶房に姿を見せたのは、その年も暮れかけるころだった。恭がきまり悪げに挨拶をすると、鐘崎は過ぎたことは追うまいとするかのように寛容な態度で応じてきた。

「宝恭君、学校に戻らないか。日本人生徒が引揚げるとなると、教室はがら空きだ」

「校長先生ご自身はお引揚げになられますか」

「いや、残留することにした。初志に帰って、中国の人に尽くさねば相すまぬとの思いが日増しに強くなった」

「許していただけるのですか、ぼくの夏の日の暴走のことを？……」

「許すも何も……。誰にも、時のはずみというものがあるものだ。話というのはそのことではない。この年度の残り日の三か月に、昼夜二部制の特別講座を組んで未消化分の教材をこなすことを企画している。そうすれば、君は来春めでたく最高学年になれる。伝わる情報では、内地の中学では四年生で繰り上げ卒業措置だ。君の学力次第では、高校・高専の入試も受けられる」

「受験はいいとして不合格間違いなしですよ、ぼくの学力では」

「やってみなくては結果はわからないものだ。それもあるが、実を言うと、学園の警備が手薄でもあって、君みたいな腕っ節の強いのがいてもらうと助かるのだよ」

翌年春、恭は隣市の旅順《リューシュン》高等学校を受験し、合格した。しかし、恭は中学校にとどまった。高校は大学の予備門に過ぎないのであって、大学の専門課程に進まないかぎり就職条件が整わない。それならばいっそ、何か実業系の高専を選んだ方が得策に思えたのだ。そしてまだ、その「何か」が恭にはつかめないでいた。そこで恭は有日子の助言もあって今一年、中学校で学ぶことにしたのだった。ともあれ、この高校合格通知によって、恭は五年生進級を正式に認められることになった。

とりあえずは中学校に在籍した方がいいと考えた鳥丘も、また同じ学校に入った。が、こちらの学力は三年生が相当と認定された。かつて日本内地の中学を三年生で同時中退した二人の間には、このような二学年もの差が生じていた。もっとも鳥丘は学業に熱心ではなく、登校したりしなかったりである。彼にとっては商売が主、中学生はその隠れみのに過ぎないのだった。

ラマ僧の安徳もまた、この学園に職を得た。小使兼守衛である。鐘崎校長はその前身をある程度はつかんでいるようでもある。が、しかし、あえて問おうとはしなかった。

大連は一時期の混乱を脱し、戦前・戦中以上の安定を得ている。日本の敗戦によってその租借権は解消したのだろうけれども、受け皿となるはずの中国の当主が確定しないでいる。国民党軍、共産党軍、いずれが覇権を握るのか、それとも手を取り合い「国共合作」が成立するのか、見極めがつかないのだ。

六月に入ると、両軍は雌雄を決すべく火ぶたを切った。だが、戦場は大連からは遠い。

ソ連進駐軍も穏やかになった。最初のころの野性むき出しの戦士団が故国へ凱旋し、その穴埋めに民政・教育型の比較的温和な将兵たちが派遣されてきたせいである。ただし、この閉塞地帯ともいうべき大連に流れてくる不確実情報では、ソ連は旧満洲の重工業施設を解体し運び去っているという。恭の学ぶ校内でも中国人生徒の間でその問題が熱く論じられはするものの、反ソ運動にまでは高められそうにない。彼らは「日帝」(日本帝国主義)から満洲を解放してくれた大恩人なのだ。その恩人が日本が造った施設を持ち去ることに、異議の唱えようはないではないか。というふうに誰かが言い出すと、論議はそれ以上には高まらないで終わる。

翌年春、恭は中学課程を終え、旅順工業高等専門学校の機械工学科に進学することになった。そこで、有日子の茶房ではささやかな祝賀会が催された。招待客は鐘崎校長以下十人ほどの教師、ラマ僧の安徳、友人の鳥丘、恭の親しい学校友達、有日子が親密に交際している日本人・中国人男女数人、それにソ連軍情報少佐カレンコホフ夫妻とさまざまであった。

宴たけなわともなると、話題はどうしても日本人の引揚げ問題に行き着く。「いつ帰るの?」「さびしくなりますわ」式の話である。大連市民の半数が日本人であってみれば、彼らがいなくなったあとの、灯火《ともしび》の消えたような街の寂しさが懸念される。

「おれは引揚者名簿の中では最初の方だ」と鳥丘は言う。「何しろ身軽だから、簡単に出発できる。明日にも、ってことになるかも知れんな」

それに対して有日子はからかう。

「貯めるものもたっぷり貯めたしね。でも、乗船前に没収ということもあるわよ」

9

鐘崎校長はあらたまった顔で鳥丘に対した。

「帰国するのだったら、在学証明書と成績証明書を持たせなくてはね。向こうで中学編入の際に必要不可欠だから、明朝早々にでも受け取りに来なさい」

「学年を四年生に上げていただけませんか。考えてみるに、宝恭君もこのぼくも内地を発つ時は同じ中学三年生だった。ぼくは県立、宝恭君は私立。内地では、県立に落ちた者が私立に行くのですから、ぼくの優越性を認めてくださいよ。宝恭君は五年生卒業。なのに、ぼくだけは不当な扱いを受けて三年生据置き。ねえ、校長先生、一生後生のお願いですから、仏縁にすがって何とかなりませんか。学校は仏教系でしょう」

「公文書偽造でわたしを陥れたいのかね、君?」

鳥丘が頭を掻くしぐさを見て、皆のように笑った。

「それでお坊様はいつお帰り？」と有日子は安徳に問いかけてから、あわててごまかした。「皆さんが『帰る帰る』って言われるものだから、つい、わたしとしたことが……」

恭はどきりとした。気のせいか、カレンコホフ少佐の目が光ったようでもある。思うに、安徳の帰れる国はないのだ。どのように身分を偽ろうとも引揚者名簿に登録されるわけがないから、内地行きの船にもぐり込みようはない。

だが、安徳はこともなげに笑った。

「そうですね、わしも潮時《しおどき》を心得てないといけないな。皆さんのご縁で大連にいられたのだから、大半が内地に引揚げられるとなると、蒙古にそろそろ帰らせていただかなくては。明日にでも辞表を提出しましょう。認めていただけますでしょうか、校長先生？」

鐘崎校長は声もなくうなずいた。

「それについては校長先生、学校に寄付させていただきたい記念の品がありますので、たってご受納願います。貴金属に宝石類。壺に入れた袋に二つ。なあに、ご迷惑のかかる品物ではない。鳥丘君の命令に従って商売して集めた品ばかり」

「そんな貴重な物を？……蒙古の仏閣に納められた方がいいのでは？……」

「つらつら考えますに、あの学校、これから先どのようになりましょうか。いずれ正統な中国政府が定まり、接収・管理することになりましょうが、それまで、その後を問わず、運営資金は必要。……まあ、そういうことでお納めください」

恭はけげんな思いがした。安徳は今「蒙古に帰る」と言った。変ではないか。彼の故郷は日本の茨城と聞いていたのに。

有日子が目くばせしてきた。安徳坊さんを監視しなさい、と伝えている。

その安徳は重荷を下ろしたかのように俄然、饒舌になった。

「わしが僧侶でなければな、店の女主《あるじ》を女房にして、恭坊を息子分にして、髪結いの亭主ならぬ茶房のぐうたら親父をきめこむところだが、職業選択を誤ったものよ。しかたない、蒙古に帰って、星空眺めて、牝馬相手に裸踊りでもしますかな。タラララ、タラタッタ……」

安徳は両肌《もろはだ》ぬぎになって、ほんとうに踊り出した。その滑稽千万な所作《しょさ》に、皆は涙を流して笑いころげた。安徳もまた大いに笑い、よろよろしながら席から席へと渡り歩いた。

「カレンコホフ少佐どの」と安徳はふざけて挙手の礼をした。「お国はどちらですか。満洲をソ連領にしたりすると、あなただって帰国できないことになりますよ」

少佐が蒙古語では通じないというしぐさをすると、有日子が通訳した。

「ドン・コサックよ。騎兵出身だから、帰国したら野原を馬で駆け回るのが楽しみだ」

「それならば少佐どの、このラマ僧に馬を分けてはくださらぬか」

「どうします?」

「馬で蒙古に帰りたいのであります」

「大丈夫のようだ」「そう、大丈夫みたいね」

恭は有日子と短い会話を交わした。

鳥丘は蛮声を張り上げて「北帰行」を歌った。日本人学生の間にはやっている歌だ。

窓は夜露に濡れて
都すでに遠のく
北へ帰る旅人ひとり
涙流れてやまず……

気がつくと、安徳は消えていた。

「厠《かわや》だよ」と鳥丘が言った。「あの人があんなに飲んでくずれたのは初めてだ」

その時、ポンと鈍い音がした。二階のあたりだ。

「銃声だ」

カレンコホフ少佐はそう叫ぶなり大股に走った。

遅かった。恭が少佐の脇から見たのは、壁を背にベッドに座ったラマ僧・安徳坊こと徳安八郎大尉の最期の姿だった。眉間に赤い陥没痕が認められ、黒光りのする軍用大型拳銃が右手に握られていた。遺書は、なかった。

10

「ラマ僧侶・安徳だよね」

カレンコホフ少佐は何度となく念を押した。その線で穏便に処理——というか、闇から闇に葬りたい意向と読めた。なのに、動転しきった鳥丘には少佐の意向など通じはしない。彼は遺体を揺り動かして泣きわめいた。

「徳安吉林省次長どの、いや、徳安八郎大尉どの、あんなにも『一緒に日本に帰るのだ、船がなければ泳いででも』と言われていたではないですか。『蒙古に帰る』って、それはないでしょう。偽名でもいい、他人になりすましてもいい。そういうことは得意中の得意技のはずのあなたが、なぜこのように死に急がれたのですか。……」

カレンコホフ少佐はおおぎょうに肩をすくめてみせた。

「ということで、皆さんにはお気の毒ですが、憲兵や警察の事情聴取とか家宅捜索を受けなければなりますまい。この茶房から一歩たりとも外には出ていかないでください」

少佐が従兵に命じて遺体から鳥丘をはがそうとすると、彼は野犬のように歯をむいた。

「ロスケめ、何でも力ずくでやれると思ったら大間違いだぞ。てめえらは、日ソ不可侵条約を一方的に破棄して満洲帝国を侵犯しやがったな。たった一週間の戦争で、重工業施設並びに日本軍将兵をさらっていったな。このヌスットめ！　徳安大尉どのを返せ！」

「この少年、何と言っています？」

カレンコホフ少佐は有日子の通訳をうながしたが、彼女はきっぱりとこう言った。

「半狂乱です。とても訳せません」

その直後、恭は有日子のつぶやきを聞いて胸を刺される思いがした。

「わたしにもね、そのロスケとやらの血が流れているのよね」

そうだったのだ。有日子は父を日本人、母を白系ロシア人として生を受けている。ロスケ呼ばわりされてはさぞかし傷ついたことだろう。

ソ連軍憲兵が中国人警官とともにやって来て、かれこれ二時間も調べたあと、遺体と鳥丘とを軍用車で運び去った。その徳安大尉が鐘崎校長に寄付を申し出た麻袋二つは押収された。鳥丘が大事にしていた宝壺もまたお目こぼしにはあずかれなかった。

四日後、鳥丘がカレンコホフ少佐の車で返されてきた。蓬髪《ほうはつ》が灰色に見えるほどの憔悴《しょうすい》ぶりである。

「間に合ってよかった。明後日に引揚げ船が出るって、知らせがあったわよ」

有日子が励ますように言うと、鳥丘はかぶりを振った。

「おれ、徳安大尉どのの骨の半分を満蒙国境に埋めてやろうと思うんです。満洲国に壮大な夢を託し、結局は愛想を尽かした徳安大尉どのは、次なる夢を蒙古に賭けていた。蒙古自治共和国を樹立し大統領を補佐する。──それが、あの人の夢だった」

「だからといって、あなたが危険を冒してまでそこに行く理由にはならないでしょう。すぐにでも日本に帰れるというのに。ね、こうしなさい。引揚げ船から徳安さんの骨を海に投じなさい。それで充分だと思うわ」

「奥さん、おれ、どうしても気がすまんのだ。行かせてください」

「一人で行くのか。引揚げ船の方はどうする?」

それまで息をのんでいた恭がやっと尋ねると、

「狼は一匹で行動するものよ。なあに午前の日の下、我が影さえ踏んで歩めば、そこが北西だ。骨壺の底には銀の粒が詰めてある。日本のいわゆる路銀《ろぎん》といううしろものよ。何とかなるさ、心配はいらん。半年もしたら舞い戻ってきて、今度は徳安大尉どのの残り半分の骨を日本に帰してやらなくちゃな。それでは、あばよ。再見!」

鳥丘は小さな骨壺を一つ恭に押しつけておいて、再び少佐の車に乗った。

「何という奴だ」と恭は舌打ちした。「やたら格好つけやがって。あいつの胸のうちが読めぬ。天皇の緊急避難先調査とやらはどうなったものやら？」

「あの人、ご両親は？……あんな息子さんを持っていたら、さぞかし苦労が多いことでしょうよね」

「それもそうだが、あいつの思想・信条が究極的にはわからぬのだよ。日本神国論とか天皇絶対崇拝主義とかに首根っこまでとっぷり浸《つ》かっていたのに、日本が敗れたとなると、極めつきの拝金主義者に変じてしまった。そして今回は、帰国は先送りにして、日本帝国主義の固まりみたいな人の骨と心中するつもりだ」

「恭君ならどうします？　お世話になった人の骨、満蒙国境まで埋めに行きますか」

「しないだろうな、絶対に。蒙古では肉親だろうと死体は野ざらしだ。埋めて墓標でも立てようものなら、烏が糞を垂れかけようよ」

「冷たい人。わたしね、日本人の血が混じっているせいかしら、鳥丘君の気持ちがわかるの。思想とか信条とかを超えた人間愛・同志愛とでもいうべき感情が先立つのよね。徳安大尉の霊も、ああいう忠実な部下を持ってご満足でしょうよ」

「お母さん」と恭は憤然として言った。「あなたは何国人？　カレンコホフ少佐の味方をしたかと思うと、今度は徳安大尉側に立っている」

有日子は寂しく笑って恭の額をつついた。

「あなたの母親。あなたの味方。それだけ」

11

一九四六年暮れ、桃子の姉・桜子とカリコフ中尉とは手に手を取ってモスクワへ発った。そうなることは当然予測されたにもかかわらず、いざ一人残らず肉親に去られてしまうと、桃子は忍び寄る薄ら寒さを感じずにはいられないものだ。

その心の隙間をうずめるように、桃子は皇甫に寄りすがった。だがこの男、父娘のように年齢が離れているせいか、留学先で仕込まれたアメリカ軍人気質というか、そこで学んだ紳士道のためなのか、桃子との間に一線を画しているきらいがある。燃える桃子を突き放すかのようで、「熱愛」にまで高まることがない。将軍の妻という見栄は別にして、その点が桃子には不満である。

そこに快くない噂が耳に入った。国民党軍の高級将校たちは国元に正妻を持ちながら外に愛妾を囲うならわしがあるというのだ。

「May I ask a question？（尋ねたいことがあるのだけど、いいかしら?）」と桃子は切り出した。

夫が中国人、妻が日本人という間柄では、夫婦間の会話は英語を常としてきたものだ。

「もしかして、故郷に奥さんがいるのでは?……」

「そうだよ。だけど、もう二十年も離れて暮らしている」

皇甫には悪びれたところがない。

「わたしとその人とどちらが大事?……」

「むろん、桃子。君だよ」

「それでは、なぜ最初にそうおっしゃらなかったの？」

「言うほどのこともなかった」

やはり、国民党軍高級将校の例に漏れず、皇甫には正妻がいたのだ。では、このわたしは何なのだ？　愛妾という日陰の人はいずれ捨てられる運命にあるのだろうか。叔父の池田普が言ったように、あの際、故国日本に引揚げるべきだったようにも思う。

「わたしを苦しませる気？　こんなに尽くしているのに！」

桃子は、きっと皇甫をにらんだ。

皇甫は何も答えなかったが、すくんだような色が目に動くのを桃子は見逃さなかった。

数日後、皇甫は一人、どこへ行くとも告げずに軍用機で発った。一か月間の軍務出張、とだけは聞いていた。軍務ならば、これまで同様いたしかたのないことで、その内容に立ち入れはしない。

その留守中、桃子はキリスト教会に行き、シスターに中国語の促成指導を頼んだ。夫を信じたい一方では疑念にさいなまれはしたが、彼の誠実さは評価できる気がする。それもあるが、中国語の学習に励むことで一月の無聊《ぶりょう》をかこたないですみそうだ。

その一月が過ぎ、皇甫はにこやかな表情で桃子の前に立った。

「你《ニ》回来啦《ホイライラ》、一路平安麼《イルウピンアンマー》？（お帰りなさい、旅はいかがでしたか）」

桃子が習い覚えの中国語で一気に言ってのけたら、皇甫は目を丸くした。

「こいつは驚いた、北平官製語だ」

「そう。あなたのために勉強しました。なんとか通じますか」

「充分だよ。いや、大したものだ」

「よかったわ。これで、へたな英語が捨てられそうです」

「どこへ行っていたと思う?」と皇甫は桃子の目の奥をのぞき込んだ。「故郷・漢口に帰っていたのだよ」

「愛妻に会いに?」

桃子がすねると、皇甫は否定もせずにうなずいた。

「そうとも。彼女とじっくり相談した結果、離婚に同意してくれた」

「あなた!……」

桃子は皇甫に飛びつくなり、熱い唇を寄せた。

二人が結婚披露宴を催したのは一九四七年秋、中蘇ホテルでであった。純アメリカ式の豪華な祝宴である。瀋陽じゅうのアメリカ製乗用車を集めて長い行列をつくり、市中を行進した。オープンカーで手を振る桃子には、まるで映画の中の王と王妃のようにすら思えるのだった。その夜、皇甫は、桃子をベッドに横たえ、一枚一枚と華麗な衣装を剝いだ。その一枚が剝がれるごとに、十八歳の桃子は情感の高まりを抑えかねてあえいだ。

さらに翌年秋、皇甫は北平に転出した。三か月で鎮圧できる予定だった共産党軍が予想外に手ごわで、逆に国民党軍は追い詰められようとしていた。だから、言葉を換えていうならば、皇甫は軍用機で妻を伴って四面楚歌の瀋陽を脱出したのである。

戦況を知らない桃子は楽観的だった。軍用機から見下ろす北平は、童話の世界のようにきれいだった。昆明湖《コンミンホウ》、頤和園《イホウユアン》、黄金色に光る故宮《グーゴォン》の屋根瓦……。

新しい愛の巣は、瀋陽の洋風住宅とは異なり小さな庭つきの漢式住居だった。二人はよく遊び歩き、皇甫の知人たちも桃子におおむね好意的だった。桃子は努めて将軍の妻たるべく振舞った。その間にも国家は累卵《るいらん》の危うきにあった。そのころ、中華民国の首都は南京にあって蔣介石が総統職だった。毛沢東麾下《きか》の共産党軍は北平に迫り、城内は日増しに圧迫されていく。物価はその日のうちに数回もはね上がった。

12

皇甫の同僚たちの多くは国民党軍に見切りをつけ、共産党軍に転向していった。皇甫は国民党の悪政を憎むことでは人後に落ちない。とはいうものの、彼の正義感・倫理観は「寝返り」をにわかには容認しがたいのだった。

ここまで来ると桃子も国民党政府の危機的症状を認めざるをえない。政府の瓦解はそのまま家庭の崩壊につながる。だが、その不安を打ち消すべく、桃子は皇甫を愛の悦楽にいざなった。近づく暗い明日のことを脳裏から消したかったのである。

一九四九年旧暦の春節が過ぎ、北平防衛司令官は共産党軍に降伏した。ついに毛沢東指揮下の人民解放軍が北平城内に入った。市民は上げて慶祝した。敗軍の将の一人・皇甫は丸腰でそれを迎えた。即日、少将位は剝奪され、家もまた没収され長屋住まいとなった。共産党軍に寝返った皇甫の旧友は階級を落とされて軍務に就き、国民党軍との戦闘に従軍していった。

そこへ出頭命令が来た。断罪を覚悟して出かけた皇甫は、夕刻、いそいそと帰宅した。

「出版機関勤務だとよ。救われたよ、給料は安いけどね」

「よかったわね。過去の栄耀栄華より、生命の保証が何よりもありがたいことよね」

その年四月には、国民党政府の首都・南京が共産党軍の手に落ちた。

そして十月、中華人民共和国成立。北平は北京と改称されて首都となる。

暮れには、蔣介石総統は台湾へと逃亡した。

こうして、北京での一年はめまぐるしく過ぎた。

耳がちぎれそうに寒い朝、出勤しようと外に出たところを皇甫は両腕をねじ上げられた。

「何をする？　乱暴はよせ！　君たち、何者だ？」

遅れて見送りに出てきた桃子は、皇甫の声にただならぬものを感じた。

「あなた、何ごとですか」

それには皇甫は答えず、左右の男の一人がきつい声を返してきた。

「公安局の者だ。尋ねたいことがあるから、本部まで来てもらうことにした」

「理由は何でしょう？」

おろおろして私服に取りすがる桃子をなだめるように、

「なあに、すぐ帰れるよ」と、皇甫は鞄一つを手に、日ごろの出勤のように気軽に言った。「I love you. Wait for me！（愛している、待っていてくれ）」

それなのに、その夜、皇甫は帰らなかった。

翌朝、公安局に出向いて事情を尋ねると、桃子の知らない地名が告げられた。どうやら皇甫はそこのダム工事現場に連行されたもようだ。

「罪は何でしょう？」

「元国民党将軍。それだけでも重罪。これまでに銃殺刑を免れていたのは新政府の温情によるもの。結構なことと重々感謝することだな、奥さん」

「それで、刑期は長いのでしょうか」

「無期。まあ、そういうところだな。改悛しだいでは減刑もあろうよ」

係官は薄笑いを浮かべた。

ぐさりと心臓を刺されるような思いである。愛する夫に去られては、この中国という異郷の地でどのように生きていったらよいものか。

しかし、桃子は嘆いてばかりもいられない。また、安閑と夫の帰りを待ちわびてもおれはしない。蓄えとてない身、何よりも食うのが先決だ。

夫の知人を頼りにあれこれ働き口を調べてもらっているうちに、国営化学工場の付属図書館が日本語のできる人を求めているとのことだった。

折から新生中国は戦後の建設ブームに入り、知的人材を必要とした。桃子の仕事は、化学に関する日本語資料を読んでその抜粋を作ることだった。それが化学技術者の目に留まると、その資料の全訳を求められた。桃子は英語もこなせるので、日本語資料中の英文もある程度は訳せた。難解な個所に出くわしたりすると、辞書を片手に英語担当者と意見を交換するのである。

半年が過ぎて初夏となった。食うに困らない給料ももらえたし、桃子にとっては多忙で充実した日々だった。夫の体のぬくもりも忘れようとするころ、主任に呼ばれた。

「書記さんが呼んでおられる。すぐ行くように」

桃子は驚きを禁じえなかった。

書記というのは、新しい国の制度ではどこでもそうだが、その職場の総支配人つまりナンバーワンであって、工場長よりも共産党から派遣の書記の方が上位なのである。

何か不始末でもしでかしたに違いない、解雇申し渡しか。——それが桃子の胸ふたぐ危惧だった。もしかしたら、夫に関してのよろしくない処遇では？　そうなると、夫同様に奥地送りとなるのではないか。

腹を決めて事務室のドアをノックすると、意外にも女性の声が返ってきた。

「どうぞお入りなさい」

13

広いがらんとした部屋の奥の机に、若い女性が一人だけ着いているほかに人気《ひとけ》はない。その人がこの工場一の権力者なのだろうか。桃子は、重い足を引きずるようにして伏し目がちに進んだ。

「宝城院桃子さん、よね？」

と、女性は立ち上がるや握手を求めてきた。思いがけなくも、なめらかな日本語である。

目を上げて、桃子は首をかしげた。背は高く、短髪。色白で引き締まった細面《ほそおもて》の顔に、黒光りのする目が射るように鋭い。確かに見覚えがあるのだが、思い出せない。誰だったかな？……どこで出会った顔だったか？……わたしの姓を正しく「宝城院」と呼んだ。……

「あら、わたしを忘れたみたいね」

「どなたかしら？……」

と、も一度首をかしげてから、桃子には不意にひらめくものがあった。

「そうだ、浪速高女だ！　王梅さん？……そうですよねえ？」

桃子が声を高くしたら、書記は籐椅子を蹴るようにして抱きついてきた。

「何という僥倖《ぎょうこう》でしょう」と王梅は涙ながらに言った。「就業者名簿を調べているうちに、皇甫桃という名に引っかかった。昔戦った相手の国民党将軍の名のようだ。もしやと思ったの。そしたら、勘が的中して、あなただったわ。昔と少しも変わっていない。それにしても、変名はへたよね。もっとも、そのへたな変名ゆえに再会が果たせたのだから、悪く言う筋はないのだけど」

「あの節は、お父さんが憲兵隊に消されたって聞いたのに、何もしてあげられなくて」

「いえいえ、あの時いただいた銀時計と励ましの言葉がどれほど役に立ったことか。申し訳ないけど、銀時計はすごく高価で売れた」

「いいのよ、お役に立ったのなら。……それで、どうして、ここの幹部に？」

「あれから、遊撃隊員として細腕に銃を握ったのよ。早い話が、銀時計が銃と弾丸に化けてしまったのね。最初は日本軍相手に戦い……」

「待って。あなたは玉杏と変名していたでしょう。お守り袋を送りつけてきて森克巳少尉の戦死を知らせたわよね。なぜ、ああいうことをしたの？」

「森少尉については、尾行を絶やさなかった。だって、父を殺した憎き憲兵隊長の息子でしょう。いつか報復してやると決意した。そうこうするうち、あなたとの仲もわかった。だけど、森少尉が属していた国民党軍と遭遇してそれを壊滅させたのは偶然でしかない」

「日本人の引揚げ列車を襲わなかった？」

「計画はあったわ。でも、無防備の民衆を襲うのはいけないと、わたしが主張して中止になったわよ。どうして、その話？……」

「両親と叔父一家を見送ったあと、国民党の地下組織メンバーから玉杏署名の投げ文があったと急報が入って、ずいぶんと胸を痛めたことがあったの」

「そうだったの。事が多くて一々覚えていないけど、言われてみれば、そういうこともあったわよね。それから国民党軍相手にしばしば戦い、そして北京入城。いきなり幹部昇任。……それより、あなたは国民党軍の将軍の妻になったのでしょう。あなたこそ大出世だったのね」

「そう、だったのよね。だけど、時の流れは暗転した。……よく調べてあること」

「檔案《ダンアン》というのがあるの。考課表というしろもの。履歴事項が書き込まれているのよ。その檔案によると、ずいぶん年が違うようだけど、夫婦仲はうまくいっているの？」

「あら、ご存じない？　その夫、強制労働でダム現場送りよ。世の中、うまくいかないものね」

「待って」と王梅は机に戻って鉛筆を取った。「それで、皇甫元将軍はどこだって？……あ、そう。調べてみるわ、役に立たないかも知れないけど」

「よろしくお願いします」

桃子は最敬礼をした。

その夜、桃子は寝つけなかった。おさらいのように、一九四四年から四五年にかけての浪速高女時代のことが浮かんできてならない。東京を逃れて奉天へ。そこで過ごした女学生の期間は一年に満たなかったにもかかわらず、桃子には天国と地獄との間を行き来した感すらあるのだ。

得意絶頂だったドイツ領事館での夜会。今、王梅の立場に立って顧みれば、そこにも深淵が覗いていたというほかない。

王梅の父の王恬は、森憲兵少佐によって「消された」。それがもとで王梅は「消える」のだが、桃子は消えた王梅のことをさほど念頭に置くこともなく、少佐の息子の克巳少尉と相思相愛の仲になった。そして、敗戦。少佐は自決、少尉は中国国民党軍に走って共産党系軍との戦いに敗れた。奉天へソ連軍が侵攻し、森家唯一の生き残りの早苗がソ連兵の陵辱《りょうじょく》を受けて死ぬ。

桃子は国民党軍・皇甫少将の庇護を受け、姉の桜子はソ連軍のカリコフ中尉とモスクワに旅立つ。そして両親は焦土と化した東京へ引揚げる。……

あれから何年経ったろう。その後、父母・姉のどちらとも音信不通だ。

14

唯一の悔恨といえば、両親の胸のうちを思いやらなかったことだ。やはりあの時、叔父の言に従い皇甫を振りきって故国へ引揚げるべきだったのかも知れない。両親もだが、お祖父ちゃんはどうしていることだろう？

日本の復興は進んでいるだろうか。復興を助けるため、一家の生活を支えるため、遅ればせながらも帰国申請をした方がいいのではなかろうか。

そうなると、夫を捨てることになるが、それでいいのか？

いやいや、「あの時、ああだったら……」という嘆きや後悔ほど愚かなものはない。自らが関与し許容した運命であれば、甘受するのが定めというものではないか。

今は、王梅のような不撓不屈の精神をこそ学ぶべきなのだ。彼女は父を殺されても、満洲国とその背後にある日本帝国の暴虐無道なる国家権力にひれ伏すことはなかった。日本帝国主義の侵略・略奪・弾圧に屈することなく、共産党系軍の一遊撃隊長として戦いすらしたのだ。

その彼女が、このわたしに詫びた。あの祖父の銀時計が贈り主の志とはうらはらに小銃と弾丸に換わり、そして皮肉にも日本軍相手に発射したことを。だが、すぐさま彼女は胸を張って言い切った。「個人的にはこの心情に嘘はない。しかし本質的には、日本軍を中国本土から駆逐し、中華人民共和国が誕生したことを無上の喜びとしている」と。

よかったね、王梅。あなたは生き延びて戦い、勝利をその手におさめた。そして今、共産党の幹部として新生中国の国営大化学工場の経営にたずさわっている。

あなたがあの別れの際に言った言葉の深い意味が今更のようによみがえる。「わたしを助けてくれる仲間」「戦後また会えるといい」――そう言ったわよね。前者は人民解放軍部隊、そして後者は日本の降伏を読んでのことだった。

わたしは彼女のようには戦わなかった。それならば、わたしの戦いはこれから始まろうとしている。強くあれ、桃子。けなげであれ、桃子。

戦いといえば、あの人はどうしたろう？　戦後、宝城院一家を陰ながら支えてくれた徐瑛という青年。あの人は、国民党軍の地下組織に属していたから、共産党系軍の王梅とは敵対する側にあった。つまりは、このわたし同様に選択を誤った一人だ。もし国民党軍が内戦に勝利していたならば、皇甫将軍によって取り立てられていたろうものを。……

一か月が過ぎた夕暮れ、帰宅すると、ドアの前に男の影がのそっと立っていた。

私服の公安では？　――と桃子が身をすくめたら、その影が口をきいた。

「I'm return now！（今帰ったよ）」

皇甫の声がふざけた英語を使って告げたのだ。

桃子は声にならぬ叫びを上げて夫の胸に飛び込んだ。

「あなた、王梅さんが手を打ってくれたの。少女時代の友情のありがたいことよ」

桃子がそう言うと、皇甫はその涙を唇で吸ってから、声を殺した。

「そのこと、誰にも言ってはならぬ。その人への感謝は当然だが、悪くすると王梅書記の地位すら危なくしかねない。ここは中華人民共和国なのだ」

桃子は理由のない戦慄を背中に感じておびえた。

それから間もなく、北京市内で働いている外国人労働者に感謝する集いが開かれた。

桃子が皇甫ともども出席すると、周恩来首相の挨拶があった。

「外国人専門家の皆様、ご苦労さまです。中華人民共和国は呱々《ここ》の声を上げたばかりですから、皆様のご協力に頼るところが大です。あなたたち外国人労働者は、新生中国建設のために力を尽くされ大いに実績を上げ、偉大なる貢献をなされています。心からお礼を言います。謝謝《シェシェ》。……」

桃子はまぶたを熱くして惜しみなく拍手した。この時ほど、中国にいることの喜びを感じたことは後にも先にもない。

その周恩来首相の言に嘘・偽りはなかったのだろうが、七年後――一九五七年六月、破局が到来した。予告なしに、皇甫の五体に余るほどの烙印が押されたのである。「右派分子」「走資派」「人民の敵」「アメリカ至上主義者」「日本国特務」「友邦ソ連国侮辱」……

前年の四月、毛沢東主席は「人民内部の矛盾を正しくする」運動を提起し、「百花斉放《ひゃっかせいほう》・百家《ひゃっか》争鳴《そうめい》」を唱えた。手短かに言えば、「改革のためなら、どんな小さな問題でもいいから、見つけしだい大いに自由に発言しようではないか」という主旨である。

真っ正直な皇甫は自由到来とばかりに幾晩も床に入らずに想を練り、百枚にも及ぶ改革案を書き上げた。

書いただけで出さないがいいのでは、という桃子の危惧を皇甫は一笑に付した。

「ここは毛沢東主席の新生中国なのだよ」

「ですから……」

桃子は次に出ようとする言葉を嚙み殺した。「中華人民共和国だからこそ、ご用心を。あなた、前に自分でそう言ったことを忘れたのではない？」と言いたかったのである。

こうして、皇甫の論文は上司に提出された。だが、――というべきか、むしろ案の定というべきか、それが当局の勘気に触れたのである。皇甫の月給二百元は、一割の二十元に落とされた。幸い桃子が六十元もらえていたから何とか食えないことはない。

15

明けて一九五八年春、皇甫は、安徽《アンホウイ》省鳳陽《フォンヤン》県の寒村に下放《かほう》された。下放というのは、都市から僻地へと放逐されることを意味し、実質的には労働教育刑である。

桃子は王梅書記を訪ね、泣き泣き訴えた。

「わたしを皇甫のもとに送ってください。あの人、そんなに若くはないのだから」

王梅は桃子の髪を撫でて言った。

「しっかりなさい。今、右派分子のレッテルを貼られたら、二人とも地獄行き特急列車の乗車券をつかまされることになる。夫は夫、妻は妻、はっきりと線を引きなさい。新生中国の女性は泣くことばかりが能じゃない。戦うのよ。それが、あなたのみならず夫を救う道でもある」

右派分子の集団下放列車を見送るのは厳禁だった。だが桃子はあえて禁を犯し、北京駅に皇甫を送った。警官や駅員たちがまるで野犬を追い払うような目つきをしたが、桃子は昂然と顔を上げて見返してやった。はっきりと運命を見定め、自分自身の生き方に指針を得よう、との決意が危険な行動に踏み切らせたのである。

長い別離はお互いの愛情の再確認でもあった。桃子は夫宛にせっせと手紙を書き送った。夫からもまた現況を知らせる手紙が検印を押されて届いた。

この一九五八年は画期的な年でもあった。「大躍進」に国中が沸いたのである。農業・工業のすべての分野で、前年に倍する生産高を上げることができた。わけても粗鉄鋼生産は全世界の驚異となった。中国全土に人民公社が設立され、国中に溶鉱炉が設置されたおかげである。同一労働、同一賃金の鉄則が遵守され、どこの人民公社の食堂でも老若男女を問わず食べ放題であった。なぜなら、史上空前の大豊作なのだから。毛沢東主席の号令一下、世界に冠たる共産主義国家の早期実現である。

――というのは、後年、完全な粉飾決算、国家的一大ペテンであったことが暴露された。翌年から人口が戸籍面から著しく「減少」していることがわかる。端的にいえば史上空前の大凶作のために餓死したのである。立ち木が切られて溶鉱炉に投じられた結果、森林は消滅し気候までが激変した。洪水と干害のダブルパンチである。また、鍋・釜・農具までもが溶鉱炉に投げ入れられたものだから、鉄製品は払底した。そして、鉄糞《かなくそ》とも称すべき使い物にならない文字どおりの「粗鋼」の山が築かれたのだった。

桃子の住む北京では、食糧は配給制がとられた。一人当たり月二十五キロの米、卵百グラム、食用油五十グラムと規制された。有名飯店でさえ肉抜きの精進料理と乾燥野菜しか提供できなかった。

桃子はそれでも、節食して貯めた配給券で食物を買っては皇甫に郵送した。冬の鳳陽県は寒気が厳しいのに焚き物すらないと知って、自分の古着を裂いたり再加工したりして綿入れを作って送りもした。

そうしたある日、桃子は上司から呼ばれた。行くと、事務室には裁判所から派遣の係官二人が待っていた。

「皇甫桃こと宝城院桃子さんですね。皇甫凌雲というのは、あなたの夫ですか」

「はい、そうですが、何か?……」

「ここに皇甫の提出した離婚届があります。これを読んで、同意するならば署名なさい」

離婚だなんて、そういうことがあっていいものか。あれほど文通で愛情を交わしている二人ではないか。それら一連の交換書簡の文面のどこに嘘・偽りがあろうものぞ。

意外に係官の物言いはやさしかった。

「動揺されて、あなたが読めないようでしたら、当方が代読してもいいのですよ」

「いいえ、自分で読みます」

桃子は、まぎれもない夫の書体をそこに見た。

皇甫凌雲本人は、右派分子であり、人民の敵であることを自覚し、党と人民に対し申し訳なく思っています。この件に関しては、妻の宝城院桃子は何らあずかり知らぬことで、本人は迷惑至極と存じますので、ここに離婚することを申請致します。

なお、家内に現存する財物いっさいは宝城院桃子に属することを認めるものであります。

再読、三読して、桃子は気が落ち着いた。文字裏に秘められた夫の真意が読み取れたのである。要するに、これは「書かされた」文章だ。誰が自らを「右派分子」などと宣言するものか。皇甫ならば、もっと奥行きの深い文章を書く。

桃子は毅然として顔を上げた。

「わたしがサインしない場合、離婚が成立しますか」

「いいえ、昔の中華民国ならいざ知らず、我が中華人民共和国にあっては、婚姻・離婚は両者の合意が絶対条件。片方だけのサインでは失格です。でも、なぜです?」

「彼はわたしのかけがえのない同志であり恩人なのです。彼は右派と弾劾されても、その誠実な人柄はいささかも変わることはないでしょう」

「そういうことでは、右派老婆の悪名をあなたは背負い続けることになりますよ」

16

「右派」と断じられた本人及び家族が社会から差別・虐待されることはわかりきっている。が、たとえ離婚したとしても、社会は「右派老婆」の上にさらに「元」の冠詞をつけることだろう。それならば、きっぱりと罵詈讒謗《ばりざんぼう》を受けて立とうではないか。

桃子はゆっくりと係官に目をやり、一語一語を確かめるように言った。

「はい、望むところです」

「後悔はしないな?」

「右派分子の名を捨てたいがために離婚した老婆、という汚名を浴びたくはありませんから」

係官は「あきれた」と言わんばかりに顔を見合わせたあと、書類を封筒に戻してから、「去るように」と合図した。

二、三日して、桃子は王梅書記から呼び出しを受けた。

「あなたって芯は強いのね」

「いいえ王梅さん、あなたに学んだのです」

「あら、そう? それなら、いっそ中国籍にしたら?」

「あなたがそれを好《よ》しとなさるのなら、じっくり考えさせていただきます」

一九六三年秋、皇甫は新疆《シンチアン》省の人民解放軍管轄農場に移された。烏魯木斉《ウルムチ》からの手紙を読みながら、桃子は夫との距離の遠さを思わずにはいられなかった。

この年三十四歳。二十も年上の夫はすでに五十代半ば。日本でいう「人生五十年」の坂を登りきり老境に達したのだ。そう考えると、桃子はむしょうに悲しかった。

ここ烏魯木斉は、塔里木《タリム》盆地と塔克拉瑪干《タクラマカン》沙漠を越え、阿克蘇《アクスウ》、巴楚《バーツウ》、麦蓋堤《マイガイティ》を経て初めて達せられる僻遠の地です。愛する桃子の住む北京とここととは、あの万里の長城でも結ぶことを許しそうにありません。牽牛星・織女星ですら一年に一度の逢瀬を楽しめるのですが、われわれ二人、いつになれば『夜想曲』を聞けるのでしょうか。

ひとまずはこの奥地の工業都市から雁書《がんしょ》を投函しますが、私の落ち着く先は、まだ二週間もトラックに揺られねばならない喀汁《カシガル》の農場だと聞きました。

いかにも心細そうな文面に烏魯木斉の消印を確かめると、一週間も前の日付けになっている。これに、さらに二週間を足し途中のロスタイムを加算するだけでも、気の遠くなるような遠さだ。しかし、と桃子は思い直した。海を隔てているわけではない、同じ陸続きの土の上、しかも中国領土内ではないか。皇甫のためにショパンの『夜想曲』を弾いてあげられる日は必ず来る。その日に備えて、戦わねばならない。

桃子は熟慮を重ねた末、中国国籍入手許可申請書を提出した。皇甫を愛し、この国で働くのであれば、曖昧な存在に終止符を打つべきなのだ。この国に在るかぎり、国籍不明者は「階級敵」とイコールである。職業から給料、住居、食糧の配給、旅行に見学、ありとあらゆることが、現状のままでは差別の対象となり不当な扱いを受ける。

かつて周恩来首相は、外国人労働者に謝意を表したものだが、それはまだ国家の誕生期だったから言えたこと。中国が独り立ちし「大躍進」を遂げた現在では、中央も桃子の周辺も、手のひらを返したように日本人は中国から出て行けがしである。

直属上司の外書主任は淞陽《ソンヤン》という五十代の肥満体の男で、桃子は生理的に好きではない。だが、好悪の感情は目的完遂のために捨てて、まずは身近な上司を味方につけることが大事だ。煙草一箱を添えて申請書を差し出すと、眼鏡の黒い縁越しに桃子を見やり、それからうさんくさげに目を通していたが、「うむうむ」と満足げに笑った。

「よーし、君は政治的に大いに進歩した。中国国籍を選ぶということは称賛に値する。中国はね、君も知ってのとおり、中国共産党の指導下の国、社会主義の本拠地だ。君の住んでいた国・日本帝国主義は敗退した。ソ連修正主義は腐敗した。アメリカ資本主義もまたしかりだ。世界中ひとり中国のみが明るい。旭日《きょくじつ》のように輝かしい」

淞陽は、やたら借りものの政治的用語を羅列して桃子の決断をほめそやし、立ち上がって歩み寄るなり抱き寄せ乳房を揉んだ。

女性事務員のとがめるような咳払いに、淞陽はおおぎょうに両手を挙げて叫んだ。

「おー輝かしい日よ。東夷の女性が一人、身をかがめて毛沢東主席に忠誠を誓った」それから、耳元にやに臭い息を吹きかけた。「男日照りだろう、いつでも相談に乗るよ」

外へ出て桃子は、淞陽の職権利用の抱擁ごとき取るに足りないこととして念頭から消し去ることにした。今は胸いっぱい酸素を吸える気がする。これまで肩も胸も小さくして生きてきた感がある。ほんものの中国人になれれば、皇甫につきまとっていた暗雲が除去されるに違いない。遅まきながらも共産党員に推挙され、能力しだいでは上層部に這い上がれるかも知れない。ちょうどあの王梅のように。……

その年の冬、新しい思いつき好きの毛沢東主席のお声掛かりで全国農村に「四清運動」が展開された。「四清」というのは、農村幹部の政治、経済、仕事ぶりを四つの方面——会計、倉庫、財産、農民に対する労働待遇から点検しようというのである。こういう運動の場合、きまって中央から工作隊が派遣される。

17

桃子の国営化学工場でも、工作隊員志願者が数多く出た。人々は競って決意書を書いては壁に貼り、志の高さを披瀝《ひれき》した。中には、血書をしたためた者もいる。

桃子もそれらにならって決意書を貼った。国家主導型の政治運動に参加することによって、国家及び共産党に対する忠誠度を認めてほしいとの下心あってのことである。

工作隊員選抜者のリストが掲示される日、発表の時刻近くともなると、太鼓や銅鑼が打ち鳴らされ、爆竹までがはじけてのお祭り騒ぎとなった。

宝城院桃子の名は中国には稀な五字だから、すぐにも目につくはず。だが、その名はどこにも見当たらなかった。選に漏れたのである。

「わたし、中国人ではないのよね。だから、平等な扱いを受けないのよね」

桃子は、人前で大声で泣きわめいた。はしたなかろうと、大げさだと蔑まれようとも、ここ中国ではそのように振舞わないことには熱意を認められはしないのだ。

そのさまが告げ口されたのか、桃子は王梅書記に呼び出された。

「あなたの熱意がわたしにも届いたわ。工作隊員の選抜には漏れたけれど、それとは別に、政治鍛錬のために何人かを一緒に派遣するきまりになっているのよ。つまり準隊員ということね。あなたをそのメンバーに加えてもかまわないけれど、どうする?」

「はい、願ってもないことです」

「選択は書記の職掌。……よし、特別に許可しよう」

「はい、ありがとうございます！」

桃子は天にも昇る気がして上ずった声を出した。工作隊員と行動を共にすることができるのだ。ということは、中国人への階段を一段詰めたことを意味してはいないか。

偶然にも、四清工作隊の派遣先は安徽省鳳陽県であった。かつて皇甫が下放されていた同じ土地なのである。そこへ行けば夫の残り香がかげるかも知れない。

その地は、言い表わしようもないほどに貧しい文字どおりの寒村だった。土壁のかしいだ藁屋の窓には、ありあわせの紙が重ね貼りされ、それも元の色がわからないほど焦げ茶に焼けていた。泥を固めたオンドルの上には葦の莚が掛けられているが、穴だらけだ。食餌は一日二回。玉蜀黍と野菜との混ぜ合わせ汁が、ひしゃげたアルミ碗に一杯きり。一様に痩せた農民たちの顔は土色をしていて、表現は悪いが骨が皮をまとっているように見えた。

「政治鍛錬」というのは毛沢東主席の好きな言葉であって、「農民たちの持つ優秀な品質に学び、自己のうちなるブルジョア精神を改造しなければならない」という主旨に基づいている。その至純なる教えを遵守し、工作隊員たちは極貧の農家に寝泊まりし、農民たちと「三同」するのだ。「生活を同じくし、同じものを食し、同じ労働に従事する」のが「三同」の精神である。

夫の便りを通して予備知識はあったものの、冬の寒さときたら耐えられたものではない。第一、暖を取るための燃料がない。わずかに採取した枯れ枝や藁は、炊事のためのもの。それを竈《かまど》で燃やすと、一室きりの屋内に煙が充満して、目汁と鼻汁とで顔はぐしゃぐしゃの黒となる。

田畑を耕そうにも、耕耘機もなければ牛馬もいない。いっさいは人力。牛馬の代役は人間がする。つまり、鋤を人間が牽くのである。もともと牛馬はいたのだろうが、食うものに困って売られたか殺されたかしたらしい。そもそも牛馬に食わせる飼料に事欠いたと見てよい。そこで桃子は率先、牛馬の役を買って出、鋤を牽いた。しかし、慣れない労働のことゆえ、五十メートルも進むと、体じゅうが火を吹くように熱くなって、気息えんえん泥田の中に倒れ込んでいた。

そのような身を挺しての懸命な働きぶりが村の女性の目に留まったのだろう、夜になると桃子はあちこちの家から招かれるようになった。菜種油の小さな灯火の下で、請われるままに桃子は歌をうたい、その歌詞の文字を教えた。といっても紙は貴重品だから、手のひらに消炭で書くのである。女たちは木の実の炒ったのを菓子代わりに勧め、焦がした麦に湯を注いだ茶水を振舞ってくれたりした。

この交流を通して、貧しくてもここには都会が失った「心」がある、そのことを体感できただけでも偉大な毛沢東主席の思想の片鱗に触れることができた。——と桃子は純粋に思ったものである。

その一方では、四清工作隊員の任務は苛烈だった。農村に巣くう腐敗幹部の摘発が本務なのだから、村の顔役の収賄、汚職、浮気など、汚点をえぐり出しては大衆の前で糾弾した。それまで虐げられてきた下層農民たちは、この運動に全面的に賛同した。だから、次々と幹部に関する腐敗情報がもたらされてきた。そこで小気味よいほどにダラ幹は粛正されて最下級に落とされ、代わって清貧な農民が新しい幹部に選出された。

桃子はそのさまを総括会議で賞賛し、工作隊員の心証をよくした感がある。手ごたえは充分だ。

おそらく――と桃子はひそかに思ったものだ。幹部隊員からの高い評価報告は王梅のもとに届くことだろう。そのことによって中国籍獲得の日が近まるに違いない、と。
桃子と同行した仲間の一人に李小花《リーショアホア》という二十歳《はたち》そこそこの女性がいた。この女性はいつも浮かない顔をしていて、誰とも口をきこうとはせず、人知れず泣くのである。

18

行動期限の二か月が終わりに近い夜、桃子はそっと李小花に近寄って声をかけてみた。

「どうしたの？　何かあるの？　悩んでいることがあったら相談に乗るわよ」

李小花は歯をくいしばって泣いた。

「ね、泣くことないのよ。もうすぐ北京に帰れるわ。あと少しの辛抱よ」

「虚偽です」

「虚偽って、どういうこと？　二か月がすめば帰れるのよ。これ、ちゃんとした約束」

「あなたは日本人と聞きました。だったら、正直に言うけど、やっていることが虚偽なんです。人間が人間を摘発していいものですか」

桃子は平手打ちをくらった思いがした。桃子がひるむと、李小花はワアッと泣き声を上げて逃げ去った。

任務遂行後の北京行きの汽車の中で桃子は自己陶酔の感すらあった。やったのだ、やりとげたのだ。貧しい農民との心の交流もできた。帰京すれば、好評を博することだろう。

六人掛けの硬座席に女ばかり八人もがぎゅうぎゅう詰めで、それでも愉快に歌をうたった。歌声は時には逆らい、時には車内全体が「毛沢東賛歌」になったりした。

「ねえ、知ってる?」と一人が声をひそめて言った。「李小花さんはね、あの川に身を投げて死んだのよ」

とたんに周りの空気が凍りつくのを桃子は感じた。「虚偽です。人間が人間を摘発していいものですか」の言葉がよみがえってきて、警鐘のように鼓膜を乱打してならない。

李小花投身自殺の報は、ひそひそと座席から座席へと伝わり、一車両全体に重い沈黙を強いた。

「ねえ、あの人と誰か話したことあって?」

と先の女性が尋ねた。

皆は一様に黙って首を横に振るばかりだ。

「そういえば」と別の一人が言った。「桃子さん、あなたとあの人とが木の下に立っているのを見たわよ。何か話した?」

目という目が自分に注がれるのを、桃子は痛いほどに意識した。別の座席からはわざわざ立ってこちらを窺う目がある。桃子は口をつぐみ、冷たい窓ガラスに額を押しつけた。

一九六六年五月一日はメーデーの日。春がないといわれる北京に一足飛びに夏が来た。昼はじっとしていても汗ばむ陽気だ。

王梅に呼ばれて書記室に行くと、ぶっちょう面した彼女はわざとのように書類を桃子に放ってよこした。

「林愛香《リンアイシャン》さん宛よ。言うまでもなく、宝城院桃子あらため林愛香の中華人民共和国国籍証明書よ。おめでとう。いい日よね、今日は。誰と喜びを分かち合いたい?」

「むろん、あの人とです」

「それなら、よすわ。あなたと飯店で祝杯を上げようかと思っていたけど」

皇甫桃こと宝城院桃子あらため林愛香は、即刻、皇甫宛に速達便を送った。

だが、うちょうてんの新中国人・林愛香に対して、周囲はなぜかよそよそしかった。昨日までの親しい職場仲間が、「あら、そう」式に冷たいのだ。

実は、後で思い当たるのだが、政治路線に大変革が起ころうとしていたのである。

中国が原爆実験に成功したのは、一昨年のこと。その時、周恩来首相自ら指揮の「毛沢東賛歌」と、舞踊劇「東方紅」が人民大会堂で演じられた。反響はすごかったが、毛沢東の不興を買ったとの風評である。共産党の地下組織や抗日運動の描き方に難があったらしい。誰よりも毛沢東夫人・江青《チアンチン》の逆鱗《げきりん》に触れたもようだ。彼女は、京劇の「海瑞罷官」が毛沢東を暗に批判していると、批評家を使って攻撃させたりもした。

林愛香の工場では、これまで政治学習は週に二回、火曜と金曜とに実施されてきた。ところが、それでは足りないと毎日の午後がそのことに割かれるようになった。火曜・金曜にいたっては終日学習となった。学習には『毛沢東文選』や「人民日報」が使われた。その書や新聞を読んでは討論し合い、資産階級・反動思想を批判するのがねらいである。

次いで中央から「五月十六日通知」が下達された。全国的規模で「文化大革命」(略称・文革)を行なえとの命令である。「文化」を掲げるからには文芸・芸術を柱とする文化分野に限られると思われていたのに、日が経つにつれ、それが桁外れの政治運動であることが徐々に明らかになってきた。

化学工場にも文化大革命推進のための工作隊が派遣されてきた。隊長は年配の党高級幹部。副隊長もそれに準ずる有力者。ものものしい構成から、林愛香はただ事ならぬものを感じとっておびえた。林愛香は付属図書館員とともに学習に参加させられた。その大半は大学・高専などの高等教育機関卒で、それだけに政治的話題を避けて通りがちである。

ところがある朝、突然、図書館ロビーに「大字報」が何十枚も貼られた。広い白紙に墨書で、図書館長を告発する内容が書かれている。「反動大地主の出身」「共産党一党支配に反対する者」「旧中国での罪状の数々」などの文言が勇ましい文字でおどっていた。

19

それからというもの、図書館員は連日連夜のように陳法力《チェンファリィ》館長をつるし上げた。頭の禿げた猫背の老人は、汗だらけの顔をハンカチでぬぐい続けた。

糾弾側は椅子にふんぞり返り、館長を壇上に立たせて罵声を浴びせる。

「自白したら許すが、抵抗したら死に至るぞ！」「歴史的反革命分子くたばれ！」「革命大衆に罪を認めろ！」「毛沢東主席革命路線万歳！」……

党員組長と中堅分子たちの怒号に従い、林愛香も負けじと握りこぶしを突き上げた。林愛香は糾弾に消極的だと批判されるのを恐れた。もしそうだと、「右派分子」とか「反革命分子」として、自分が館長の立場に陥るのは目に見えている。だから、大衆と言動を共にするのは目覚めたる信念というよりも、自己保身にほかならないのだ。

同じ時期、北京市内では、毛沢東主席を守る少年少女たちが「紅衛兵」を組織し、革命運動に参加した。学校は授業を停止。校長を初め出身家柄の悪い者（地主、資産階級の出身）を、犬か豚かのように殴りつけ、引き回し、最後には殺しさえもした。彼らは学校を血祭りに上げると街頭にくり出し、資産階級・知識階級を階級敵として襲撃した。

バスでは乗車の際、乗客はきまって紅衛兵の検問を受けねばならなかった。彼らは権限を付託されたもののごとく出身を問う。そして、地主、資本家、反革命分子、右派分子などと判定を下しては乗車を妨害・拒否した。

彼らは「紅衛兵小将」を自称した。緑の軍服に革バンドをつけ、右腕に赤い腕章を巻いた。この紅衛兵小将らは「天から下された神の兵隊」と自賛し、すべての「旧」を破壊した。キリスト教会とその系列の病院、仏寺と仏像、昔の記念碑、旧家の飾り物、自転車のマーク、そして、女性のパーマ髪にまで鋏を入れた。市民の多くは震えおののいた。自身の安全をどうはかったものか。市中いたるところで、「批闘」（批判闘争）大会のスローガンが連呼され、通りかかった市民は否応なく参加を強いられた。

林愛香の工場では、昨日が昨日まで工作隊の隊長・副隊長だった幹部が、首にベニヤ板を掛けられて集会所に引きずり出された。ベニヤ板には罪状がうす汚い文字で大書されている。携帯マイクを通して「逆徒」「反革命分子」などの悪罵ががんがんと耳を聾した。

そこへ紅衛兵が乗り込んできて図書館員の大半を反動分子ときめつけ、労働を強いた。

林愛香は厠《かわや》に這いつくばって、便器にこびりついた糞便を小刀《こがたな》で削り落とさねばならなかった。これが「労働改造」「思想改造」だと、彼らは黄色い声でわめくのだ。熱心でないと見てとると、難癖《なんくせ》をつけて便器を舌で清めさせたりもした。

皆、倉庫に軟禁された。コンクリートのたたきに藁を敷いて、そこに寝起きするのだ。食餌は、高粱・粟・玉蜀黍の汁に大根の塩漬けだけである。給料は支払い停止となり、月に十二元の生活費があてがわれた。朝、紅衛兵は毛沢東主席の石膏像を掲げ、ひざまずいて礼拝して「許しを乞う」ように命じた。夕方もまた同じ儀式を強いられる。

林愛香は、もう泣く力も失った。日本にいるだろう両親、モスクワにいる姉の桜子と義兄のカリコフ、それから沙漠に流された愛する夫、それらの人々に連絡を取る手段もない。となれば、ただ諦めるだけだ。

そうしたある日、林愛香は紅衛兵本部に呼ばれた。

例の尋問か、どうにでもなれ、と腹をくくって出向くと、意外にも隊長はやさしく接してきた。隊長といっても、まだ十五、六歳の頬の紅い少年である。

「林愛香さんですね。ぼくは革命委員会を代表して、あなたに重大な事件を通知しなければならない義務を負うものです。要するに、あなたの夫の皇甫凌雲は……」

「夫がどうかしましたか」

「喀汁から電報が届きました。これによると、皇甫凌雲は、数人の仲間たちと労働中、砂嵐に巻き込まれて行方不明になり、一か月の捜索にもかかわらず発見に至らなかった」

「砂嵐?……行方不明?……発見に至らなかった?……」

「われわれ唯物主義者は事実を尊重する。悲しみは無用。以上!……電報を持ち帰りますか」

林愛香は首を大きく横に振って外へ出た。「悲しみは無用」とあの少年隊長は言ったけど、悲しみもなく涙もない。むしろ、ケラケラと笑いたくなるくらいだ。

翌日、林愛香は講堂の壇上に引きずり出された。首には一メートル四角もあるベニヤ板が針金で掛けられ、それには「日本特務」の文字が太々とあった。「特務」とはいわゆるスパイのことである。

林愛香はひそかに左右を盗み見た。右は、工場の総責任者の老技師。ベニヤ板には「走資派」と書かれている。左は、と見て、林愛香はぎょっとした。自分と同じく「日本特務」とある。よくよく見ると、王梅ではないか。痩せこけて明らかに病気のようだ。

批判闘争の火ぶたが切られた。

「当化学工場の王梅書記は権力を恣意《しい》的に乱用し、労働者大衆を圧迫した。あろうことか、王梅は日本のスパイの林愛香こと宝城院桃子と通じ合い、長期的に彼女をこの工場に隠し、かつ重要な書類を彼女に流した。これは日本帝国主義の手先となったもので、侵略者が三千万同胞を殺戮した史実をないがしろにするものである。その罪は大きい」

興奮した紅衛兵たちは先を争って壇上に殺到し、革バンドを抜いては王梅を殴りつけた。

20

楊隆起《ヤンロンクィ》と名乗る元工員が発言を求めた。この男は、陰の噂によると、工場の物品横流しのかどで王梅から解雇された過去を持つという。

「おれは重大な秘密を握っている。王梅書記は独身だと人をあざむいてきたが、元国民党員にして日本特務の二号だった。ここにその証拠の手紙がある。今は海南島《ハイナン》に下放されている色男からのやつだ。いいか、みんな耳を澄まして聞け。読むぞ」

「読むまでもないこと」と司会者がさえぎった。「手紙を実見するだけで充分だ。預かろう」

「そこで諸君、その女が処女かどうか、パンティを剝いで確かめるがいい」

会場は怒号に包まれ、収拾のつかない混乱の中で王梅は殴り倒された。そしてたちまち下着をむしり取られた。

桃子は目を閉じ、わがことのように必死で歯をくいしばった。次には攻撃の手が自分に来る。その暴挙にどう対処したものか。女の誇りが守れぬのなら、いっそ舌を嚙んで死を選ぶかだ。だが、王梅への暴行はそこまででとどまった。行き過ぎを非難する少女の紅衛兵が数人、壇上に駆け上がった。それがもとで、すさまじい主導権争いに転じていった。

その深夜、王梅は紅衛兵数人の手によって担架でかつがれ、林愛香らのいる倉庫に運び込まれた。顔から体から傷だらけの王梅はすでに意識を失っていた。

林愛香は魔法瓶の湯でタオルを湿らせて傷の手当てをした。幸いなことに女性従業員の中にも「反革命分子」たちがいて、彼女らは進んで王梅を守った。中の一人は紅衛兵の見張りに泣きつき、医務所から傷薬と包帯とを持ってこさせた。もう一人は、隙を見て別の倉庫に走り、元国民党軍の看護兵だったという男性工員を連れてきた。

こうした懸命な手当ての結果、夜明け前、王梅は意識を回復した。

「わたしのような日本特務のせいで、こんなにもひどい目に会わせてしまって」

林愛香が泣いて詫びると、王梅は力なくいやいやをした。

「心配いらない、安心してよ。洪賓《ホンヒン》さんのようには決してならないから」

「洪賓さん、どうかしました？」

洪賓というのは、王梅と一緒に糾弾を浴びた工場総責任者である。

「知らなかったの？　大煙突に昇らされて、工場長はそこから飛び降りた」

「飛び降りた？……それで？……」

「頭蓋骨が割れ脳漿が飛び出て、それで終わりよ。わたしは断じてあのようにはならない。桃子、あなたは父のことを知っているでしょう。父は日本軍憲兵隊に捕まりスパイになるようにと強要されたけど、拒否して殺された。その娘ですもの。新生中国でこのような理不尽がまかり通る間はいたずらに死ねるものですか。……」

「しっかりしてよ、王梅さん」

林愛香が取りすがって体を揺すると、元看護兵は注意した。

「肋骨が折れているのだ。揺り動かすのはもってのほか。言葉を交わすのもまずい」

「でも、このままでは……。どこか病院に入れないと。何か手はない？」

「急にそう言われても、あの麻疹犬《はしか》ども相手にまともな交渉ができるはずもない」

「そうだ、その麻疹だ。あなた、看護兵だったのなら、適当な流行病をつくってよ。この病人がここにいたら、軟禁されているみんなが死に至るような」

「よっしゃ、何でもいいんだな。あいつら、聞いたらさだめし腰抜かすぞ。あんたらも、そのあたりで転がって苦しむがいい」

「演技しようにも、どんな病気か聞いておかなくちゃね」

「黒斑麻疹《ヘイバンマゼン》というやつだ。今がいま発生したのさ。なあに、口開けてよだれ垂らして、ハアハア言っておればそれでいい。何より照明が暗いので何とかなるさ」

元看護兵は大声上げてわめいた。

「紅衛兵諸君、大変だ！　とんでもない病気が出た。早く処置しないと、工場全部、あんたらも含めて全滅するぞ！　陸軍病院の庄匡《ズァンキョウ》伝染病棟長先生に大至急連絡してくれ！」

作戦はうまくいった。王梅だけでなく、彼女の看護にあたった「反革命分子」たち数人は、元看護兵ともども陸軍病院送りとなった。もっとも素人芝居はそこまでで、共産党中央政治局の保護のもと病室を割り振られた王梅と、機転の腕を買われた元看護兵を除いては、三日後「めでたく」工場に差し戻されたのである。

ただし、陸軍病院側も適当につじつまを合わせてくれたから、林愛香らの罪状は洗い立てられずにすんだ。それればかりか、「黒斑麻疹」なるその得体の知れない病名を恐れて、紅衛兵も職場の仲間たちも誰一人近寄ろうとはしなくなった。皆は林愛香たちのことを、「黒五類」をもじって「黒斑類」と呼んで敬遠し、汚物処理などの仕事を課した。

紅衛兵は何よりも出身階級を重んじる。革命幹部・革命軍人・革命烈士・労働者・貧農、これらの子弟を「紅五類」と呼ぶ。逆に差別・攻撃の対象となるのは「黒五類」。地主・富農・反革命分子・不良分子・右派の家の出である。

「黒斑類か、糾弾を受けなくてすむだけでも気が楽じゃないの」

林愛香はそう言って仲間たちを励ました。

造反有理
  ぞうはんゆうり

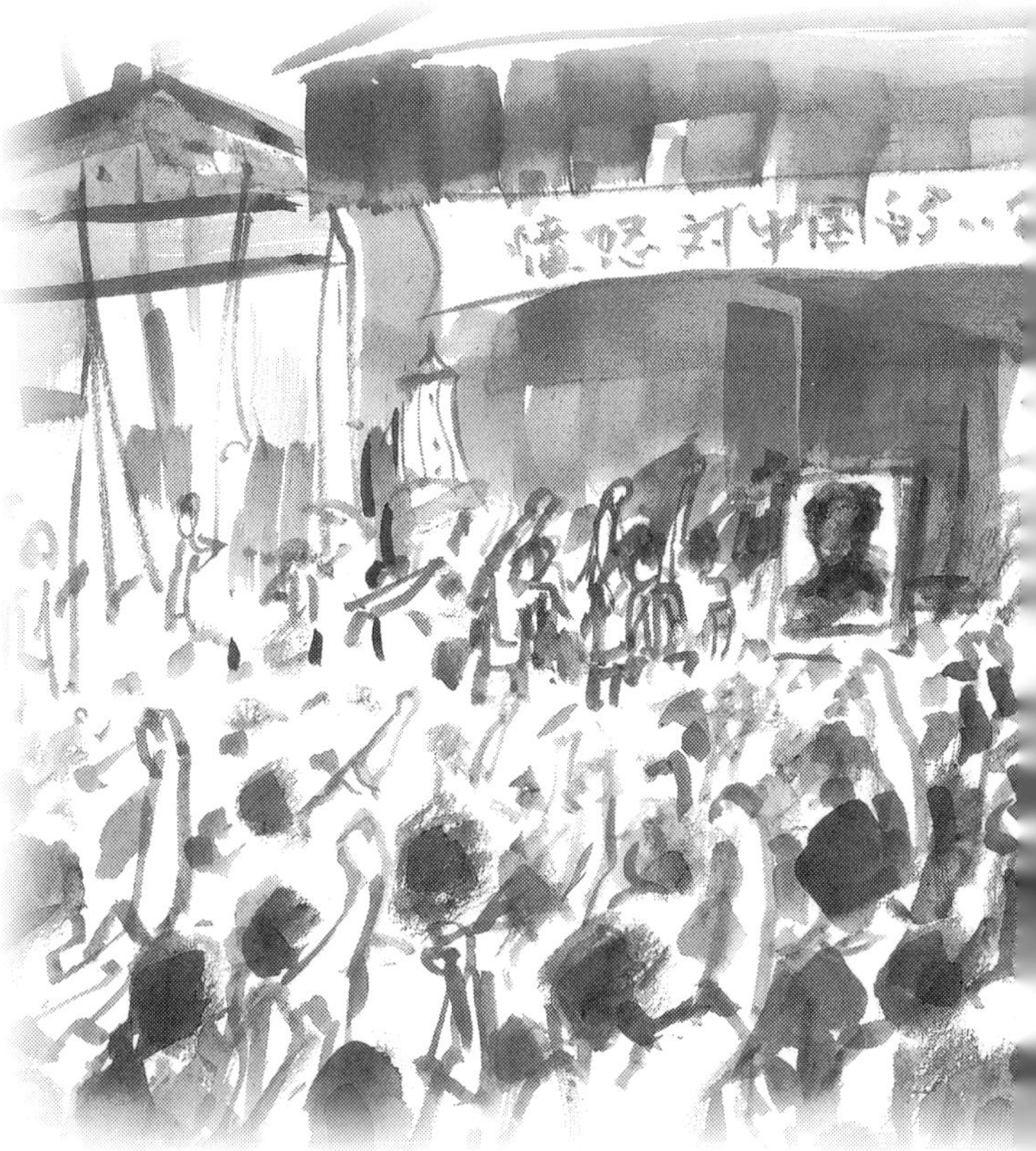

1

一九六六年八月半ば。街灯のぽつぽつと灯る上海黄埔港《ホォンプーガン》公園は、日付けが変わろうとする深夜まで涼を求める人でごった返していた。世界一といわれるほどに市民が多いのに、住宅事情は極度に悪い。そこへもってきて長江《チャンチァン》下流域特有の蒸し暑さが拍車をかけ、人々は家に帰ろうとはしないのである。中にはそのままベンチで一夜を明かす者もいる。

恭は娘の雪鈴《シュエリン》を肩車に、妻の桃扇《トオスァン》と手をつなぎ、もう何度となく同じ場所を行き来しているが、別に飽きることはない。一年に一回、夏期休暇の取れる妻が娘を連れて天津《ティエンチン》からやって来ては十日ほどを過ごす。それが恭にとっては至福の時でもあるのだ。

恭、この年三十七歳。目と鼻の先にある国営の埔江《プーチァン》造船所に勤めて十六年、今では第一設計院主任兼工場長代理である。四つ年下の桃扇は、北京清華《チンホァ》大学でロシア語を専攻し、現在は天津師範大学に日本語講師として勤務している。

桃扇に初めて会った日のことを、恭は昨日のことのように鮮明に覚えている。五月中旬の土曜日、旅順工専の寮からおよそ一月ぶりに帰宅すると、

「你来了《ニーライラ》！　你請在這児坐《ニーチンツァイチォルツゥオ》　坐吧《ツゥオバ》（いらっしゃいませ、どうぞこちらへ）」

と、たどたどしい中国語の挨拶を受けた。

恭は目をみはった。栗毛の細身の少女が白いエプロン姿で迎えたのである。それが、なんと母に似ていることか。恭はてっきり有日子の隠し子が出現したと思ったものだった。

「ほんとの親子でもこうは似ないものよね。皆さん、そうおっしゃるわ」

有日子がウインクしてみせた。

「なるほど」と恭はうなった。「髪の色を除けば、親子どころか姉妹のようだ」

「恭君も口がうまくなったわよね。だけど、その姉妹というのは桃扇嬢には失礼よね」

「桃扇というの？　それにしては、なぜ中国語がぎこちないのかな？」

「それはそうよ、日本名は東村桃子《とうむらももこ》。お父さんは満鉄の社員で現地召集。ソ連軍の侵攻後は行方不明。貨物列車で逃げるうち、ソ連機の銃撃をくらってお母さんと弟は即死。お母さんは、白系ロシア人だったらしいの。この人だけが大連に落ち延びた。身寄りも証明もないから引揚げ船にも乗れずじまいで、乞食同然の暮らしをしているうち、電柱に貼られた求人広告を見て、うちに来たのよ。今は、わたしの娘。——そう言っても、誰一人疑う人もいない」

恭は一目で桃扇が好きになった。容貌からして母に似ている。それもあるが、母ほどの華やかさ・強靭さを持ち合わせていないところが、かえって恭には好感が持てた。恭にとっての母は敬愛かつ憧憬の対象なのだが、生涯の伴侶に選ぶかとなると、何となく重いのである。その点、控えめで愁い顔の桃扇には強い支えが必要に思われる。

その後、桃扇は有日子の娘分として茶房に住み込み、地元の高校をトップの成績で卒業すると、北京の超一流の大学に入った。卒業後、付属高校のロシア語教師になったが、路線の行き違いから中ソ断交に至りロシア語がうとんじられるようになると、天津の大学に転じ日本語並びに日本文学講座を担当することになった。

その時点で、恭と結婚。夏休みは桃扇が上海に行き、旧正月には恭が天津を訪ねる、という変則的な生活が始まったのだった。

「ねえ、紅衛兵ってご存じ？」

と桃扇は日本語で尋ねてきた。

人に聞かれてはまずい会話は、夫婦の間でそうするならわしになっている。

「人民解放軍の中の新組織？」

「生意気盛りの中学生よ。旧体制打破を叫んで、偉大なる毛沢東主席はこう言われたああ言われた、と教師たちをつるし上げているのよ。ほら、毛沢東主席は発表されたでしょう。『党内の資本主義を歩む実権派に砲火を浴びせよう』って。あれよ。文化とか教育とかにたずさわるトップクラスがその実権派に当たるのね。学校なら校長が攻撃目標。批闘――批判闘争という名の糾弾大会に引きずり出してはののしり、殴ったりするのよ。中国伝統の醇風美俗はどこに消えたのでしょうね。北京で幕を開け、天津にも及んだみたい。麻疹のように全国に広がりそうなの。上海ではそんな動き、ない？」

「上海は工業生産第一主義だから、そんな文化的なお遊びにかまってはいられないね」

「学校では紅五類が黒五類を『犬っころ』呼ばわりしているのよ。変だとは思わない？」

恭は嫌な思いがして顔をしかめた。

「紅五類」というのは、新生中国――中華人民共和国にあって優遇されるべき出身階級を指す。一九四五年以前から参加の革命幹部、同じく革命軍人、革命に殉じた革命烈士、一九四九年以前からの労働者、貧農及び下層中農の出身。これらの階級の出身者とその子女は、学校でも職場でもしかるべき待遇を受ける資格があるというのだ。

これに対して「黒五類」という階級が存在する。地主、富農、反革命分子、不良分子、右派。

排斥されねばならない徒輩だ。当然、差別・攻撃の対象となる。

2

一九四五年八月には中日戦争に勝利し、一九四九年十月には中華人民共和国が成立している。この年十二月、蔣介石に率いられた国民党軍は台湾に逃亡した。これらの歴史的事象を踏まえて、一九四五年・一九四九年は人民を篩い分ける重要なラインとなる。

恭はいうまでもなく満洲豪族、つまり地主・富農の出身。「労働」には一九五〇年から従事している。だから国家と党の言う「黒五類」への分類を免れることはない。そしてそのことは、檔案という名の考課表に記載されてつきまとうのだ。

一方、桃扇だが、東村桃子の日本名を持つ明らかに日本人孤児。その「母」なる有日子その人の出自も明白ではないから、これもまた「黒五類」である。

「君がもし紅衛兵運動で糾弾されることがあったら、かえって日本人だと名乗った方がいいのではないかな?」

「殺されるわよ、そんなこと口にしたら」

恭の勤め先の工場の一階は倉庫、二階が事務所となっている。そのだだっ広い一角をベニヤ板の壁で仕切ったのが恭の棲家《すみか》である。

もともとこの工場は、大連を本拠としていた王商会系の会社が経営していたものを、新生中国が接収して国営としたのだった。そういういきさつは知らずに恭は勤めたのだったが、後年知るに及んで「奇縁」と思わずにはいられなかった。

従業員は千人を超え、工場長は上海市共産党書記の李大則《リータージェ》。彼はめったに工場に足を運ぶことはなく、経営・管理はおおかた恭に任されている。一日十二時間操業だから、恭の休む暇はほとんどない。終業後、着の身着のままで長椅子に倒れ込む。と、もう短い夜が明けて朝が来る。そのような騒音と鉄屑の散乱する油臭いねぐらでは親子三人がくつろげはしないので、妻と娘の上海滞在期間中、恭は上海大厦《タースア》の一室を借りきることにしている。その昔の共同租界の中心部にそそり立つこのホテルは、アメリカ人向きのアパートだったという。解放以前には「犬と中国人立入るべからず」の屈辱的な立て札が立てられていたとも聞いている。

五歳になった雪鈴はおませな口をきく。

「パパ、大金持ちよね。こんな大きなおうちに住んで、あんな大きな工場を持っているんですもの。だったら、どうして三人一緒に暮らせないの?」

雪鈴の言う「あんな大きな工場」は、最上階の部屋からは手に取るように見えるのである。恭は苦笑いするほかない。

「ねえパパ、わたしたち、ここで暮らしてはいけないの? ママも大学の先生をやめて、こっちに引っ越したらいいと思う。このおうち、エレベーターもあって、とっても気に入ったのよ」

「よしよし」と恭は雪鈴にほおずりした。「来年は工場長になれる。一戸建ての家に住んで運転手付きの自動車で通勤できる。雪鈴もこっちの小学校に入れるよ。うれしい?」

「うれしい! ママは?」

「ママも呼ぶさ。ママの新しい勤め先は、新設の外国語専門学校に決まりそうだから」

「その線、確かなんでしょうね?」

と桃扇は尋ねる。

「李大則書記が手を回してくれている。近い将来、上海は日本との往来がしげくなる。それを見越しての日本語講座を開設しなければならない。——というのが、あの人の考えだ。先見性のある大人物だよ」

八月二十一日の夜行寝台列車で母娘《おやこ》は天津に向けて発つ。

上海駅に行くと、顔見知りの駅幹部職員がぼやいた。

「ただ乗りのガキどもが、ふてえ面《つら》して毎日押しかける。北京に行くんだとよ。なにしろ毛沢東主席のお墨付きだ。紅衛兵は無賃で運べ、と命令が来ている。そればかりか、食事にお茶の手配もしなくちゃならんのだ。何様と思っているのかな、あいつら?」

プラットホームにはその紅衛兵がわんさといた。その群れを掻き分け、恭が妻と娘を軟臥車《なんが》（一等寝台）に導いていると、突然、耳元でがなられた。

「打倒、走資派!」

そして、数百人がそれに和した。明らかに恭一家を非難したのだ。

二十両もある列車の大半は超満員の硬座（二等）席であって、乗降客は窓から出入りしている。むろん紅衛兵

たちもその客である。それに対して軟臥車・軟座（一等）車を指定できる者は、共産党幹部か友好国の外人客、それに一部の富裕層に限られる。

怒るよりも、恭は情けなかった。いくらなんでも、造船業という国家の基幹産業の、それもトップの座に位置する者をつかまえて「走資派」呼ばわりはないだろう。

走資派とは、「資本主義に走る派閥」の略称であって、毛沢東主席の排撃する「資本主義の道を歩む実権派」に相当する。実務畑の恭は政治とか思想とかには無縁だ。むしろこれまで政治・思想に無色無縁であることを誇りとすらしてきた。

「君たち」と恭はリーダーらしい少女に抗議した。「わたしはね、市共産党書記の管理する造船工場の工場長代理だ。妻は天津の大学教師。そのどこが走資派なのか」

3

「ふん！」と少女は鼻を鳴らし、「それなら、いよいよ走資派だ。特権階級だ」

「ばかな！　理にかなわぬ論法だ。納得のいく説明を求める」

恭を無視して、少女は後ろを振り向いて煽《あお》り立てた。

「みんな、それっ、打倒、走資派！」

プラットホーム中がウォンウォンと大音声に包まれた。

雪鈴はワッと泣き出すし、桃扇はあわてて車内に逃げ込むし、どうしようもない別れとなった。

憤懣やるかたない恭は、工場に帰るやすぐ李大則書記に電話を入れた。

「駅で紅衛兵を名乗る連中に走資派呼ばわりされたが、どういうことなんです？」

すると相手は興奮しきった声で応じた。

「それどころじゃないよ、北京の出先機関から緊急連絡があった。市内は手のつけようのないガキどもの嵐に巻き込まれている。毛沢東主席に扇動された紅衛兵百万が、仏像・文化財・書画・商店・病院、何でも手当たりしだい破壊して回っている」

「それは内乱に近いじゃないですか」

「内乱か騒擾《そうじょう》か、それはわからぬ。それより君、電話では盗聴される危険性もあるから、こちらに出向いて来てはくれないか。即刻だ」

恭はトラックで駆けつけた。もうそこには市内の主だった国営工場から責任者が呼び集められていて、煙草の煙が天井近くに薄汚い灰色の層をつくっていた。

肥満体の李大則は、顔から吹き出る汗を赤いタオルでぬぐいぬぐい口早に演説した。

「親愛なる同志諸君、このような夜更け、よくぞご集合いただいた。

実は、諸君の中にはすでに北京からの電話などを通じてご承知の人もあろうが、昨夜から北京はただならぬ事態に陥った。端的に言えば騒乱、無政府状態だ。

そもそも文化大革命成功大集会に全国から参集した紅衛兵——その数、ざっと百万人が天安門広場で大集会を開き、毛沢東主席・林彪《リンピアオ》同志・周恩来同志らの閲兵を受けたことから始まる。ここで林彪同志は『実権派打倒、学術権威打倒』を呼びかけ、旧思想・旧文化・旧風俗・旧習慣の、いわゆる四旧打破を叫んだ。

毛沢東主席の造反有理という考えをどう解釈したかは知らないが、紅衛兵は市中に押し出し勝手気ままな破壊工作に走った。大商店の看板、通りの標識、外国系の病院、それらの名が四旧に該当し気に入らぬとばかりに壊しては書き換えを要求した。拒む者があれば街頭に引きずり出して殴る蹴るの乱暴。かと思うと、大学教授や学者・文化人の家に乱入し、家財道具や書籍を奪ったり燃やしたりした。有名教授・著名作家は三角帽をかぶらされて市中を引き回され、あげくの果てには大会で弾劾された。

仏閣は襲われて放火され、仏像・書画などの貴重な文化財は灰となった。宗教関係の書籍を刊行する版元、右傾の新聞社も襲撃をくらい、機能は停止した。

同志諸君は、わたしの話にまだ真にお目覚めではないようすだ。なぜなら、諸君のたずさわる仕事は工業生産だからだ。そこには、四旧として非難・攻撃されるものは何一つないとの確信がある。国家が、党が、計画経済にもとづき、これこれの品を何点、何月までにつくれと命じてくる。そこで諸君は配当された原材料を加工し、その目的完遂に邁進する。そのどこに、紅衛兵ごときのくちばしを容れる余地があろうものぞ。それに、嵐はまだ遠いのだ。北京と上海でははるかな道のりがある。――諸君がそのように考えているのだったら、大いなる誤りだ。

彼らの主張するところを言おう。まず第一、毛沢東主席の提唱による『三大差別の撤廃』というスローガンがある。工業と農業、都市と農村、頭脳労働と肉体労働が差別を形成しているというのだ。差別は撤廃しなければならない。悲しいかな諸君は、その差別の元凶である。都市にいて工業に従事し、一応も二応も頭脳労働をこなす。第二、工業生産は資本主義の走狗だ。諸君らが経営・管理を任されている工場の前身は、その大半が資本家のものだった。共産主義国家中国は現在なお、年五パーセントの利息を資本家に払っている。けしからん、大いにけしからんのである。そして第三、諸君は高賃金を初めとして各種の厚遇を受けている。高学歴・高技術・高能力のしからしめるところではあるが、およそ高なるものの存在は平等の原則に反する。労働者はすべて同一時間労働・同一賃金でなければならない。

その他もろもろあるが、以上三点にしぼって、諸君の工場は紅衛兵の攻撃対象となるのを免れない。建設は破壊のあとにしか始まらない、と彼らは叫ぶ。旧態依然たる工業施設、それを支配する旧体制。――格好の攻撃材料ではないか。

北京を攻略した紅衛兵が、次なる攻撃目標を上海に設定することは必定《ひつじょう》。

それならば、どう対処するか。逃げるか。それもなるまい。破壊されるがままに傍観するか。それもなるまい。なぜなら、諸君にとっては身命を託した誇り高き職場なのだ。国家のための、人民のための工場なのだ。守ろう。守ろうではないか、諸君。くちばしの黄色い紅衛兵を粉砕する以外に諸君の生き残れる道はない。

わたしは諸君に提案する。職場に帰り、全労働者を動員し、赤衛隊を組織し、固く門を閉ざし、紅衛兵の一兵たりとも構内に入れてはならない、と」

4

「なあに、少年期にありがちな一時的狂熱というやつは持久戦には弱い。八月いっぱい持ちこたえれば、九月からは生産体制に戻れる。いや、生産の停滞は許されないのだ。十日足らずの辛抱よ。諸君、戦ってくれ。上海赤衛隊が勝利すれば、毛沢東主席だって目覚められる」

李大則の熱弁の間、恭はずっと心中の不安と戦い続けていた。妻が危ない。妻以上に愛娘《まなむすめ》の雪鈴の身が危険だ。どうかしなければならない。では、どうすればいい?……

「何か質問は？……宝恭君、まずは君の考えを聞こう」

指名されて恭は立った。

「わたしには事態の発生源なり原因なりがわからない。端的に言わせてもらえるならば、紅衛兵の全国動員によって毛沢東主席は何を意図されているのかがわからない」

「それは言うまでもなく、資本主義の道を歩む実権派の排除だ。ありていに言えば、劉少奇《リウシアオジイ》同志の追い落としだ。そのように、わたしは推測している」

「では、李大則先生はその劉少奇派ですか」

「そんなことは断じてない。われわれは党中央の権力闘争のいずれかの派にも荷担することなく、おのれの誇り高き職場を死守することが先決なのだ」

「人民解放軍や警察はどのように動きましょうか」

「不介入と見てよい。勝利した側につく」

「北京では紅衛兵が勝利し、上海では赤衛隊が勝利したと仮定する。その後の収集策は？」

「戦うからには勝たねばならぬ。この国で敗者ほどみじめなものはないのだから」

工場に帰った恭は、翌日未明、幹部を非常召集した。第一工廠長、第二工廠長、第二設計院主任、会計部主任、職工主掌、船台主幹、冶金部主幹、電工部主幹、医務部長らの面々である。恭が状況を説明し終わると、皆がみな声もなく顔を見合わせる中、抗日戦で左腕を肩の付け根から吹き飛ばされたという職工主掌・陶厳陽《トオイアンヤン》が、「まかしておきなさい」とばかりに胸を張った。

「おれを副司令に任命していただければ、切り抜けてみせます。むろん総隊長は宝恭工場長代理。総隊長は本部の事務所から一歩もお動きにならないがいい。それぞれの工廠から若手各二百を出して機動隊を編成し、表門と黄埔江側を固める。一方、舟艇隊でもって糧食の確保をはかる。他は予備隊。火炎瓶などの投げ込みに備えて消防隊も編成する。この消防隊は、時と場合によってはデモ隊に放水して蹴散らすことも可能。とりあえずは籠城十日の見込み。いかがです?」

「よかろう。諸子に異論は?……」

恭がそう言うと、皆はひとしきり論議したのち「任せよう」と一致した。

陶厳陽は黒板を使って防衛体制をてきぱきと説明した。

恭は、以前、党委員会で見せられた彼の檔案を思い浮かべた。そこには、蔣介石軍の中隊長をしていたとあり、「要注意人物」を意味する筆軸による黒丸マークがあった。

この黒丸マーク、恭の檔案にもあるはずだ。そのことを指摘したら李大則書記はにやりと笑って言った。「だからこそ、その除去を求め身命を賭して働く」と。恭はその時、李大則に対して発作的な殺意を感じたものだった。

それはさておき、味方にすれば陶厳陽ほど頼もしい男はいない。さすが抗日戦のつわもの、彼はたちどころにして「作戦要項」を作成し発表してみせたのである。

「その気になれば」と陶厳陽は薄ら笑いを浮かべた。「軍艦も造れるこの工場だ、小火器を作ることくらい、いとも簡単。原爆は無理だが、小銃からバズーカ砲に手投げ弾、火炎放射器くらいまでなら造作ないよ。それともデモ隊に向けて魚雷を一発かますか」

皆はうなずき合い、そして大声で笑った。

一人、恭は笑えなかった。仮にそうなれば、デモ隊対工場労働者の対決ではなく、武力闘争ひいては内戦含みではないか。またもや中国内戦——共産党(毛沢東)対国民党(蔣介石)の、あの悪夢の時代が再現されるのであろうか。

「いくら何でも」と恭はかぶりを振った。「我が工場製作の武器で、この国の未来を担う少年少女たちを倒すことだけは避けなくてはならん。彼らは集団狂気という伝染病にかかっている」

すると陶厳陽はきつく抗議した。

「それならば工場長代理、大学病院から医者を連れてくればいい」

「残念ながら、この国にはその集団狂気を治せる名医がいない。こういうことを言うのは酷だが、実は、あの李大則書記の双子の兄妹もその紅衛兵の一員なのだ」

皆は一瞬顔をこわばらせ、それから互いに励ましの言葉を掛け合って部署に散った。李大則の子がそうであるのなら、ここの工場労働者の子にも該当者がいる可能性は大である。

七時、始業を告げるサイレン。お茶をすすりつつ恭が広い工場を見渡すと、部署ごとにそれぞれの責任者が指示を下しているようすが確かめられた。

十時には、防衛体制がほとんど成った。陶厳陽の案内で恭は工場内を巡視した。正門の内側は鉄材が山をつくり、爆破以外に開く方法はないほど頑丈である。

5

造船所の宿命として黄埔江に面する方角はがら空きだが、ここには鎖で連結したブイや材木を浮かべ、その内外を関連工場の舟艇隊が警備している。仮に紅衛兵が江上からの侵入をはかったとしても、舟を持たないだけにその力は知れたものである。

デモ隊が押しかけてきて拡声器でがなり出したのは十一時前後。三千人はいると思われる少年少女の群れが正門前をぎっしりとうずめ、口を合わせて叫ぶ。

「打倒、走資派！　ブルジョア工場長、顔を出せ！」

一時間足らずのうちに二、三倍にも膨張したデモ隊側から投石が開始されたのは正午。詰め所にいた警官二人は、あっという間に自転車で遁走した。それを機に、紅衛兵軍団は正門を乗り越え、鉄材の山に取りついた。

蟻だ。——と、二階の事務所から見て恭は思った。蟻の大群がキザラの山に登ろうとしている。驚いたことに、キザラならぬ鉄材が見る見る食われていくのである。いや、そうではなく、手移しで後方へ運ばれては投げ捨てられているのだった。

「放水！」

陶厳陽は次なる命令を下した。

噴射口から飛び出る三本の水束は、鉄材の山に取りついたデモ隊を塵芥《ちりあくた》のように洗い落としていく。そのさまを見て、工場側は大歓声である。

「勝った、勝った！」「ざまあ見ろ！」

デモ隊は退き、工場側は饅頭などの食餌で腹をおさえた。幹部から工員、掃除婦に至るまでが異常な熱気に包まれている。恭が構内を一巡すると、どこでも凱旋将軍のように拍手と賞賛を浴びた。

その夜、男女従業員一人残らず足止めを命じ、籠城となった。要所要所に不寝番を立てて、思い思いの場所で横になる。幸い夏のこととて寝具を必要としないのが助かる。

李大則書記は電話で意気軒昂と叫ぶ。

「全工場から紅衛兵は退いたぞ。いよいよ逆革命だ、中央政府の旧弊打破だ」

この攻防は八月いっぱいのつもりだった。だが、九月に入ってもデモ隊は退かず、昼も夜も門前に座り込んでいる。電話線も電線も切断されたものの、非常用の自家発電機もあることだし、工場側の士気に衰えはない。食糧といい水といい舟艇による補給路が確保されているから、まずもって安心である。

李大則書記がゴムボートで激励に来たのは、籠城に入って二十日後のことである。

「重慶《ツォンチン》、武漢《ウーハン》、長沙《シァンサー》、天津、全国各所で労働者が一致団結して赤衛隊を組織し紅衛兵相手に戦っている。各市の党委員会は上海における我々の抵抗、ひいては勝利に熱い期待を抱いている。かつて抗日戦のゲリラ闘争に勝利した先輩闘士の血潮を受け継ぐ上海労働者軍団だ。おめおめとジャリガキどもの軍門に降ってなろうものか。

労働者諸君に栄光あれ！　上海赤衛隊に勝利あれ！　全国赤衛隊万歳！」

李大則書記は、拡声器を通してそのように励ました。

去りぎわ、李大則は恭にだけわかるような小声で言った。

「天津から伝えて来たのだが、大学の教授・助教授が紅衛兵によって逮捕・連行された。その名簿の中に奥さんの名があった」

「それで娘は？……娘の雪鈴は無事でしょうか」

「連行者名簿にはない。君の身の上に関することだから、極力手を打ってみた。天津市党委員会、敵なる紅衛兵本部、それぞれに人脈はある。その結果、娘さんは大連のお祖母ちゃんの所にいることが判明した。五歳と聞いたが、いやいや、ほんとにけなげな子だ」

「そうでしたか。よかったよかった」

「奥さんはみんなと一緒だから、身の安全は保証されているさ」と李大則は恭の肩をたたいた。

「あいつらが糾弾するのは部長級であって、一般教師にまでは攻撃を加えぬものだ。さあ、これだけわかれば、あとは戦いあるのみよ。造船工場の防衛、しかと頼みましたぞ」

それからは連日、昼夜を問わず続くマイク合戦、投石と放水の応酬である。双方に死傷者がなければ、互いに日常化したパターンといってよい。

破綻の時は、九月半ばの早暁《そうぎょう》に訪れた。幹部たちが仮眠中の事務室で、何かがドーンと爆発した。階下は資材管理倉庫となっている。事務室とは板壁一枚隔てた恭の居住区には、陶厳陽と第二設計院主任の呂儀先《リューイシァン》がごろ寝していた。その三人以外の幹部は事務室に詰めていた。

恭が跳ね起きざま事務室へ飛び込もうとするのを、陶厳陽が止めた。

「危ない。敵が侵入した気配だ。非常階段から脱出した方がいいです」

隣室ではパン、パンと小銃の音が数発し、それから静かになった。

非常階段から下りて物陰から窺うと、どうやら事務室は占拠されたらしい。窓から身を乗り出して赤旗を振る少年兵の姿が認められる。それに応じて門前が大喚呼した。

「くそーっ！」いまいましげに陶厳陽は舌打ちした。「油断があった。やつら、どこか塀に穴を開けて侵入して来たようだ。とうとう来るべきものが来たな」

6

「『武装闘争を離れて革命の勝利はない。革命の中心任務は、戦争による問題の解決である』、こいつはあの毛老帝の言だ。理論武装ができたからには、よし、やるか！」

陶厳陽はそう言うと口笛を鋭く鳴らした。すぐさま黒い影が数十人駆け寄ってきて、恭らを取り巻いた。

「銃には銃だ。手投げ弾には手投げ弾だ。第9蓬萊《ボンライ》号の船倉に走って武器庫を開け。第一機動隊は正門前に配置、第二機動隊は事務室奪回。急げ！」

「おーい！」と恭は事務室に呼びかけた。「紅衛兵決死隊諸君、そこにいる工場幹部の無事な顔を見せてはくれぬか。幹部の健在が証明されたら、交渉に応じてもよい」

返事はただちに射撃で来た。恭の左右にビンビンと土がはねた。

その間にも陶厳陽は伝令に対し次々と指令を発した。

「クレーンの上からバズーカ砲を正門前に撃て。まずは一発で脅し、逃げるのを追って五発。かまわん、死人が出ようともこちらの責任ではない」

「もう一度言う！」と恭はうずくまったまま叫んだ。「工場幹部を窓際に出してくれ。あと十分だけ待つ。返事がもらえぬのなら、建物ごとダイナマイトでぶっ飛ばすぞ」

ドドーンと恭の背後で爆発音が轟いた。閃光があたりの建物を赤黒く浮き上がらせて消えると、悲鳴と叫喚が交錯し、なだれうつ靴音がそれに重なった。続いて、二発、三発とバズーカ砲弾が炸裂した。

「見たろう」と恭は声を張り上げた。「何も脅しではない。幹部を解放しろ。そうしないのなら、君らの足下《あしもと》の爆薬に点火するぞ」

だが、十分過ぎても返事がない。

「やつら、殺《や》ってしまったようだ。こうなれば、盛大な打ち上げ花火を見せつけるしかない」

陶厳陽は、恭がぞっとするような残忍な笑いを浮かべた。

「待ってくれ、工場長代理が交渉に行く」

阿鼻叫喚《あびきようかん》という語を恭は知識として持ってはいる。が、事務室に入って見てそのさまを強烈に実感させられた。足の踏み場のないほどに壊れた机・椅子が散乱し、引きちぎれた書類・設計図の類がそれらの上にかぶさり、鼻を突く異臭がたちこめている。硝煙と鮮血の混じり合ったそれだ。何よりも大事な同僚たちは、と見回すと、あちらに一人こちらに一人と倒れていて、ぴくりともしない。

「金庫を開けろ。開けぬと、こいつらと同じ運命が見舞うぞ」

と少年兵の一人が恭の胸を銃でつついて怒鳴った。

そこで恭は勇を鼓して、会計部主任・蒙燦《モンツアンチウアン》全の変わり果てた姿を指差した。

「その男が金庫番だ。君ら、大事な男を殺してしまっては金庫の開けようはない。断わってくが、金庫には船の設計図以外に金目《かねめ》のものはない」

紅衛兵は困った顔を寄せ合い始めた。恭が数えると、ざっと二十人ほど。みな小銃と短剣で武装している。

「金庫が開けたかったら、アセチレンガスで焼き切る手がある。ただし、技師と助手、それに機材運搬人三人は必要だ。連れてきてやろう。わたしに縄打って護衛をつけろ」

紅衛兵たちはさんざ討論を重ねた末、その実行に踏み切った。

下へ降りると、空が明るくなろうとしていた。川面《かわも》に幾筋かの白いさざなみが揺らいでいる。

恭はなぜか気が浮き浮きしてきて、日本語の童謡がひとりでに口をついて出た。

どんぐりころころ　どんぐりこ
お池にはまって　さあたいへん……

「何を歌っている？」
と、恭の背に銃を擬した少年がとがめた。
「これ？……ああ、童謡よ。子供の時に大連で習った。どうだ、一緒に歌わないか」
恭は一段と声を張り上げた。

どんぐりころころ　ころがった
そこがつけめだ　どんぐりこ

日本語を解する陶厳陽がそれに応じて歌を返してきた。

わかったわかった　どんぐりこ
さあさあたいへん　どんぐりこ

恭が石につまずいて前のめりに倒れると、前後で銃声が響いた。

ダダーン、ダダーン……
階段脇に待機していた一隊が銃を連射しながら事務所に突入していくのが見えた。

7

恭は再び事務所に立った。これが十六年もの間働いてきた職場なのだろうか。目をそむけたくなる惨状だ。つい昨夜まで言葉を交わした幹部連や部下たちが、今は冷たいむくろとなっている。恭は人目もはばからず号泣した。

その間にも陶厳陽は冷徹に命令を下した。第一に、死者と生存者とを確認し分離すること。負傷者があれば手当てを急がねばならない。それから死者には名札を付し、現場見取り図の中に場所と死因とを書き込むこと。

「紅衛兵たちは、怪我人の頭部にとどめの銃弾をぶち込んだかのようだ。そうでもなければ、このように確実に狙撃できるものではない」

と陶厳陽は腕を組んだ。

武器を押収された紅衛兵たちは後ろ手に縛られて広場にころがされた。少女三人を含んで総勢十八人。十重二十重に工員たちが取り巻き、石のように押し黙った。

「殺せ！　朋友を殺された仇を討て！」

年配の女性工員が口火を切ると、広場中が「殺せ」の合唱となった。

彼女の親しい友人は事務室に寝ていたがために災難に遭ったのである。

「紅衛兵諸君、名を名乗るがいい。君らの栄光を記録にとどめておかねばなるまい。将来、革命烈士の墓に祀られるかも知れないのでな」

と恭は皮肉を言いつつ、書記役に記録を命じた。

紅衛兵たちは恐れげもなく立っては在籍中学校と姓名を高唱した。

九人目は女の子である。彼女は李桃扇《リートオスァン》と名乗った。恭は、はっとした。桃扇は愛妻の名なのだ。しかし、煤けたその黒い顔に妻の美しい面影を見出すのは困難だ。

「もしかして君は、先の李典明《リーテンミン》と兄妹ではなかろうな?」

「そうだよ、双子だよ。それが、どうかした、とでも?」

「どうしたも何も……。それでは君ら兄妹は、李大則先生の子ではないか。まぎれもなく紅五類として優遇されるのに、なぜこのような暴挙に走り無益な殺人まで犯さねばならぬ?」

「ふん、資本主義走狗の名を聞くのすら汚らわしいわ」

李桃扇は男のような口をきき、ペッと唾を吐いた。

「恐ろしいことだ」と恭は陶厳陽に言った。「『大義親《しん》を滅《めつ》する』というが、この破壊・殺人行動のどこに大義があるというのだ? しかも、金庫までこじ開けさせようとした。教育のない、そこいらの強盗殺人犯といささかも変わりないではないか」

「毛老帝の完全な洗脳政策の落とし子ですよ、こいつらは。洗い場を間違ってどぶ川の腐れ水で洗った頭だ。ために、赤みみずが脳まで冒しやがった。くそったれ! こいつらを殺すような銃弾の持ち合わせはない。とっとと出ていけーっ、だ!」

陶厳陽は一人一人の背中を蹴って回りながら、おんおん泣いた。

「同志諸君!」と恭は声を振りしぼった。「聞いたろう、見たろう。諸君の子供がこいつらでなくてよかったな。赤であれ黒であれ、親をないがしろにするような教育をするものではない。罪はこれらの少年少女にあるのではなく、純な魂に赤いペンキを塗りたくったペテン師にある」

「殺せ！　同僚の仇を討て！」

先の女性工員が金切り声を上げると、広場中がそれに和した。

「いや、殺さぬ！」と恭は努めて抑えた声で言った。「諸君の最も尊敬する陶厳陽職工主掌の言葉を聞かれたか。赤みみずに冒された頭脳にくらわせる銃弾の持ち合わせはない、と。わたしもその意見に両手《もろて》を挙げて賛成する。そこで、この連中に対する処置だが、総隊長と副司令とは、こいつらを追放することにした。二人だけで正門まで送る。道をあけろ。異議ある者は、押収した小銃でもって即刻われわれの背中を撃つがいい」

恭は丸腰で隊列の先頭に立ち、後尾を肩に小銃を載せて陶厳陽が歩いた。

工員たちは敵意に満ちたギラギラした目を投げかけながらも、隊列ののろのろとした行進を妨げようとはしなかった。

進むほどに左右に割れる人垣を突っ切りつつ、恭は、戦時中の日本の中学校教育を思い浮かべていた。天皇の命令一つで死ぬことを美としたあの思想と、毛沢東主席の片言隻語を盲信して破壊行動に走る紅衛兵たちの考えとの間に、何の差があるというのだろう。真に恐ろしいものは狂った独裁者の指先と口先だ。

「『書物を読むことは学習であるが、使うことも学習であり、しかも、それはいっそう重要な学習である』」

黄色い声が隊列の中で起こった。李桃扇のようだ。皆はそれに和して声を高めた。

「『これがわれわれの主要な方法である。学校に行く機会のなかった人でも、やはり戦争を学ぶことができる。つまり戦争の中で学ぶのである。革命戦争とは民衆のやることであって、先に学んでからやるのではなく、やり始めてから学ぶのが常であり、やることが学ぶことなのである』」

どうやら彼らの常時携行する『毛主席語録』の中の一節らしい。

「おれのことを賛美しているのか」と陶厳陽は哄笑した。「おれなんか学校にも行かず中日戦争最前線で日本語を学び身につけたもんだ」

8

荒療治《あらりょうじ》が効いたらしく、紅衛兵たちは造船工場から撤退した。恭は不測の事態に備えて警戒はゆるめぬ一方で、工場の再開に踏み切った。

だがそのころ、紅衛兵は攻撃目標を別方面に変えていた。彼らは大学に乗り込んで学生の支援を取りつけるのに成功し、市の党委員会を襲った。党委員会は、労働者組織の赤衛隊を動員して武力で応戦した。九月半ばから十一月にかけて、恭の工場からは半数がその戦闘に割かれた。

その間隙を「敵」は突いてきた。臨時工二百人強が連署して要求を突きつけてきたのである。

代表の阮寿《ルアンスウ》は言う。

「われわれは八月・九月・十月三か月分の給料もまともには支給されず、家にも帰らせてもらえぬまま、生命の危険にさらされている。そこで、われわれは要求する。

一、給料をまともに払え。

一、職場の安全を確保せよ。

一、武器を執ることを拒否する。
一、労働は一日八時間に抑えろ。
右四項目が容れられぬのなら、われわれはこの過酷なる職場から解放されることを要求する。その際、一年分相当の解雇手当てを支給せよ」

この不意打ちに恭は狼狽した。工場長に連絡しようにも、そちらは紅衛兵相手の防衛戦でとても相談には応じられそうにはない。

片や職工主掌の陶厳陽は激昂した。

「お前たちが安穏に飯を食っていられるのは何様のおかげかということを、よくよく考えてのことか。即刻、家に帰ってもらおうじゃないか。ただし、びた一文払いはせんぞ。上海の町じゅう紅衛兵がうじゃうじゃで、お前たちは無事帰れるとでも思うのか」

「親方さんよ」と阮寿は冷笑した。「全国紅色労働者造反総団、略して全紅連が結成され、われわれはその組織下に属したのだ。われわれがこの工場を出る、と、入れ違いに紅衛兵がその穴をうずめる。そのようになってもいいのかな、親方さん？」

敗北を恭は予感した。敵は紅衛兵ではなかった。毛老帝こと毛沢東主席は、最弱者を味方に引き入れることに成功したのだ。こちらとは発想の次元がまるきり異なっている。

恭は事を荒立てぬよう、できるだけ穏やかな口調で言った。

「要求書は一応預かる。諸君がご存じのように、わたしは工場長代理に過ぎない。すぐにも、李大則書記に取り次ぎたいところだが、あの人は繁忙を極めている。だから今、諸君に確実に言えることは、紅衛兵との直接戦闘を無理強いはしまい、ということだけでしかない。そうだ、こうしよう。諸君には江上に浮かぶ三千トン級の新造船をさしあたりの生活の場として提供しよう。あそこなら安全は保証できる。賃金や労働条件については、希望に添うように努力するが、目下、紅衛兵と対峙《たいじ》中では、打つ手がない。諸君もそこは理解してほしい」

そのようにして急場は何とか乗り切れはしたものの、一時的な弥縫策《びほうさく》であることは恭自身がわかり過ぎていた。

恭は自分の管理する工場が小康状態に入ったことで一息つき、大局的な動きにまでは頭が回らないでいた。が、そのころ、恭の知らないところで紅衛兵組織の洗い直しが急速に進んでいたのである。それまで「紅五類」なる特権階級出身の子女によって牛耳られていた紅衛兵組織は、階級差別という内部矛盾に気づき、階級の敵とされてきた「黒五類」を味方に抱き込んだ。そこで大学生たちが紅衛兵運動に加盟し、下層労働者にはたらきかけることによって、赤衛隊の切りくずしが水面下で進行・拡大されていき、上海工人革命造反司令部（工総司）が結成された。この工総司と紅衛兵とが連合して赤衛隊に新たな攻撃を仕掛けることになる。

そうなると、赤衛隊としても自分の身を守らねばならない。いったい誰のためにかけがえのない命まで捨てようとしているのか。「賃金を上げろ」「福利施設を設けよ」「補助金を増額せよ」などと要求し、「われらこそは革命組織なり」と宣言して全市一斉ストライキに突入した。上海なる一大都市機能はこれで完全麻痺したまま越年することになる。

一工場長代理に過ぎない恭は、もう完全にお手上げである。陶厳陽ら幹部連と事務所に缶詰状態となったまま動きようがない。

そこへ、紅衛兵の制服姿の少女が一人、とことことやって来て恭に面会を求めた。工場長室に招じ入れると、彼女はこわばった顔で李桃扇だと名乗り、切り口上に告げた。

「明日十時、紅衛兵がここに乗り込み、幹部を逮捕・連行します」

「それで、逃げろ、とでも？……」

「命を助けられたお礼に。ただ、それだけ」

李桃扇が去ったあと、恭は考え込んだ。あの少女、何を告げようとしたのだろうか。

一時間後、恭は幹部を呼び集めて申し渡した。

「とうとつだが、陶厳陽君を除き諸君の臨時幹部職を解く。元の職場に戻りたまえ」

9

「幹部はたったの二人だけか。ほかの連中は臆病風に吹かれて逃げたらしいな」

事務所に乗り込んできた紅衛兵三十人ほどのリーダーは、そう言ってあざ笑った。

「頭の悪い青二才よ」と陶厳陽はいきまいた。「てめえらが殺しておきながら、よく言うわ」

少女が進み出た。あの李桃扇である。

「この工場をブルジョアの反動支配から解放します。腐敗幹部二人、外に出なさい」

手首を縛られて恭と陶厳陽が歩むと、事務所棟から正門に至る通路の両側を紅衛兵が固め、その背後を従業員たちが埋めつくしていた。紅衛兵はしきりに「打倒、走資派！」を連呼するが、従業員はその扇動に乗ろうとはせず固く口を結んでいる。魚のような表情のない目だ。昨日、恭から突然の降格を申し渡された幹部連は、まっすぐに恭を見、何ごとか懸命に訴えてくる。昨日は幹部職を解かれて怒ったのに、今日の表情は明らかに赦しを乞うている。わかってくれたな、昨日と、恭は自分の措置の正しさを確認した思いになった。

「ちくしょう！」と陶厳陽は顎をしゃくって前方を指した。「今ごろになって人民解放軍が介入してきやがった」

「おめでとうを言いますか。上海は毛沢東主席の手に完全掌握されたことになる」

恭は落ち着いて応じた。

正門前には臨時の「裁きの場」がしつらえてあった。大群衆に取り巻かれたトラックの荷台に二人は立たされた。

糾問役は、李桃扇である。小柄な彼女はひときわかん高い声で叫ぶ。

「宝恭君に問う。われわれ紅衛兵上海旅団が入手した檔案によれば、君は満洲傀儡国の吉林省知事の息子として生まれ、侵略国日本の中学校に留学した。母は日系とロシア系の混血。のち、悪徳資本家・王戴天の妾《めかけ》となっている。……」

「断じて違う！」と恭は抗議した。「両親の名誉のためにあえて言うが、もともと父は満洲建国に反対し投獄された。……」

門前に詰めかけた紅衛兵たちがわめいて、恭の声はたちまちかき消された。

「これは何だ？　そもそも何の権利あって大衆裁判をする？」

「無駄な精力消耗ですよ」と陶厳陽が戒めた。「理不尽な扱いにはただ忍耐あるのみです」

拡声器はわめき続ける。

「宝恭君は台湾籍の造船工場長として永年君臨し、工員を不当に安い賃金と不当に長い労働時間でもって酷使・搾取し続けてきた。しかも、日本人妻は天津の大学教授として保守反動教育を推進した。天津紅衛兵大隊は保守反動教授を連行し、長期労働刑に処した。それならば、われわれ上海紅衛兵旅団は、宝恭君にいかなる刑罰を与えるか。諸君の声を聞こうではないか」

恭は全身怒りに震えた。しかし、どうやって立ち向かえばいい？

「死刑だ！　市中引き回しの上、奴を殴り殺せ！」

一人が叫ぶや全体がゴーゴーと同じ声になった。

「わたしに何の罪がある？　言いたいことを言わせて記録にとどめろ！」

恭は必死になって叫んだが、大群衆の前には蟻の身もだえにも映らなかったろう。

拡声器はキンキン鳴って、陶厳陽の罪状を暴《あば》き立てる。

「陶厳陽君は、元国民党・蒋介石軍の中隊長であった。国営造船工場にもぐり込み、前歴を偽って職工主掌にまで昇りつめた。職工の生殺与奪《せいさつよだつ》の権を握った彼は、労働環境をよくするどころか工場長の片腕として労働者同志たちの膏血《こうけつ》を搾《しぼ》った。……」

「ふん！」と陶厳陽は冷笑した。「日本軍でさえ、おれの片腕しか奪えなかったものを」

恭には陶厳陽の言いたいことが痛いほどわかる。抗日戦の英雄だったこのおれの命を、おまえらごとき若造が奪っていいものか、と皮肉を浴びせているのだ。

「死刑だ！　市中引き回しの上、奴を殴り殺せ！」

大群衆はわめいた。背後の工場側は鳴りをひそめたままだ。

恭と陶厳陽は赤い三角帽をかぶらされ、「走資派頭領に死刑を宣告する　紅衛兵上海旅団」と書かれた布を胸に縫いつけられた。そして、トラックの荷台に背中合わせに立たされ、凱歌を奏して行進する紅衛兵に前後左右を囲まれた。街路の両側には物見高い見物人が押しかけている。

ここでも皆、表情のない魚の目をしている。気がつくと、人民解放軍の武装兵士があちこちに見られる。ということは、陶厳陽の言うとおり、これまで紛糾抗争を傍観してきていた軍隊が旗幟《きし》を鮮明にして紅衛兵側に立ったものと断じてよい。

「とんだ茶番劇だ」と陶厳陽はあくまで冷笑の姿勢をくずさず日本語で言う。「時計の針は逆回りしている。日本軍と戦っていた時の方がまだましだった。外敵を倒すのだ、国土・国民を守るのだという崇高な目的意識があった。それに対して、今は何だ？　国家目的のために生産に励んだ者が、死刑？　よく言うわ、ほんとうに。……しかし、工場長代理は若いのに似合わず偉い。部下を逃がして、自分一人死のうとなされている」

「いや、すまぬ、君を道連れにしてしまった」

10

解放以前は競馬場だったという人民広場に、恭と陶厳陽を乗せたトラックが入った。すでに数万の大群衆が押しかけている。

「死ぬのは怖いですか」

恭が尋ねると、抗日戦の勇士は、

「いや、ちっとも」と首を横に振った。「死は一思いに白くなるものです。その前の長い黒の時間が恐怖感で心臓が破れそうになり、尿まで漏らすことになる」

「尿を？……恥ずかしいな」

「死んだら恥も外聞もない。……ああ、そうそう、大事なことを言っておきましょう。どうせ殺されるのなら、せめてこの世で一番楽しかったことを思い浮かべるがいい」

恭は、一家三人で過ごした夏休みを脳裏に描くことにした。――雪鈴を腕に片方の手を桃扇にあずけ、ここいらをよく散策したものだ。雪鈴はすれ違う人がもの言いたげに振り返るほどかわいく、妻もまた異性は言うに及ばず同性の目を惹くぐらいに魅力的だった。

「ねえパパ、あれは何?」と雪鈴は目につくものいっさいの名を聞きたがる。そのたびに恭の耳を引っ張るのが癖だった。「わたしも、パパの反対側の耳を引っ張ろうかしら」と桃扇はからかう。「いやん、パパの耳、雪鈴だけのものよ」……

拡声器はがなり続けた。陶厳陽の口癖の「よく言うわ」式の発言が入れ替わり立ち替わりやむことを知らない。そして糾問者は一演説終わるごとに、儀礼のように上着の革バンドを引き抜いて強烈な一撃をくらわせる。顔をねらい、胸をねらい、腹をねらい、ついには股間にまで痛打を浴びせる。これでは陶厳陽の説く境地にはとても至れそうにない。

今、二人はトラックの荷台後方の不安定な木製ベンチの上に立たされている。一人が打たれるたびに一人が足場を保持しなければ、両者ともに地上への転落は免れそうにもない。

しかし、陶厳陽は恭が心中ひそかに舌を巻くほどに強靭である。常時、体を固くしているのではなく、緩急自在な対応がみごとなのだ。演説の間は力を抜き、殴られる時だけ筋肉を固くする。その呼吸というか対処の仕方というか、それが膚を通してわかるのだ。これこそ生きた教育というほかない。恭には陶厳陽が守護神のように思えてならなかった。

毛沢東なる神に捧げる生贄《いけにえ》の儀式は、二時間も三時間も飽きることなく続いた。二人が殴り殺されるのを見届けてから観衆は解散するのであろう。恭の意識は苦痛の領域をとっくに通り越して朦朧《もうろう》となりかけていた。これならば、死への跳躍もさしたる苦痛ではなさそうに思える。

恭の視野が茫漠とした霧に包まれようとした時、陶厳陽がつぶやいた。

「もう頃合いのようだな」

恭は最後の力を振り絞って、「了解」の信号を、縛り合わされた相手の右手首に送った。

「行くぞ！」

陶厳陽はそう叫びざまベンチを蹴った。

瞬間、その時はっきり目覚めた恭の意識は、跳躍のあとに来る長い飛翔の時間を克明に刻んだ。

二人は宙を飛ぶ。下にはぽかんと口開けた群衆が空を見上げているのがわかる。

その空は紺碧に澄み、飛天《ひてん》の衣《ころも》にも似た薄絹の雲を浮かべている。そこへ二人は吸い寄せられるのであろうか。……

気づいた時、恭はやはり薄絹の雲の上に横たわっていた。

「どこ？……」

尋ねると、ベッド脇にいた少女がひきつった笑みを唇の端に浮かべた。

「李桃扇です。あれから十日も、よくお眠りでした」

上体をもたげようとしたら、体のあちこちが痛んだ。

「動かないで。肋骨が三本折れていました」

やっと、病院の一室にいる意味がつかめた。あの時、陶厳陽は天国への脱出を試みたのだが、
どうやら失敗に終わったらしい。

「陶厳陽主掌はどこに？……」

「ここですよ」と頭上から日本語の野太い声が落ちた。「左足が折れた程度で、このとおり立ち居振舞いに不自由はない。少し、年を取ったかな、落ち方がまずかった。死ぬつもりはさらさらなかったのに誰かさんか閻魔大王かが解釈を取り違えられた。その読みが微妙にずれて、お互いの運命をこのように変えた」

「紅衛兵はなぜ二人を地獄に送らない?」

「飽食《ほうしょく》した猫にとって鼠はいたぶりの対象でしかない。回復しだい、また批闘大会——批判闘争大会の略です——そいつに送り込まれますよ。ここにいるのは、その監視役」

「また飛ぶのか」

「よしましょう。次の手は批闘大会の間中に考えましょう。なにしろ、あんなに暇で退屈なものはないですから」

そこへ李桃扇が割り込んだ。

「日本語を話す、そのことだけで、あなたたちは階級敵として弾劾されなければならない。早く悔い改めて、偉大なる毛沢東主席に忠誠を誓わないと、ひどい目に遭いますよ」

11

上海医科大学付属医療院の病室では、まことに奇妙な関係の三人の日常が展開された。

ベッドは二つある。むろん恭と陶厳陽用のものだ。その合間に藁マットを敷いて李桃扇は仮眠する。十四歳のこの女子中学生は監視役兼臨時看護助手を買って出たらしい。見ていると、それは感心するほどよく動く。薬品の塗布、包帯のつけ替え、食事の世話、下《しも》のものの処理に掃除と、抜かるところがない。いつもきゅっと小さな唇を結び、鋭い目つきで次なる仕事をさがしもとめているふうがある。

それはそれで結構なのだが、恭が困惑するのは、少しでも暇ができると『毛主席語録』を声高らかに読み上げることだ。たとえば、こうである。

「『矛盾する二つの側面のうち、必ずその一方が主要な側面で、他方が副次的な側面である。主要な側面とは、矛盾の中で主導的な作用を起こす側面のことである。事物の性質は、主として支配的地位を占める矛盾の主要な側面によって規定される。しかし、このような状況は固定したものではなく、矛盾の主要な側面と主要でない側面とは互いに転化し合うし事物の性質もそれにつれて変化する』」

すると、陶厳陽は彼特有の皮肉を弄《ろう》したくなる。

「つまり、お嬢さんが敵のわれわれを看護するようなものだな。われわれがその『主要な側面』とやらで、あんたが『副次的な側面』ということか。『互いに転化し合う』というのは、お嬢さんがわれわれの役を演じることだってあるということだ。いやいや、議論は抜きにして、お嬢さん、あんた、日本語を学ばないか。おれはな、中日戦争の時には日本語を知っていたおかげで得をしましたよ。日本軍将校になりすまして、独り歩きしている日本兵に声をかけるのさ。『ちょっと来い』と、それだけでいい。路地裏に誘い込んだら、あとは仲間が始末をつけてくれる」

李桃扇は表情ひとつ変えず、別のページを開いて高い声を張り上げる。

「『新たに生まれたどのような事物の成長も、すべて困難や曲折を経なければならない。社会主義事業の中で、困難や曲折を経ず、大きな努力を払わず、いつも順風に乗ってたやすく成功をおさめられると思うなら、そうした考え方は幻想に過ぎない』」

「幻想、か」と陶厳陽は首をすくめる。「お嬢さんよね、こっちが幻想なら、そちらは妄想だ。おれのようにね、中国本土を侵略し民衆を虐殺してやまない日本兵を殺すのは、これは大義というものよ。あんたらの叫ぶ『階級の敵』とは雲泥の差がある。あんたら紅衛兵は、おれたちの船造りをストップさせたばかりか工場を破壊し、幹部技術者までも殺す。何ですかね、お嬢さん、造船工場は日本帝国主義の手先ですか、それともソ連修正主義の回し者ですか。中国の船・軍艦を造ることが敵だとはね、こいつは幻想をとっくに超えて妄想に走っている。その『毛主席語録』とやらの執筆者は鉄格子つきの病室に拘禁した方がいいのと違いますか」

李桃扇は眉間にしわを寄せてページを繰った。

「『中国では、武装闘争を離れては、プロレタリートの地位はなく、人民の地位はなく、共産党の地位はなく、革命の勝利はない』」

「そうでしょう、そうでしょうとも」と陶厳陽はうなずいた。「水準の問題というか、線引きの問題というか、要するに、どこに線を引くかということだ。工場生産はブルジョア志向、技術者養成のための高等教育もブルジョア志向。十億の人民みーんな農業生産に従事すべきだ。今から五、六年前になるかな、『大躍進』というのがありましてな。全国の農村に大号令を発し溶鉱炉を築いて鍋・釜を溶かし鉄を生産させましたよ。どうなったと思います? むろん、世界一の鉄生産を記録しましたとも。毛沢東主席万歳、だ。そこまではいい。だけどな、お嬢さん、薪に使うために中国全土の木という木が伐られて丸裸となり、次には大水害・大飢饉の引き金となった。大雨が降りますよね。森林が伐採されたものだから、山の保水能力が皆無だ。河川は大氾濫。洪水に見舞われた穀倉地帯は収穫ゼロ。それが悪循環の始まりで、気候に異変をもたらし、洪水と旱魃とが一年おきに来るようになった。一方、溶かして固めただけの鉄ときたら、そんなの、固形人糞以上に始末が悪い。人糞なら肥料にしようもあるが、鉄糞《かなくそ》から何が作れます？　船でも造ってごらんなさい、たちまちブクブクだ。そんなこと、中学の理科教育の初歩の段階。教育の充実すら階級の敵というのだから、すごいよ、まったく」

李桃扇は今にも泣きそうな顔をして声を一段と高くした。

「『階級社会では、革命と革命戦争が不可避であり、それなしには、社会発展の飛躍を達成することもできなければ、反動的支配階級を打ち倒して人民に権力を握らせることもできない』」

「おれたちはその打倒されるべき反動的支配階級というやつですな。ではね、一つだけお尋ねしますが、誰が決めるんです、その人民と反動的支配階級の別とやらを？」

李桃扇は毅然として顔を上げた。

「もちろん、偉大なる毛沢東主席です」

「お偉いお人だなあ、ほんとうに。超人だよ、まさしく！」

「やっとわかってくれましたか、小父さん」

「そう。そのお人、十億の一人一人、早い話が陶厳陽なる人間まで知り尽くされているわけだ。閻魔大王の比じゃない。ははーっ、恐れ入りましたとも」

12

李桃扇のところには三日に一回くらいの割で李典明が連絡にやって来た。彼は妹より首一つ背が高い。妹を廊下に呼び出しては壁際に押しつけて何ごとか話し合う。妹の声の高さを兄のくぐもった声が包み込んでいるように聞こえるのが、いかにも秘密めいている。

そうしたある日、兄から何を聞いたのか、病室に戻ってきた李桃扇の目は真っ赤だった。

「どうした、お嬢さん?」

陶厳陽が尋ねると、彼女は首を横に振って窓に向かった。

「あなたには、どうでもいいことなの」

陶厳陽は、おや?という表情をして恭を見た。恭もまた異変を感じ取った。普段なら彼女は会話には乗ってこないで、『毛主席語録』のどのページかを読み聞かせる。それが今日は、短いながらも反応を示したのだ。

「何かあったのだね、たとえば家族にでも?……」

恭が言うと、李桃扇の肩がひくひくと動いた。感情の激動をひた抑えにしている感がある。

「ずばり言って、お父さんだな? 李大則先生が危ない? そうだよね?」

返答はないが、肩がうなずいていた。

「しかたなかろう」と陶厳陽は例の皮肉っぽい口調で言う。「君たち紅衛兵の最大攻撃目標、それは共産党の上海市中央組織だったからな。あの偉大なる毛沢東主席はどう言われている? 親も階級敵の一種なり、とでも?」

ククク一ッと声をしぼって李桃扇は泣いた。

「何があったか、言ってごらん。おれは口は悪いが腹は白だ。工場長代理ときたら、少年のように清純そのものよ。感銘すれば話に乗らなくもない」

「それなら言うけど」と李桃扇は泣き顔をこちらに見せた。「父は市中を引き回されたのよ。トラックから垂らしたロープに結わえられて。転んだら、そのままズルズルよ。服は引きちぎれ、顔じゅう血を吹いていたって。兄が見てきたのよ」

「見たのじゃない」と陶厳陽は嘲笑した。「手を下《くだ》したのだ、あんたらがね。紅衛兵上海旅団は階級敵・走資派を徹底壊滅するのがねらい。そう言っていたじゃないか、お嬢さんは。李大則書記は、その階級敵の頂点に位していた。だから、引きずり下ろし、殴りつけ、踏んづけ、手足やあばら骨をへし折り、それから十字架にでもぶら下げて、『走狗《そうく》は死して骨皮を残す』とかなんとか壁新聞にでかでかと書きやがるのさ」

「やめて、やめてよ！　それでも、あなたは人間？……」

「そうですとも、おれは最初から人間だった。お嬢さんも今やっと人間界に戻れたわけだからな、これで対等な物言いができるようになったってことさ」

「小父さん」と李桃扇はベッドに駆け寄って陶厳陽の肩を揺すった。「助けてよ、何とかしてよ。父が死にそうなの、殺されそうなのよ」

「お願いだから、揺り動かさんでくれ。まだ、ズキズキ痛むのでな。……小父さん、か。そう呼んでくれただけでも、ありがたさに涙が出るよ、お嬢さん」

「からかわないで真剣に応対してよ、小父さん」

「あんたはね、これまで、おれたちによく尽くしてくれた。走資派なんぞには拝めもしない病室に入れて手厚く看護してくれた。おれ、口とはうらはらに心の中では感謝していたよ。工場長代理も、お嬢さんが前もっておれたちの逮捕・連行を教えてくれたことに感謝している。そこで、お嬢さんの相談に乗ろう。元フランス租界に、ここいらの町工場の顧問医師だった人が住んでいる。黄石仙《ホァンシーシァン》というドクターで、サンフランシスコ医科大学を出た名医だ。あんたら、その男を逮捕・連行してきて、李大則書記を診察させ、それから緊急入院だ。部屋が空いてなかったら、おれを廊下にでもおっぽりだしな。なあに、批闘大会に出席させられるよりは、はるかにましだからな。それからもう一つ、あんたらの上海紅衛兵旅団は武器がほしいだろう。おれが隠し場所を教えてやるから、その武器をうまく動かすことによって、治療費・入院費がはじき出せる」

「ありがとう、小父さん。恩に着ます」

李桃扇はぎゅっと唇を結ぶと、身をひるがえすようにして病室から出ていった。

陶厳陽は窓際に足を引きずって歩きながら言う。

「この国の民衆のレベルでは政治思想による結びつきは本質的には成立しない。十年もすれば政府は変わるとの潜在意識が、血縁とか友情とかの絆を強くする。――これはね、黄石仙ドクターの言葉です。二十五年も昔、おれが血まみれの片腕をぶらんぶらんして路地裏を逃げ回っていたところを助けられたのが付き合いの始まり。日本軍将校のなりをしていましたからな、どちらの陣営に連れ込まれても命はなかったろうに、あの人、みごとに処置してくれたものだ」

「十年、か」と恭は陶厳陽の背に言った。「毛大帝の絶対権力掌握に端を発したこの狂乱を、十年も耐えねばならないのか」

「十年も、ではなくて、わずか十年ですよ。日本の侵略も十年強で挫折した。中国四千年の歴史の中では盲腸にも当たらない」

13

恭の傷がどうにか癒えたのは入院以来三か月後、一九六七年四月中旬のことだった。早速、陶厳陽と二人、樹立されたばかりの上海人民公社の査問委員会に呼び出された。委員は五人いてそれぞれ誇らしげに名乗ったが、恭の知らない若い顔ばかりである。あらかじめ準備された調書に署名し、併せて自己批判書を書け、と、これは強制に近い。

恭は調書にざっと目を通したのち、きっぱりと言ってのけた。

「このような捏造《ねつぞう》文書に署名するくらいなら、死を選ぶ。まして、造船技術者として働いてきた十六年数か月に落ち度があったとは、いかなる権力に対しても認めるわけにはいかぬ」

「偉大なる毛沢東主席に反旗をひるがえす気か」

「これこそ造反有理だ。君たちは、反対者の道理を聞き分ける寛容さを持つべきだ」

「よし！」と委員長は机を叩いて怒号した。「反省の色、いささかもなし。よって、無期労働教育刑に処す。……次！」

長机の左右に張り付いていた紅衛兵がすっとんできて、両脇腹に強烈な鉄拳を見舞った。うっ、と恭はうめいた。

「右に同じよ」と陶厳陽はうそぶいた。「これだけは諸君に言っておくが、これから外敵と戦争する場合、よくよく自分の仕える将軍の面構えを見ておくことだな。おれは親分の選択を誤ったよ。以上、署名拒否。申告終わり！」

「よし！　貴様も無期労働教育刑だ。甘粛省《カンスー》第一三五鎮に送る！」

二人は、北行する家畜用有蓋貨車の藁の中で三昼夜を過ごした。一日一回、拳《こぶし》大の饅頭一個、アルミ碗一杯の汁の差し入れがある。その時だけ外から分厚い鉄板の扉が開けられ、入れ代わりにバケツの糞尿が鉄路に撒き散らされる。その数分間だけが外景をかいま見られる貴重な時なのである。しかし、外気は鼻の奥をキリキリと刺すように鋭かった。四月というのに春は遠い。樹木一本見当たらない黄土高原は人畜を拒絶した姿で凍てついている。恭のつく溜め息までが、たちまち白く凍るかのようだ。

「着いたぞ、出ろ!」

鉄扉《てつぴ》がきしって、外へよろめき出ると、早朝のプラットホームには「蘭州《ランチョウ》」の文字が読めた。駅前広場はすでに数千人の物見高い群衆である。ここでも見せしめのお仕置きが待っているのだ。台上に立たされて、恭は目を疑った。二人のはずが三人。その三人目に見覚えがあるのだが、別人に見えてしようがない。

「もしかしたら、李大則先生では?……」

先に陶厳陽から声をかけた。

「そうなんだよ。……しかし、君たちは?……」

どうやら目が不自由なようすだ。

あの時、と恭は思い返した。父親を救うために陶厳陽から知恵を授かって駆け出した李桃扇は、そのまま戻らなかった。紹介した黄石仙ドクターも出現しなかった。陶厳陽の推測によれば、ドクターの隠れ家でひそかに治療が施されているに違いないということだった。しかし、それは希望的観測の域を出ない。

あれから三か月。肥満体質だったはずの李大則は枯れ木に黄色の布をかぶせたような痩せようだ。偶然ではなく、この出会いは必然的処置だと見てよかろう。造船工場の代表格三人を選んでこのような奥地に送り込んだのだから。

「宝恭と陶厳陽ですよ。意を強うしてください。目はどうされました?」

ガーガーまくし立てる拡声器の間隙を縫って、恭は尋ねた。

「糖尿病から来る視力障害という診断だったが、まともなものを食わせてもらえなかったから、ほんとうは栄養失調だろうよ」

「黄石仙ドクターの診立《みた》てですか」

「黄石仙ドクターはわたしをかくまって治療したことがばれて、批闘大会でつるし上げられ、それが因で自宅の木で首をくくって死んだ。そのように娘が知らせてくれた」

「そのお嬢さんは?……」

「それこそ労働教育刑だ。どこへ送られたやら?……」

蘭州駅前広場からはトラックに乗せられ、黄河《ホアンホウ》の支流に分け入った。護衛の兵士の話によると、庄浪河《チョワンランホウ》といい、その奥に毛毛山《モーモーサン》という四千メートル級の高山があるのだそうだ。その麓まで二百キロ、車で丸一日の行程だという。

「第一三五鎮というのはその毛毛山の麓にあるのか」

陶厳陽の質問に兵士たちはあざ笑った。

「まあ、着いた所がその第一三五鎮と思えばいいってことよ」

それは、どういう意味なのか? と考えて、恭は戦慄した。消す、そう、消すのだ。それしか考えられないではないか。それにしても、無駄な、念のいったことをするものだ。

夕刻、トラックが止まった。行く手を土砂がふさいでいる。隊長が号令した。

「よーし、ここでいい。下りろ!」

14

隊長は道をふさぐ土砂の山に登った。しかたなく恭たち三人もそれに従う。片側は谷、もう片方は垂直に近い土の壁。両者ともに道から二百メートルもの巨大な段差がある。

「ふん」

鼻で笑って、隊長は腰の拳銃を引き抜いた。やにわに空に向かって三連発。後ろにいた部下が小銃を五連射。こだまがこだまを呼んで奥山へと吸い込まれていく。

恭が首をすくめていると、隊長は誰にともなく言った。

「自然崩壊ではない。とすると、無呰《ウーサイ》の連中の意識的抵抗というやつだな」

待つこと小一時間、ダッダッダダという焼玉エンジンの発動機の音が近づいてきた。耕耘機に引かせた荷車に農民が運転手とも五人乗っている。

「誰がこの崖を破壊した?」

隊長が叫ぶと、背丈に余る猟銃を持った顎のとがった男が答える。

「鶩でも羽ばたいたかな? おれたち、向こうに行く用件があるのに困ったことよ」

「第一三五鎮にお客さんを案内しているところだ。その車に乗せてやってくれ」

「お客さんなら秋の暮れにに五十人来たが、満足に冬を越せたのが十人いるかな」

「そのようなことは聞いておらん。中央政府上級機関からの命令だ。この三人を運べ」

「おれたち、あんたの下級機関じゃないから、由緒ありそうなお客さんを、飢え死にするときまったような場所に送りつけてやるわけにはいかんよ」

「こいつらは国家を転覆させようとした不逞のやからだから、殺そうと飢え死にさせようと、下っぱ将校の知ったことではない。そちらが引き受けぬのならば、しかたない。その車を没収してでも運ぶ。そして、お前たちは重要道路破壊工作容疑で逮捕・連行され公開銃殺刑となる」

「はいはい」と猟銃の男、遼《リオ》首領と呼ばれる男はふてくされて言った。「書類を渡してくださいよ。先方が受け取らんとでも言い出したら、おれたち、どうしようもないからな」

兵士たちが毛布にくるんだ手荷物三個を積み換える間に、恭は李大則を背負って堆積物を越した。上海市党書記の権勢を誇っていたころなら恭が一人で運べるような体重ではなかったはずだ。

「小官の名は鄭永見《ズオンユンジアン》」と隊長は恭に向かって丁重な口調で言った。「最後までお送りできなくて申し訳ありません。何とか生き延びてくださいよ。きっとまた日が射します」

恭はきゅっと胸のあたりが締めつけられるのを感じた。この男は職掌柄やりたくもない仕事をこなしているのだろう。恭が手袋を脱いで握手を求めると、隊長はわざと苦い顔をしてみせた。

「ああ、それ、記念に交換しましょう」

恭の木綿の穴あきの手袋とは違って、隊長のそれは裏毛のふかふかした革製であった。

荷車で二、三キロも進んだであろうか、遼首領は停車を命じた。道が二つに分かれている。右は一応まともだが、左は急坂だ。

「右、あんたたちの行きたい第一三五鎮。左、おれたちの村、無砦。人口百と五十。つまり、送るのはここまでということ」

「その再教育施設までは遠いのですか」

恭が尋ねたら、遼首領はせせら笑った。

「夜通し歩けば明け方には着きましょうよ」

すると、李大則がおぼろにしか見えない目で左右をなめるように確かめてから言った。「君たちの無呰村に身柄を預かってはくれぬか。あとで嘆願書を書くから、便《びん》のある時に先方に届けていただければ何とかなろう。どうせ歓迎されない客人だろうからな」

「よっしゃ」と遼首領は胸を張った。「あっしは村の責任者の遼良旦《リォリアンタン》という者です。中央がやたら流人《るにん》を第一三五鎮に送りつけてくるから、トラックごとぶんどるつもりで崖に仕掛けをしましたのさ。村は貧しいよ。土竜《もぐら》のように穴住まいさ。食う物もまずいよな。水汲みの女なんぞ谷まで下りて帰ってくると、それで午前中が終わる。そんなのでよかったら、いてくれよな。男手が足りんから働いてもらわにゃならん」

「わたしはお荷物のようだ」と李大則はきまり悪い顔をした。「昔は紅軍の長征に従って万里の道なき道を踏破したというのに、今は目はよく見えんし、体力がいちじるしく衰えた。働けなければ、施設に送り届けてもらうしかあるまい」

「元紅軍の将軍さんよ」と遼良旦は愉快げに笑った。「あんたの分は、ちゃんとお二人さんが働きなさる。しばらく体を休めて、あんたでなければできん仕事のことを考えなさるがいい。鼻たれガキどもが政治をどうのこうの言ってお偉いさんを追い出すようじゃ、世はおしまいよ。あんたが復権なさった時には、無砦村が食っていけるように政治をよくしてもらわにゃいかん」

「復権、ね。……かなうかな?」

李大則が目のふちをぬぐうと、紅軍——中国共産党軍の話題が出ると黙るか反発するかの癖のある陶厳陽が初めて口をきいた。

「もしかすると、おれの技術が役に立つかも知れぬ。水汲みに半日と聞いて、文革以来眠っていた頭が活動を始めたぞ」

15

遼良旦は恭を伴って第一三五鎮の事務長相手に掛け合った。

「囚人三人分の籍はそちらに置いて、身柄は無砦村に預かりたいものだ」

三人分の手当て・食糧は施設にまるまる入るのだから、先方としてはこれほどうまい汁はない。一方、無砦村でも、女百、男五十では決定的な人手不足だ。男手という即戦的労働力もだが、それ以上に「頭脳」が欠落している。そこで「商談」成立。恭たち三人はめでたく「出向」という名の「放逐」を認められることになった。

恭が半ばあきれ半ば感心していると、遼良旦は「あんただけにの内緒話だけど」と前置きして自慢げに話した。

「あんたらの護送トラックが崖っぷちで立ち往生したろう。あれはな、ダイナマイトで吹っ飛ばして道をふさいだのよ。その復旧作業に駆り出されるのは、無砦村の村民さま。その間、官給のおまんまは食えるわ、ダイナマイトまでいただけるわ。結構なお話よ」

「まさに土匪《どひ》の頭目《とうもく》だな」

と恭が言ったら、それを誉め言葉とでも解したのか遼良旦はにんまりと笑った。

「それそれ、首領よりは頭目と呼ばれたいものよな」

さて、村の無砦という名だが、中日戦争で追われて山中に逃げ落ちた者たちが肩を寄せ合って村を興した際、「砦《とりで》すらない」と自嘲気味に命名したのだという。

それにしても、何もない村だ。ジープがやっと通れる程度の狭い道の両側の高い個所にぽこぽこっと穴が開いている。注意して見ないと、そこに人が住んでいるなどと誰が思いつこう。崖の上に山羊が遊んでいるのを目にして、「あんな所に野生の山羊がいる」くらいの認識だろう。

山羊――それはこの村唯一の蛋白質供給源兼糞炭製造元なのだ。はるかな高みに名ばかりの畑が隠れるようにあって、かろうじて自給できるくらいの小麦・黍などを作っている。

村役場――といっても、窰洞《ヨードン》と呼ばれる穴居に机が二脚しかない簡素極まりない事務所だが、そこに遼良旦は常駐している。家族はない。事務員兼用務員兼家政婦とでもいうべき老婦が二人、のろまに仕事をこなしている。

その一角に、恭たち三人は寝所を与えられた。土壁に、身長に少し余る程度の棚がうがたれ、麦藁が積まれている。後にも先にもそれだけだ。その藁の上に毛布を敷き、ありったけの衣類をまとって寝るのだ。照明設備は何もない。土間の中央に炉が掘られ、そこで山羊の乾燥糞が鈍く燃えているのが暖房兼灯りなのだ。

「我慢できんほど寒いなら、女を貸してやろうか。女なら村に余っている。ただし、子作り能力のないのばかりだ」

遼良旦はまじめに言う。彼は老婦二人にはさまれて眠るのが習慣だ。

「断わるよ。そちら様が不自由しようから」

と陶厳陽が切り返したら、遼良旦はすかさず、

「こっちも子胤《こだね》はとっくに切れてるよ。現役は宝恭同志だけかな?」

「よけいなこと言わぬがいい、古傷が痛むじゃないか」

恭が言うと、皆は声立てて笑った。

「紅軍は軍規が厳正だった」と闇の中で李大則は思い起こすように言った。「一九三四年十月、国民党軍に追われて再起を期すべく、延々七千キロも延安《イアンアン》目指して長征したのだが、女でも犯そうものなら即処刑だった。行く先々の農村で食餌提供を受けると、必ず労働でお返しをしたものだ。その紅軍の軍規の厳正さ、兵士各個人の誠実さ・清潔さが、後日になって報われ、底辺民衆の信頼が中華人民共和国生誕の土壌となったのだと言える」

「でしょうとも」と陶厳陽は返す。「その紅軍の首領様だけは、若い女を引っ替え取っ替え、ふかふかの羽毛ベッドに侍《はべ》らせてぬーくぬーく。それだけの精力がなくてはならんから、お一人だ

け高蛋白質の食餌を摂取しなさっていたわけよ。その昔、元軍は山羊を連れて長征した。山羊は食糧供給源であると同時に若い兵士の性処理にも役立った。日本軍は慰安婦を伴って中国を侵犯したが、紅軍には女兵士が従軍した。ということは……」

「陶厳陽君、口を慎みなさい。その首領様というのは毛沢東主席のことか」

「間違っても蔣介石総統のことではない」

「蔣介石総統は日本軍が攻め込むと重慶に逃げ落ち、アメリカの軍事援助で私腹を肥やした。中国から撤退する際には駆逐艦数十隻分もの財宝を台湾に持ち去った」

「そうでしょうとも。紅軍の首領は肥え太り、国民党軍の総帥《そうすい》は痩せ細っていた。民衆はその外っ面《つら》から腹の中を見てとる術《すべ》に長《た》けているので、ごまかしようはない。おれの言いたいのは、真っ向から日本軍と戦ったのは誰だったかということだ。紅軍なんて、中日戦争が終わったころ、のこのこと出てきやがって、内戦でもって、疲れきった国民党軍をたたいただけの話よ」

「腐敗堕落しきった蔣介石指揮下の国民党に中国の将来は任せられなかった」

「お互いどこかで歴史学習が間違ったようだけど、あなたにしろ、このおれにしろ、こんな快適な五つ星のホテルに住まわれるのは毛沢東主席様のおかげでしょうな」

「話を飛躍させせないでくれよ。今は共産党対国民党時代を論じている」

二人の論争はとどまりようがない。

16

「あの二人、飽きもせずよくやり合うものだな。毎晩毎晩、もう一月《ひとつき》も論戦の絶える時がない」

恭が窖洞から五十メートル直下の谷に下りて顔を洗っていると、遼良旦があくびを嚙み殺してそう言った。

「ものは考えようだ。二人の定例討論会で、わたしなんか教わらなかった中国近現代史学習ができたようなものだから、感謝しなくては」

「片や共産党、片や国民党。あんたは何党かな?」

「赤と白の混合だから、高粱入りの粥みたいな存在かも」

「そいつは食えないよな。しかし、偏りは命取りでもある。この村をつくった連中は、日本軍に追われて落ち延びただけのことで、思想的には赤でも白でもなかった。いや、赤と白との争乱に巻き込まれて、家や耕地を失ったようなものだ。まあ、今となってはそれはどうでもいいけど、春が来たよ。春というよりも、ここいらでは春夏が同時にやって来る。草がいっせいに萌えて、農作業が俄然忙しくなる。畑打ちに種蒔きだ。あんたらも働いてもらわなくちゃならんが、都会育ちには鍬・鋤は握れんだろうな?」

「それがどっこい、日本の中学にいたころ農作業を手伝った経験がある」

「なるほど、そいつはいい。それじゃ、あの隻腕《せきわん》国民党は?」

「陶厳陽君だったら、今、灌漑施設設計に熱中しているよ。ここから六キロ上流に泉がある。そこの谷に堰を造って水位を上げ、溝でもって畑に導く。そこまではいいが、五メートルの高低段差がどうしても縮まらない」

「揚水ポンプと石油さえあるなら、たちまち解決できるのだが」

「その揚水ポンプを燃料不要の水車でやろうというのさ」

「水車?……材料の木がどこにある? 高原に行けばわかるが、山羊の飼料にしかならない草ばかりだ。もっとも、四川省《スーチョワン》ではな、何でもかんでも薬草にしてしまうというのに、ここいらでは山羊の餌で終わっている」

「待った」と恭は目を輝かした。「そいつだ。いいことを思いついたぞ。李大則先生は、紅軍の遠征で漢方薬の知識を身につけたとか言っていた。あの先生を動かしてみるか」

「目がよく見えないのに、薬草の種別がどうしてわかる?」

「まず先生の目を治すのだ。山羊の乳にビタミンAを含んだ野草の汁を混ぜる。失敗してもともと。成功したら、蘭州に行き毛毛山で採取した神仙薬だと言って売りさばく」

「その金で材木を買い、水車をつくる。……あんたも気が長いよな」

このようにして、李大則を山野に案内する仕事が恭に回ってきた。女の子たち数人を山羊ごと連れて、野草を吟味・採取するのだ。

「そこいらじゅうに黄色い花が咲いているだろう。そいつらは金鳳華《ジンフェンフア》の仲間で山羊も食わない。要するに毒草だが、毒だからこそ心臓の薬などとして使い用がある」

というふうに李大則は教えてくれる。陽光の下では、おぼろげながらも彼の目は物の輪郭を捉えることができるのだ。

「視力回復には?……」

「擬山椒《ニイジャンジャオ》の実がいいが、この付近にはないだろう。代用品としては、口に入れて刺激性のある草の根茎。ただし、本気で噛んだりすると毒だから、まずは山羊を近づけてみることだ。……蜂が飛び回っているようだな。一匹捕まえて、服の繊維を引き抜いて胴に結わえてから放す。そいつを追っかけて行くと巣が見つかるから、目印をつけておいて、夜に取る。蜜や蜂の子にはビタミンが豊富だ」

そこいら一面のお花畑を歩くうち、恭はひとりでに歌が出るほどに楽しくなった。雪を頂く毛毛山が手に取るようにまぶしい。

恭は勃然と絵を描きたくなった。描いた絵を娘の雪鈴に送るのだ。そう思うにつけ、生きる希望がふつふつと湧くのを感じた。それだけではない、山羊の世話に明け暮れている無学の子供たちに文字を教えてやらねばならない。広い世間のあることも知らせてやらねばならない。ここでやることは力仕事以外にも山ほどあるのだ。

それを言うと、李大則はふっと涙ぐんだ。

「魯迅《ルーシュン》の説く希望というやつだな。一人が希望を抱くと隣人が希望を抱く。そこに希望という名の道が通る。歩く人が多くなれば、より道らしくなっていくものだ」

「ええ、『故郷』という作品にありましたよね」

「ここだけの話だが、陶厳陽君は元蔣介石軍、わたしは毛沢東軍。早い話が仇敵よ。話がその点に及ぶと憎悪が先立ち反目し合いがちだが、そんな役立たずの感情、捨てることにしよう。向こうが、というより、こちらが火種だ。わかっているはずなのに、むきになって論争したくなる。自分ながら悪い癖だ。遼首領は好きになれないタイプだが、これもわたしの狭量のしからしむるところ。手を携えて、この村の改善から始めよう。ありがとうよ、希望で胸がふくらみ出したよ。自殺など敗北以外のなにものでもない」

自殺という言葉が出て、恭は胸が痛んだ。李大則はそこまで思い詰めていたのか。

「この冬はここいらに菜種を蒔くがいい。来春、一面の菜の花畑になる。そうなると、食用油と灯油が搾れる」

李大則は晴れ晴れと笑った。

三界無安《さんがいむあん》

1

年が明けて一九六七年の春ともなると、紅衛兵の暴走にも歯止めがかかってきた。発生源の北京が先に鎮静化し、波動は地方都市に拡大するに及んで先鋭化し衝突・破壊・流血の惨事を呼んだ。上海で見られるとおり、紅衛兵対赤衛隊（工場労働者）の武力闘争が展開され、小銃はいうまでもなくバズーカ砲までがぶっ放され、死傷者は正確な記録すら残らないほどのおびただしい数にのぼった。「長」とか「幹部」とかの大半はその地位から引きずり下ろされ、「大衆裁判」という名の私刑《リンチ》のあげく、暴行を受けたり殺害されたりした。そのような目に余る破壊行動に手を焼いた「大人」たちが、遅まきながら介入して秩序の回復を図るようになったものだ。こうして、政府機関、工場、学校、軍隊などに朗色が戻った。しかし、後年の計算によると、この紅衛兵の嵐によって知的人材を失った中国は、文化・教育・政治・経済などの分野で十年の後退を余儀なくされたという。

そのような大局は見えない林愛香だが、復帰した職場環境は最低に近かった。付属図書館は紅衛兵の思うがままの破壊工作によって、せっかく収集した先進国の化学研究資料が焼却されていたし、それらを翻訳したノート類もまた二度と戻ることはなかった。

それにもまして、人間不信の念が職場に浸透していた。誰もが疑心暗鬼の目でかつての同僚の色分けをするのである。紅衛兵運動に荷担した者、保守反動として糾弾された者、知らぬ存ぜぬの中間派――それらが、生死を分ける闘争の中でおのずから分類されたのだから、敵と味方との識別地図ができ上がったのも至極当然な流れであった。

林愛香の場合、元日本国籍にして元国民党将軍の妻だったことが、紅衛兵を中心とする大衆裁判を経て工場全体に知れわたっていた。端的にいって「日本帝国主義者」「右派老婆」の看板を背負って歩いているようなものである。だから、同僚の多くが挨拶すら交わさなくなったのも無理ないことだった。この閉塞状況が打開されないとしたら、鬱病から自殺に至る、と林愛香は怜悧に自己分析すらした。

そこに、林愛香にとっては救いというべきか、毛沢東主席のお声掛かりで新たに「幹部下放運動」が始まった。「労働者は工業を主として農業もやる」ために、農村に赴くことが奨励されたのである。

今置かれている暗鬱な職場環境から脱出するためには、それも一つの選択肢であろう。ならば、誰をも誘わずに単独行動あるのみだ。林愛香の志願は認められ、下放先は河南省の太行山脈山麓の寒村ときまった。

駅からトラックで丸一日走ると、自動車道は切れて牛車《ぎっしゃ》に乗り換えさせられた。着いた所は、牛家村《ニュージュツゥン》という全人口わずか六十人という極小の集落だった。

石造りの大きな建物に付随した側室が林愛香に提供された。大家《おおや》は老共産党員の李《リー》夫妻。抗日戦生き残りの兵士というだけあって、見るからにかなりの高齢だ。二人いた息子はその戦争で失ったという。なお、「老」は往時の功績をたたえての尊称である。

林愛香は手始めに、持参の手回しミシンで老夫婦のために服を縫った。それからセーターを編んだ。噂はたちまち村中に広まり、林愛香のところには古着再生の依頼が次々に舞い込むようになった。

李老爺は林愛香を実の娘のように遇した。村内を案内して回っては土壁に残る弾痕を見せた。そして、あそこで日本軍に誰それが斬首された、あの井戸と厠には生きたまま二百人もが落とされて死んだ、などと話してくれた。

「それにもかかわらず」と李老爺は言う。「八路軍の捕虜になった日本負傷兵を看護してやったのさ。向江《むかえ》という人だったが、日本に引揚げてから、今でも便りをよこすよ」

「その手紙を見せてください」と言おうとして、林愛香は口をつぐんだ。

日本語の手紙が読めるということは、自分が日本人だと名乗るにひとしい。そうと知ったら、日本兵の残虐行為をあれほど熱心に語ってくれた李老爺だけに、さぞかし衝撃を受けることだろう。そして、これまでのような温かい遇し方を捨てるのは必至だ。

三か月が過ぎ村人とも親しくなれたころ、十キロ隔たった人民公社に下放幹部会議が召集された。出かけると、向かいの席に度の厚い眼鏡をかけた長身の男がいて、しきりにこちらを窺うようすだ。

「どこかで会わなかったかな?」

と先方から先に声をかけてきた。なんと日本語である。

「あっ!……もしかして徐瑛《シュイエン》さん?……あの瀋陽《シェンヤン》の?……そうよね」

二人はテーブル越しに手を取り合い、それから見つめ合って指を折った。

「二十年以上にもなるかなあ」と髪が灰色になった徐瑛は笑った。「今、家族四人で隣村に来ているよ。困ったことがあったら、いつでもおいで。相談に乗るから」

林愛香は心強くうなずいた。逆境にある時、神は必ず同志を派遣してくださるものだ。

「それで、ご主人の皇甫将軍はご健在かな？」

「ううん」と林愛香はかぶりを振った。「喀汁《カシガル》の奥地で砂嵐に巻き込まれ、それっきり。文化大革命の騒乱の最中、紅衛兵隊長に、そういう電報を見せられたわ」

「そうか、沙漠で砂嵐か。そいつは、助かりようはない。誠実ないい人だったのに」

2

「喀汁なら巴基斯坦《パキスタン》国境近くだ。よくもまあ、そんな奥地に流したものよ。抗日戦の英雄だったあの人が、この国に何の罪悪を犯したとでもいうのだろうか」

「そう言ってくださって、ありがとう。徐瑛さんもその抗日戦の隠れた英雄だったわよね。それで、あなたの名誉は回復されそうにないの？」

「よそう。日本語でこんな話をしていると、疑惑を持たれ右派呼ばわりされて、二人ともそれこそ沙漠送りだよ」

「不用説的《プーヨーンシュオダ》（言うまでもないこと）」と林愛香は中国語に切り替えた。「李老共産党員がとっても大事にしてくれるの。後継ぎがいないから、この地でずっと暮らしたがいい、とも言ってくれるのよ。林愛香は仮の名ではなくて、ほんものの中国人。王梅さんの尽力で中国籍は取得できたし、夫を失ってどうせ独り身ですから、時の流れに逆らわないで生きていこうと考えているの」

「中国籍になった？　林愛香は中国名？　そいつは……」と徐瑛は何ごとか言いかけて、がらりと語調を変えた。「うむ、いいことだ。絶対に、いいことだとも」

林愛香は徐瑛の動揺を見逃さなかった。彼の物言いといい態度といい、どこかが変だ。つまり、全面的に賛意を表してはいない。では、なぜ、そうなのか。

しかし、彼の真意を聞くことははばかられた。この国では今、人前で真意など語り合えはしない。毛沢東主席を頭にいただく共産党の政策にいささかでも異を唱えるか、疑いを持たれるような言動をしようものなら、亡夫同様に塔克拉瑪干《タクラマカン》沙漠送りとなろう。それまで陰に陽に中国社会の精神構造を支えてきた、孔孟の儒教道徳・倫理観は全面的に否定され、子が親を、生徒が教師を告発することすら善行として奨励される現状なのだから。

人間が人間を摘発してもいいのですか。——かつて「四清運動」のさなか、李小花はそう言い残して川に身を投げた。確かに、現代中国では何かが間違っているように思えてならない。とはいえ、そのことについて意見を闘わすべきではないのだ。

「それで徐瑛さん」と林愛香はさしさわりのない話題に切り替えた。「瀋陽ではどんなお仕事を?……」

「わたしは火力発電所に、妻は小学校に、それぞれ籍はあるのだけど、思想改造を必要とするというわけで、それならいっそ家族ぐるみ腐った脳を洗いなおすのがよかろうと、みんなして下放運動に志願したのだよ」

「そう、偉いのね。お子さんは?……」

「小さいのが二人。学齢に達したらこちらの小学校に入れるつもりだ」

「瀋陽には帰らない?」

「そういうことはない。党と国家とが必要とするならば、いつでも、どこへでも、だ」

「そう、徐瑛さんと同じく、党と国家とが命ずるままに、よ」

林愛香は胸を張って力強く言ってのけた。

共産党と国家への忠誠度の高さと熱情、それが下放幹部評価のめやすなのだ。

それまで二人のやり取りを興味深げに聞いていた下放幹部たちは、それぞれが大きくうなずき合い、それから割れんばかりの拍手を送った。

「エヘン」と司会役の人民公社書記は咳払いしたあと声を張り上げた。「同志諸君も聞いてのとおりだ。これまさに感激的な出会いよね。我が手もとにある檔案によれば、林愛香同志は元日本国籍にして元国民党軍将軍の妻、徐瑛同志は元国民党軍将校となっている。父の姓は宝城院。悪名高き満鉄幹部。宝城院といえば子爵家の家柄。つまり日本貴族。解放中国ならば『黒五類』の最たるものよ。宝城院桃子は皇甫少将と結婚したが、その夫は下放中に西域の沙漠で没し、今は独身。

長くなるので、それらのことは脇に置くとして、二人は日本敗北・ソ連軍侵攻のおり、同じ瀋陽住まいだった。それが二十年ぶりにこの土地で再会しようとは、何という奇遇よ。それもこれも、いまわしい過去の経歴を捨てて、新生中国のための礎石になろうと、率先挺身、このような辺鄙な農村にまで出向いた。その志の崇高さが毛沢東主席に通じたものと思える。同志諸君も、この二人同様、いやそれ以上に、党と国家と人民のために献身的に働かれることを切望してやまない。では、せっかくの機会だから二人の話を聞こう。まずは林愛香同志からどうぞ」

指名されて林愛香は立った。何を語るべきか、言いたいことは山ほどある。人民公社書記の言う「いまわしい過去の経歴」が檔案に記載されて、このような辺鄙な土地にまでつきまとって離れないことを真っ先に指弾すべきだ。だが、仮にそうしたら、どうなる？　そこで、林愛香は努めて穏やかに語りかけた。

「ご指摘のように、いまわしい過去を持つ女です。だが今は悔い改め、党と国家と人民のために懸命に働いています。村でお世話になっている李夫妻は、元八路軍所属の兵士にして輝ける老共産党員。わたしを村中に案内し、日本軍の蛮行のさまを教えてくださいました。抗日戦争で二人の息子を奪われた李夫妻は、わたしを実の娘のように扱い、村に永住するように勧めてさえいただくのです。ほんとうにありがたいことです。

そこで、この場を借りて賢明なる同志諸君にお願いしたいことがあります。わたしが真実を告げるその日まで、わたしの過去を李夫妻には内緒にしていただきたいものです。李夫妻の悲嘆を深めるようなことがあってはならないからです。……」

3

牛家村から西に一千キロ隔たった無砦村では、遼首領が「武陵桃源《ウーリンタオユアン》（桃源郷）」とこの村のことをしゃれてみせるのだが、無い物尽くしのこの地には砦どころか用紙もない。

幸い恭が毛布にくるんで持ってきた手荷物の中にはノートが十冊ほどあった。一年に一冊使うとして十年、貴重品だから一ページを二分割し表裏に四こま分——これを書きためて大連の娘宛に送ろう、と恭は思い立った。むろん絵の具とかパステルとかいった気のきいたものはないから、鉛筆書きで我慢するほかかない。後日、記憶の再生に備えるために「何色」といったメモを残すことにする。

何もないとはいったものの、夏の高原の草花だけは目を奪うものがあり、スケッチの素材に事欠きはしない。

しかし、それもせいぜい八月末まで。短い夏が逝き、九月に入るともう霙《みぞれ》や霰《あられ》が降って季節は早々に冬へと向かうのである。そうなると、必然的に労働の場と時から解放されることになる。やっと機会がめぐってきて、三人の囚人たちはそれぞれの家郷へ手紙を書き送ることができた。

「老妻のやつ、どんな顔をするかな?」

陶厳陽がしんみりとそう言うと、李大則もそれに同調した。

「わたしのところはな、双子の兄妹とも僻地に下放されているようすだから、妻からうまく連絡をつけてくれるといいけれどな」

ここに来て半年弱、二人はこのところ諍《いさか》いをやめてお互いに傷口をなめ合うようにやさしくなっている。

「見てくれよ、遼良旦同志もな」と陶厳陽は羊脂《ようし》の灯明《とうみょう》の下に紙を広げた。「李大則先生は見えずとも聞いてくれ。こいつは、この辺りの地図だ。長いこと考えてやっと成案を得たよ。この冬、水源直下の谷に岩石や土嚢を投入して堰を造ろうと思う。将来、水車を回して揚水するつもりだが、当分は途中の山にトンネルを掘って谷沿いの崖っぷちに水路を通す。トンネル一キロ。水路の総延長七キロ。トンネルが難工事になろうが、溝掘りは女たちでもできる。工事期間、冬期半年。どうだろう、意見を聞かせてくれ」

遼良旦は腕組みして黙考するふうだったが、ゆっくりと口をきいた。

「問題はそのトンネルだ。穴開けはわりと簡単だろう。だが、なにしろ相手が黄土層だけに水にもろい。半年か一年でくずれそうな気がしてならん」

「崩壊したら、また掘るさ。人一人が這って通れる程度の穴でいい」

「そうはいうものの、穴は補強しなければならない。しかし、そもそもこの辺には石組みに使える石がない。そうなると、管だな。鉄管、土管、コンクリート管。……待てよ、落ちてなかったかな？　見たような気がするけどな、どこでだったろう？」

「落ちている？　夢でも見たのか？　仮に落ちていたとしても、運ぶのに手がない」

「そうだ、思い出したぞ！」と遼良旦は手をたたいた。「ソ連の技術者団が鉱物資源のボーリング調査をやったことがある。あのパイプがここから四十キロ奥の山中に置き去りにされている、そいつを見たのだった」

「ボーリング？　それでは径が小さい。たかが十センチくらいだ。人の通れる五十センチ径はほしいところだ」

「いや」と李大則が宙に手を回した。「束にして埋めれば、かえって強度が増す。九本丸めると、五十センチ径に近くなる。……村長、そのパイプは簡単に手に入るのかな？」

「量は多いんだが、まずいことに第一三五鎮の横を通らねばならない」

「合法的な入手法は？……」

「今、考えるさ」

遼良旦は立ち上がると、顎をつまみつまみ窖洞の中を歩き回った。

しばらくして、遼良旦はぱっと足を止めるなり、けらけら笑った。

「何だ、おれとしたことが、唯一無二の味方を忘れるところだった」

「味方？……」

三人は同時に同じ声を発した。

「そうだ、あんたたちを送りつけてきた鄭永見隊長がいた。ただし、パイプ半分は山分けだ」

それを聞いて陶厳陽はにんまりと笑った。

「そうなると、道が凍りつく前に行動を起こさねばならない」

農作物の収穫も終わった十月の初め、遼良旦の言う「唯一無二の味方」が軍用トラック二台でやって来た。

「遼良旦首領、鷲を撃ち落としでもしたのか、このごろ崖が崩落しなくなりましたな」と鄭永見隊長は皮肉っぽく言った。「それはそうと、ご依頼の荷積み人夫だが、第一三五鎮が出してくれることになった」

「何から何までご手配ありがとうよ、隊長さん」

「ところで、上海のお偉いさんは皆お元気ですか」

そう言われて恭が代表格で鄭永見の前に進み出ると、彼は後ろの兵士に顎をしゃくって、三個の梱包《こんぽう》を車から下ろさせた。

「毛布と着衣、便箋・封筒・切手に筆記用具。この村にはないものを差し入れます」

4

第一三五鎮は、元はソ連から派遣された探鉱技師団の宿舎だったから、外見は二階建ての堂々たる鉄筋コンクリート構造である。それが五年前、中ソ間の政治路線の対立から国交断絶に至ると彼らは総引揚げとなった。以来、四年ほど放置されているうちに、電線は切られガラス窓は破られ水道管も壊れたままになっている。そこに政治囚が次々と送り込まれ、責任者ですらその全体数を把握していないというずさんさである。それならば脱獄・逃亡が可能だろうけれど、なにぶん近い町まで百キロはあるので、放っておいても逃げられはしないと警備は甘い。――トラックでの道中、遼良旦はそのような予備知識を恭たちに授けて愉快そうに笑った。

「厳冬期を越せない囚人からかなり死人が出てるらしいが、名簿からは消去しない。食糧・衣料給付などは名簿どおりに出るので、死者は大いに尊重されるってこと」

鎮の責任者の所長は蒙愚《モンユイ》という赤ら顔の男で、これ見よがしに、両腰に45口径のソ連製大型軍用拳銃をつるしている。たぶんに収容者を威圧するねらいがあるものと思われる。

「二十人借りたい、と？ それで、手当てははずむだろうな？」

蒙愚所長は茶色の目玉をぎろりと向いた。

「米五十キロ袋を二つ、通用口に下ろしておきました。あとは働きしだいです。小生が愚考しますに、お宅の客人さん、インテリだけに力仕事は不似合いでしょうな」

と鄭永見隊長は相手に煙草を勧めておいて、ばかていねいな物言いをした。

「無砦村にお貸しした客人三人様はよく働きなさる、とでも言われるのか」

「十人力かな」と遼良旦はうそぶく。「いや、百人力だ。ただし、頭脳の方がよ」

「ならば、貸し賃をいただくとするか」

「その代わり来年の今ごろは、まとめて食費・住宅手当てを受け取りに来ますからな」

恭は「百鬼夜行《ひゃっきやこう》」という言葉を思い浮かべていた。中央政府の手の届かないところで、この国はどこまで堕落していくのだろうか、と慨嘆せざるをえない。

鎮からさらに二十キロほど山に分け入ると、行き止まりの小広場に飯場跡があり、その脇に鉄パイプがむぞうさに野積みされていた。子細に点検した結果、かなり錆びてはいるものの充分に使用に耐えられる、と陶厳陽は判断を下した。傾いた倉庫には、硬化したセメント袋に混じって使えそうな土木機材もある。

「捨てたものではない」と遼良旦首領はセメント袋を指差して言う。「この固まったセメントは岩石代わりに役立つ。全部いただきだ」

「よーし」と鄭永見隊長は命じた。「鉄パイプの錆びてないやつから、ただちにトラックに積み込め！　急げ！　日が暮れそうだ。置き去りにされたいのか、諸君！」

一人につき煙草一箱・飴一袋の特別手当がきいて、積み込み作業は一時間とはかからなかった。それでもまだ鉄パイプの山は五分の一も減っていない。

そこで鄭永見隊長は遼良旦首領に言った。

「約束どおりトラック二台分は無砦村に運ぶ。残りは、こちらでいただき、だ」

無砦村に着いたのは深夜。荷を下ろした軍用トラックは借りた作業員を送り届けるべく、また谷沿いの道をスモールランプだけで第一三五鎮へと引き返していった。

翌日からは、虎の子の耕耘機に荷車を引かせての飯場跡往復が始まった。管のジョイントや切断機、スコップ、つるはしの類を運ぶのである。一日かかってやっと一往復。そのかたわらを鄭永見隊長の乗る軍用トラックが砂塵を巻き上げて通っていく。

「挨拶くらいしたらどうだ？」と遼良旦首領は舌打ちする。「人民解放軍ときたら親切げのない連中だよ、ほんとに」

十一月から村民総出で工事にかかる。第一三五鎮からも一日五十人の人手が回されてきた。遼良旦首領と鄭永見隊長とが、蒙愚所長を抱き込んだものである。

溝掘りはいいとして、トンネル工事は予想以上に困難を極めた。黄土層の土そのものは柔らかいから掘削は容易だが、何しろ山の両側から同時に掘り進めていくのに満足な測量機材とてないので、うまく合致するものかどうかが懸念される。それに、人一人がやっと潜り込めるくらいの穴に多くの人夫を同時に送り込めはしない。

いつか年を越した。谷の水は凍り、地盤そのものもまた凍結して硬さを増した。

二月半ば、蒙愚所長は工事人夫を引揚げさせた。遼良旦首領との間に賄賂の額の多少をめぐって摩擦が生じたのだった。

三月、最初に心配されていたことが事実となって現われた。トンネルがすれ違って二本になってしまった。

「よしよし」と陶厳陽は無理して笑った。「ちょうどよかった、片方は予備用だ」

そう言ったばかりに、その片方が崩れて穴詰まりとなった。犠牲者が出た。土を掻き出していた女性三人の上に落盤があったのだ。

五月半ば、ようやく氷雪が解けた。堰堤の水位が徐々に上がり、そしてついに、水路に水が走った。ここ数日、ほとんど眠れていなかった工事総責任者の陶厳陽は、溝に添って小走りに駆け、手放しで泣いた。

鄭永見隊長が駆けつけ、第一三五鎮からは蒙愚所長がジープにウォッカを積んで祝福に訪れた。ソ連製の強烈に度の強い酒が秘密の地下室に隠匿されていた、と彼は言った。

5

無砦村に導水がかなうと――とはいっても居住区から三メートルは下だが――五十メートル下の谷底まで下りなければならなかった水汲みの労が軽減されたし、畑への灌水も可能となり農作物増産の期待をも抱かせることになった。そればかりか、余祿がついた。県や州の党委員会が自力建設の鑑《かがみ》よと持ち上げ、村長格の遼良旦首領は表彰を受けた。いったんそうなると、あちこちからの視察団までが谷間の悪路を上ることになる。そこで道の整備もしなければならなくなって、特別予算が配分されたりした。

遼良旦はくすぐったくも困惑した表情を浮かべる。有名になるのはいいとして、上級機関からのいらぬ規制が入って無砦人民公社の看板まで掲げなければならなくなってきた。事務所を拡大し、招待所も設けねばならないから、何かと入り用である。

いきおい恭たち三人も居づらくなってきた。そもそも今回の導水の最大功労者は陶厳陽なのだが、彼はあくまで日陰者だから表に出られはしない。

こうして八月初旬、恭たち三人は第一三五鎮におさまった。

ツインの部屋が三十室あるので六十人が定員のところに、十室は看守が占め、残り二十室に五、六人ずつ詰め込んでいる。したがって総勢百人前後。電気、水道は止まっているから、用をなさないバス・トイレが臭う。

「ははーん」と陶厳陽は笑った。「今度は工場長代理の出番ですな。所長に掛け合って、発電機を何とか自力更生しなければなりますまい」

「考えておこう」と恭は生返事した。「手柄をさらわれそうだぞ、そいつは。表彰を受けるのは所長。そうなると、われわれ三人、せっかくのねぐらを奪われかねまい」

そこへ若い看守がどばっと手紙の束を投げ出した。

「お前らのところに来た分だ。喜べ、ちゃんと保管しておいてやった」

恭宛の手紙は、二十一通もあった。ほかに有日子からの小包が三個。手紙のうち十八が有日子から、二が雪鈴から、そして残り一が桃扇からだった。

躍る胸を抑えて、まずは妻からのを開封する。


大連の母上から、あなたが蘭州の山奥の収容所にいることを知らせてきました。わたしは大学の同僚たちと山東半島の突端の半農半漁の村にいて、比較的恵まれた生活をしていますので、ご安心ください。もっぱら畑を耕し、麦・黍などを作っています。暇があれば、子供たちや文盲の大人たちに読み書きを教えたりもします。

雪鈴はもう小学二年生です。あなたに似てとても利発です。中国語・日本語二本立ての手紙をくれます。あなたの居場所が知れたことでもあり、「大好きなパパに手紙を書ける」と喜んでいるのが手に取るようにわかります。……

ククク—ッと恭は声を上げた。あとは、文字がぼやけて先に読み進めない。
傍らで陶厳陽も家郷からの手紙に肩を震わしている。李大則は、大きな天眼鏡で字面《じづら》を追い、これまた涙を浮かべている。

恭は拳で目をぬぐい、別の封を切った。今度は有日子からのものだ。

はらりと落ちたのは、塗り絵だった。拾い上げて恭は、涙をぽとぽとと落とした。

恭が送ったスケッチに、娘がクレヨンで色を塗って返してきたのだった。


恭さんの絵に雪鈴が色をつけました。お気に召しましたでしょうか。

絵の具を送りたいのですが、冬が厳しい土地のようですから、パステルと画帳を別便で送ります。パステルの箱の中に、現金と郵便切手を入れておきます。これ絶対秘密。……


雪鈴からの手紙の封を切ると、いきなりこういう文言が目に飛び込んできた。


パパ、どうして返事くれないの？

パパ、雪鈴のこと、忘れたのじゃない？

パパ、一日も早く帰っていらっしゃい。上海のおうちと工場も、パパの帰りをきっと待っているでしょうから。……


そうやって三人がそれぞれの手紙に熱い涙を流しているところに、部屋の先住人二人が入ってきた。

「新入りか」と一人が言ったが、すぐに立ちすくんだ。「あれっ？　李大則先生では？……先生はご存じないでしょうが、上海港湾部にいた孫憲正《スオンシャンズオン》です。そしてこちらは公安局書記の田則武《チァンズオウー》」

「それは心強い」と恭が返事した。「われわれ二人、李大則先生の造船工場にいた者。わけあって三人とも、ここに在籍のまま下の村で一年以上働かされていました」

「あ、そうか」と孫憲正はさもおかしそうに笑った。「あなたたちでしたか、無砦村を立て直したのは。ここの所長が持ち上げること、持ち上げること。それはいいけど、『お前たちも無駄な大飯食わずに、この鎮のために尽くせ』と迷惑な話。あはははは……」

6

「迷惑とか聞こえたようだが、入らせてもらうぞ」

蒙愚所長が部下二人を従えて入ってくるなり、ベッドの一つに腰を下ろした。

「宝恭君、陶厳陽君、君たちは造船工場にいただけに機械にくわしいだろう。実はな、地下室に発電機があるが用をなさん。あの土竜族の親分野郎が、この施設からソ連人技師団が撤退したあと、盗める物はみんな持ち去った。発電機も分解しようとしたようだが、手に負えなくてそのままになっている。修理可能かどうか、見てくれんか」

ほらお出でなさったよ、という顔を孫憲正と田則武とが恭に見せた。

地下室に案内されて、恭は驚いた。隣との壁が乱暴にぶち抜かれているではないか。

「ああ、これはな、奥が酒蔵《さかぐら》になっていて、セメントで塗り固められていた」

「いっそ、ウォッカを燃料にでも使うか」と陶厳陽は皮肉った。「そうすると、電気も水道もアルコールくさくなるかもな」

かんじんの発電機の方だが、カバーがはずされ分厚く埃をかぶっている。文字盤らしい個所を手でぬぐうと、「東芝」の文字が読めた。日本製だ。「どうして、ここに？……あ、そうか」と恭は自問自答した。戦後あの瀋陽からソ連軍が持ち去った機械が回り回ってここにある。――そう考えれば、納得がいく。

「破壊されてはいない。分解掃除すれば何とか動くだろう」

「待ってください、工場長代理」と陶厳陽は床を指差した。「コンクリート基礎が陥没している。動かしたら、モーターぐるみ倒れますよ」

「なるほどな。吊り上げておいてコンクリートを詰めるか。いずれにしてもチェーンブロックが必要だ。さて、あの飯場の倉庫に残ってなかったかな？」

「見たようだけど、みんな今ごろは鄭永見隊長のものになっていそうだ」

「聞いてのとおりだ」と恭は所長に言った。「さしあたり必要な物をメモしていただけませんか。チェーンブロックが二機、ジャッキ四、スパナなどの工具類一式、洗浄用ガソリンを一缶、オイルにグリス、紙やすり、ぼろ布、工作用革手袋、……」

「わかった」と蒙愚は煙草のやにで染まった歯をむいた。「鄭永見を脅して巻き上げるから、任しておけ。修理期間と必要人員は？……」

「この上海工人団で充分。半月もあればいいだろう」

「宝恭君、ばか正直過ぎるよ」と孫憲正と田則武が口を合わせてぼやいた。「一か月か二か月かかると言えば、その間、道路工事の重労働からのがれられたのにな」

聞けば、ここの囚人たちは峠を越える道を造らされているのだそうだ。

「なあに、用具がそろうまでに一か月はかかるよ」

そして、恭の見通しどおりになった。一週間後、チェーンブロックが一つだけは届いたが、その機材にしても錆落としから始めねばならない始末である。

暇を幸い、恭はせっせと手紙を書いた。大連の母と愛娘、山東半島の妻へと、これまでの穴をうずめる思いで毎日一通ずつ投函した。

こうして十月初旬、施設に灯がともり、水道も使えるようになった。ボイラーにも火が入り、食堂のスチームが暖気を運んだ。その日の夕食時、収容者全員にウオッカが振舞われ、恭たち五人は所長から「労働英雄」と持ち上げられた。

一週間後、その所長が五人を呼び出した。上級機関から表彰状でも伝達されるのかと期待して行くと、おかしな話になった。五人とも無砦人民公社に出向しろというのだ。

「変だろう。おれも変だと思うよな」と所長は煙草の煙を天井に吹き上げた。「映画制作ロケ隊が中央から派遣されることになってな、宿泊先をここにきめてきた。映画作りは一年かかる。そこで部屋を空けてやらねばならなくなった。看守を二人部屋から四人部屋にし、政治囚はどの部屋も六人詰める。あれこれ考えた末、君たち五人はこれまでの縁で無砦人民公社にあずかってもらうことにした。悪く思わんでくれよな」

恭は仲間の顔をうかがったのち、代表して尋ねた。

「それで、どんな映画を作るのですか」

「早い話が、『無砦村建設物語』よ。日本軍に追われた革命軍の若い男女兵士が谷奥に分け入り、洞穴を掘って住みつく。それから、水を引き、畑を耕し、道を造り、仲間たちを受け入れて人民公社を設立する。——という苦闘と栄光のお話よ。つまりは、あの無頼漢《ぶらいかん》を英雄にまつりあげる宣伝映画さ。写真を見たが、主演俳優は土竜の親分野郎とは似ても似つかぬ色男、その妻になる女優がこれまた中国トップクラスの美女ときている」

「それで、そのロケは実際にあの人民公社でやるのかな?」

「そいつは見当違いよ。無砦の反対側の谷に、新しい村をつくるのよ。何といっても建設物語だから、最初は無人の荒れ地。そこを開拓することから始めねばならない理屈よ。とはいっても、十年二十年もかけはせぬ。映画では、一年のうちには人民公社ができ、無砦の住人たちはそこにそっくり移り住む。——という結構な計画だそうだ」

「元の村は?」

「ダイナマイトで吹っ飛ばすことになる」

「そんな無駄なことをして……」

李大則が嘆息すると、所長は、

「ロケがすんだら、この施設も取り壊しだ。見せ物村近くの施設は目障りだとよ」

7

無砦人民公社では、恭たちは新しく自分の住まう洞穴造りから始めねばならなかった。作業を続けているところに映画製作助監督が三菱製の四輪駆動車を乗りつけてきて、穴を掘るさまを長いこと見ていたが、陶厳陽を指差して言った。

「おい、そこの男。片腕がないのに器用につるはしを振るうとはみごとだ。君は俳優として使える。来てくれんか」

「見てのとおり、自分の住む穴を掘っている。暇なお遊びに貸すような手はない」

「つべこべ言わず今すぐ車に乗れ。夜には飯をたっぷり食わせて寝袋持たせて帰してやる。人民解放軍が撮影の後押しをしているのだ、ありがたいと思え」

「はい、はい」陶厳陽はそこから日本語に切り換えた。「礼道地に落ちたり、とは正にこのこと。最近の若造と来たら、先輩に向かって言葉遣いもなってない。宝恭工場長代理、蔣介石軍はこのような荒い人使いはしなかったものです」

遼良旦も連れていかれた。今回の映画では自分をモデルにしているにもかかわらず、彼もまた「その他大勢」役を演じさせられることになったものだ。

夜、約束どおり帰されてきた二人は、苦笑混じりに撮影風景を語った。

「おれは血まみれぼろぼろの服を着て、小銃にすがって歩く場面を何度も何度も撮り直させられたよ」

「その片腕のない赤軍兵士のめんどうを見るのが、こちらの役どころだ。よろけ方が真に迫ってない、とかなんとか苦情の多いこと」

と陶厳陽が言うと、遼良旦は、

「それで、若き日の遼良旦は何をしていたのですか」

恭はからかい気味に尋ねた。

「あいつは別嬪《べっぴん》に支えられ、峠に立って、あちこち土地を物色する役よ。そうこうしているうちに、抱き合ってブチュッ。ほんものの俺様の前で、いい気なもんだ」

そのうち、撮影には全村民動員となった。道を造る、洞穴を掘る、水路を掘削する、トンネルを通す、荒れ野を耕す、……。その一部始終が数台のカメラで撮影されていく。

おかげで恭は退屈感や過酷な労働からのがれられ、毎日が結構に楽しかった。第一、食べ物に不自由しなくなった。そのような日々をスケッチしたり手紙に書いたりしたが、収容所長の検閲がパスできず、たいていは突き返されてきた。どうやら厳重な報道管制がしかれたもようである。谷の出入り口の道は閉鎖され、検問所までもが設けられた。

谷を締め切ってダムも造られた。陶厳陽が造った小さな溜め池の比ではない。囚人たちがトラックに乗ってやってきては、山奥から切り出した岩石を次々に谷に落とし込んでは戻っていく。ダムからの水路も本格的に引かれた。木枠が組まれコンクリートが流し込まれ、トンネルには子供なら通れるほどのコンクリート管が埋設された。そして、水力発電の水車も回ることになった。

春になると、人民公社誕生の場面が撮影された。乾杯の音頭をとる書記夫妻に、ほんものの遼良旦書記は村民大勢の中で万歳をくり返し叫んでいた。

収穫の秋、畑には黄褐色の麦が波打った。玉蜀黍を取り入れる「借りもの」の少女たちの頬に日がさんさんと注ぐ。桃も梨も葡萄もたわわに実をつけた。豊作のはずだ、惜しみなく化学肥料が撒かれたし、鉢植えの果樹がそっくり移されてきて畑に植えられたたし、馬鈴薯などの収穫物はよそから山のように運び込まれてきたのだった。

この一年の経過は、恭にはすごく早いものに感じられた。ありとあらゆることが特急列車の車窓風景のように飛び去っていく感がある。

撮影がすむと、古い村は跡形もなく爆破され、装いを新たにした人民公社に村民は移転させられた。電気も水道も完備した模範的な人民公社の出現である。小学校や集会所や医院までが窰洞の中に設置された。住民たちは恵まれた環境に嬉々として順応していく。

恭たちはもとの第一三五鎮に戻された。所長はここも破壊されるようなことを言っていたが、ロケ隊一年の滞在で設備内容はホテル並みに好転していた。

その年の暮れ、収容所では「蒼天無砦《チャンテンウーサイ》」と題した一時間ものの映画を見せられた。筋書きは以前に所長が話してくれたとおりで、みごとというほかない無砦人民公社礼賛の宣伝映画に仕上がっていた。これを見る政治囚たちは、エキストラ出演の仲間の顔が銀幕に出るたびに喚呼した。それより、恭の関心は字幕にあった。なんと日本語ではないか。ということは、明らかにこの映画は日本向きに作られている。

案の定だった。その翌年の夏、総評傘下の日本人訪中団約五十人が無砦人民公社に入ったのである。通訳として恭は、遼良旦書記に付きっきりとなった。彼がまことしやかに話す「開拓神話」を、恭は色つやつけて日本語で取り次いだ。彼らは疑念をはさむことなく熱心に聞き入り、一言半句も聞きもらすまいとメモを取った。

蘭州のホテルでの交歓会の席上、初老の紳士が恭に声をかけてきた。

「もしかしたら、宝恭君では？……」

「そうですが、あなたは？……」ぱっと昔がよみがえった。「ダンテツ……いや、檀哲先生でしたね」

中学留学時代の恭の恩師だった。しかし、あの極右翼的思想の持ち主だった人が今は高校教員組合の委員長だと知って、恭は変な薄ら寒さを感じさせられていた。

8

同じ年の秋——。牛家村では、村人たちが弁当を作ってまるで遠足のようにいそいそと出かけ、山で柿の実をもぐのがならわしである。林愛香が尋ねると、干し柿にするのだそうだ。そしてまた、この季節が一年中で一番美しく爽やかな時だともいう。老若男女、めいめいが思い思いの柿の木に登っている間、林愛香は日だまりにいて鳥のさえずりと落ち葉の舞い散る音を聞いた。

静寂の中にどこからともなく楽曲が流れてくる思いがしてならない。このように至上の時を持ちえたことを神に感謝しなければなるまい。曲想に思いがいくのは、かれこれ二十年ぶりのことにもなろうか。いつか、うっとりと夢想にふけるうち、木立ちの中に一メートル長の板切れが落ちているのが目に留まった。

見ているうち、そうだ、と林愛香はその板切れを拾った。遊び半分に黒と白との土くれでもって板切れに線を引き、ピアノの鍵盤模様をしつらえ、膝の上に置いた。小児のままごと遊びに似ているが、誰も人はいないから没入できる。

まずは指の練習から始めてみよう。長いことピアノに向かわなかった指がうまく動いてくれるものかどうか、それが不安だった。だが、あれこれ試みるうち、よみがえったのである。まずは初歩教則本から始め、

高度のテクニックに移る。やった！　弾ける、弾けるではないか。

それならば、ショパンの「夜想曲」に進もう。今は流麗に抒情曲が奏でられていく。

うっとり弾奏するうち、耳たぶに皇甫の熱い息がかかった。……

「何しているの？」

顔を上げると子供たちに囲まれていた。皆、不思議そうな目をしてのぞき込んでいる。

わっ！——と声立てるなり、林愛香は顔をおおって嗚咽《おえつ》した。ますます子供たちはけげんな表情をして遠巻きに林愛香を見守るばかりである。……

「山中に七日と思えば、世の中はすでに千年」という古いことわざが中国にはあるが、林愛香が静謐な山村の中にいて暦を忘れようとしていたころ、世の中は大きく動いていたのだった。実際、いつごろからか林愛香の頭脳は半ば意識的に年月日を放棄していた。この国にあって日記・記録の類を残すことがいかに危険であるかということを、身をもって思い知らされていたからでもある。また、この村にいるかぎり、その必要とてなかったのも事実だ。だが、好むと好まざるとにかかわらず、林愛香の知らないところで歴史は大転換の軌跡を描きつつあった。

一九七二年には、日本の総理大臣・田中角栄が訪中、中日国交正常化条約に調印した。続いて、中日友好条約の締結。両国間に平和がもたらされたのである。

それから三年後の春、一人の日本老人が牛家村を訪ねてきて李夫妻の家に一泊した。李老爺がかつて助けたことのある元日本陸軍上等兵・向江孝司《むかえこうじ》というのが、その人だった。李夫妻の手前、林愛香は中国人を通すつもりだったが、懐かしさには勝てずつい日本語を口にした。

「あなた、日本語ができるのですか。どうして？……」

向江が驚くと、李老爺は顔中を皺にして笑った。

「当たり前だ、もともと日本娘だからよ。なあ婆さん、それを承知でこの家に引き受けたものだよな」

今度は林愛香が驚く番だった。だったら、虚心に振舞えばよかったものを。

「女学校の三年生まで東京に祖父と二人で住んでいました。だけど、空襲が激しくなりそうだったので、両親の住む奉天——今の瀋陽へ移りました。そこで敗戦。父母は日本へ引揚げ、わたしは国民党の皇甫将軍の妻となったのです。そのあと北京に移り住んだのですが、夫は追放されて沙漠に没しました。そこでわたしは、中国籍を得て林愛香と名を変えたのです」

「ほほー、激浪にもまれた半生だったのですね」と向江は手帳にペンを走らせた。「それで、ご両親の姓名は？　それから、東京の住所は？……」

「その東京はどうなっていましょうか」

「昭和二十年三月の大空襲で壊滅したのですが、現在、それはもう奇跡的復興です。写真で見るニューヨークみたいに高層ビルが立ち並んでいますよ。しかし、あなたのご両親、その宝城院道雄・慶子夫妻がどこに落ち着かれたか、調べるとなると、砂浜に落ちたダイヤを捜すようなものだ。本籍はどちらですか」

「本籍？……祖父の故郷は四国の愛媛と聞きました。それ以上のことは覚えていません」

「難題だけど、帰国したら新聞・ラジオ・テレビなどに持ちかけてみましょう」

その年もいつか秋になった。山々は、あるいは黄色にあるいは紅色に彩りを味わい深くした。それにつれて白い雲が涼風を山奥の村にも運んできた。

林愛香が莚の上で籾を選別していると、杖を振り回して李老爺が崖下の畦道を向こうから駆けてくるのが見えた。子供数人と犬とが、先になったり後になったりして付き従ってくるのがほおえましい。

「林愛香さん、いい知らせだよ」と李老爺は莚にへたりこむや、あえぎあえぎ言った。「何かわかる？……帰京命令だとよ」

9

林愛香はぽかんとした。とっさには李老爺の言葉の意味が把握しかねた。傍らから老婆は夫を半ばとがめながら、その背を撫でた。

「あんた、息を整えてから、ゆっくり言いなさいよ」

「だからよ、愛《いと》しの娘を北京に返せ、とよ。今朝がた人民公社に使いに行った若いのがそのように伝えてきた。……とにかく、人民公社に急いで出頭したがいい」

林愛香が二時間歩いて集会所に出向くと、付近の村々に下放されていた工場労働者たち三十数人が集まってきていた。皆のようににこにこしていて、映画が始まるところだと教えてくれた。なるほど、集会所の窓には黒幕が張られている。なんだ、そういうことだったのか、と林愛香は半ば拍子抜けがした。耳の遠くなった李老爺が取り違えたようすだ。

徐瑛が手招きして自分の横の席に林愛香を座らせるとすぐ、白幕に「蒼天無砦」の大文字がおどった。映画を見るのもこの地に下放されて初めてのこと。顧みるに十年近くも映画とは無縁だった。だから、これはこれで大いに楽しみである。

抗日戦に敗れた兵士とその恋人の女兵とが山奥に落ち延び、手を携えて不毛の地を開拓して実りある人民公社を建設する、という不撓不屈の農民魂と愛の賛歌とを高らかに謳い上げたセミ・ドキュメンタリーの映画である。林愛香は素直に感動し、手放しで泣いた。

「完」の文字が出ると、皆は起立して声をそろえた。「人民と党と国家のために！」

窓の黒幕がはずされて集会所が明るくなった時、徐瑛が話しかけてきた。

「エキストラの一覧の中に宝恭という名があったけど、見なかった？」

「さあ？……そもそもエキストラが紹介されていることも知らなかった」

「『完』の文字が出たあと、ずらっと監督以下の名が並んだのだがな」

「すっかり映画に酔わされてしまって、涙々で目に留まっていないのですよ。……それで、何か気になることでも？……」

「いや、なに。『出演協力　無呰人民公社同志』とあって、二列並びで公社員の名がずらっと並んだ。中に一人、宝恭という名には覚えがある。宝姓は満洲五族の一つ。吉林省の宝沢知事にはずいぶんとお世話になったことがあったけど、このお人、ソ連侵攻のおりに殺された。その次男が良、三男が恭。どちらも日本に留学し、三男は大連に戻った。――満洲国解体時、国民党地下組織がつかんだ情報は、そこいらあたりまでだった」

「それがどうしました？　このわたしと何の関わりが？……」

「宝恭君が無呰人民公社にいるのだったら、会ってみたい。――というのが、根拠があるわけじゃないが、林愛香さんの今後に何か役立つことがありそうな気がしたまで」

「待ってよ」と林愛香は記憶の糸をたぐった。「その次男さん、日本名を宝城恭とは言わなかった？」

「宝城恭、ね。可能性はある。何か思い当たることでも？……」

「わたしね、女学生のとき佐賀の母の里を訪ねたのだけど、誰もいなくて途方に暮れたことがあった。駅で困り果てていたら、見知らぬ小母さんが声かけてきて、その人の経営する下宿に案内してくれた。わたしの名札の宝城院とその家の下宿人の宝城とがたまたま似通っていたのね。医学生の兄と中学生の弟がいて、満洲皇帝の遠縁だとか、小母さんは誇らしげに話していた。もっとも、その兄弟には会えなかったけれど」

「間違いなく、それだな」と徐瑛は遠くを見る目をした。「無砦人民公社、か。仮に実在しているとしても、訪ねようとてない」

その時、ニキビ面《づら》の人民公社書記が演壇に上がってかん高い声を出した。

「下放工場労働者諸子、映画以上に素敵なニュースをお知らせしよう。本日招集の諸子に、偉大なる毛沢東主席に代わり職場復帰命令書を伝達する光栄を、この書記が分け持つことを至上の喜びとするものである」

ウオーッと皆はいっせいに喚呼し、身近な者同士が抱き合ってはねおどった。

「では、労働成績評価の優秀順に呼ぶことにする。まずは林愛香同志、こちらに」

林愛香は思わず頬をつねりそうになった。この国では、何が起こるか一寸先が読めないから、うかつには喜びにひたれるものではない。ためらっていると徐瑛が肩を押した。

書記は握手を求めた。

「林愛香同志、これが職場復帰命令書だ。おめでとう。なお、党中央委員の王梅女史から伝言があっている。——帰京したら顔を出すように、と」

伝達式が終了して外へ出た時、林愛香は信頼できる徐瑛にだけは胸のうちを伝えずにはおれなかった。

「日本の言葉に頼るならば、狐に抓《つま》まれたみたいです」

「わたしも妻も『瀋陽に帰ることを許す』そうだ。これで一家四人そろって瀋陽に戻れるってわけだ。何年ぶりかな?……いや、大したお偉いさんだよな」

「お偉いさんって、あの青年書記さん?」

わざとそうは言ってみたものの、林愛香には徐瑛の言う「お偉いさん」が誰だかはわかっている。その人は、十億の人民の師表と謳われているのだ。

林愛香はもっと徐瑛に積もる思いを訴えたかったが、彼はさえぎるようにして暮色が迫ろうとする空を仰いだ。

「大雨になりそうだ。帰りには川を渡るのだろう。向こう岸まで送ろう」

10

徐瑛の予測どおり、一キロと進まないうちに篠突《しのつ》く雨となった。雨具とてない二人はすぐさまずぶぬれである。この辺りは年間降雨量こそ少ないものの、いったん降るとなると鉄砲水がたちまち河川を氾濫させる性癖がある。

雷鳴混じりの豪雨の中、徐瑛は日本語で声を荒めた。

「桃子さん、さっきの映画ね、あれは完全なプロパガンダ——ためにする宣伝映画ということよ。明らかに内外向きに作られている。だけどな、無砦人民公社は実在しそうだ。そして、そこの宝恭という人物は、桃子さんが最も頼りになれる……」

「徐瑛さん、その桃子は使わないでよ。今は中国人・林愛香なんだから」

「本音を言わせてもらえるならば、あなたには宝城院桃子がお似合いだ。そして、これだけはしかと覚えておいた方がいい。無砦人民公社・宝恭……」

常日ごろは幅百メートルほどの干川である。林愛香はこの昼、鼻唄混じりに通ってきたばかりだったから楽観視していた。ところが、川半ばを過ぎようかという時、ドドーッと濁流が押しかけて来、あっという間に足首を洗い、瞬時にして膝までも這い上がった。

「なあに、これくらい。それ、しっかりつかまって。あの岩が目標」

徐瑛は林愛香の手を取って励ました。

だが、指示されたその岩に手が届こうとした時、林愛香は足を滑らした。すかさず徐瑛は林愛香を抱き上げ、岩めがけて投げるように押した。初めて恐怖感に襲われた林愛香は必死で岩にすがりつき、猫のように爪を立ててよじ登った。

「助かった！　徐瑛さん！」

振り返ると、夕闇の中、徐瑛の姿はどこにもなかった。ただ、今は黒一色と化した濁流がのたうっているだけである。

一人助かった林愛香は、未亡人と二人の子とに会わせる顔がなかった。県の党委員会書記は彼を偉大なる革命同志とにわかに讃えたが、愁嘆《しゅうたん》にくれるこの三人に何を償《つぐな》えばいいのだろうか。

「主よ、わたしの祈りをお聞きください」と林愛香は祈った。「嘆き祈る声に耳を傾けてください。あなたの誠、恵みのわざによって、わたしに答えてください。なぜかくも善なる行為に悲しき報いを下したまうのでしょうか。……」

後ろ髪を引かれる思いで、林愛香は八年過ごした牛家村を去った。

「ここにずっといて、あなたの娘になりたかったのに」

別れに臨んで林愛香が李夫妻にそう告げると、二人は急に姿勢を正した。

「何ごとも人民と党と国家のために」

林愛香もまた毛沢東主席の言葉を復唱するほかはない。

林愛香が呼び戻された北京は戦後のひところのように平穏だった。国営化学工場も付属図書館も昔のようによみがえっていた。しかし、復権を認められた人々の顔や体には、さすがに苦難の年月の痕跡が隠しようもなく刻まれていた。

林愛香は職場に戻るやすぐ同僚に、王梅のその後のことを尋ねた。彼女はこの工場から離れ、党中央委員として首都圏工場管轄部門の責任者に昇格しているという。早速、林愛香はその事務室に参上した。王梅の髪は半ば白く、痩身は一段と削がれていたが、目は以前にもまして生き生きと輝いていた。

「おお、宝城院桃子さん、長く会わなかったけれど、お元気のようで何よりね」

王梅は、なぜか林愛香とは呼ばずに正式に日本名で呼んだ。

「何かほしいものがあれば、遠慮なくおっしゃい」

そう言うから、林愛香は相手の目をまっすぐに見て口をきいた。

「わたしを助けようとして亡くなった徐瑛さんの名誉回復と、聖書の差し入れ」

「おやおや、大難題をいきなり押しつけてきたりして。第一件については、こちらにも情報が入っていますから、取り急ぎ事故報告書と名誉回復申請書を提出なさい。その徐瑛さんとやらには、わたしも個人的に関心があります。その昔戦った相手なのですから。第二件は、拒否します。なぜなら、ここは共産主義国家です。それより、あなたにやってもらいたいことがあるのよ、宝城院桃子さん。わたしが日本語でそう呼ぶ理由がわかる?」

「日本へ帰れ、とでも?……」

「学生や労働者に日本語を教えてもらいたいのよ。中日国交回復ともなれば、日本語の必要度が増すことは明白なのに、文革によって日本語教師の人材は枯渇してしまった」

「まあ!……」

「いやなの?……そんなこと、ないわよね。さしあたり教室は二か所にします。国営化学工場付属図書館と北京師範大学外国語学科。半年の試用期間を経て助教授待遇。それで不満?」

「ありがとう、感謝します」

林愛香は胸から頰にかけて熱い血潮の流れるのを意識した。

このわたしが、助教授待遇? 高等女学校も満足に出ていないわたしが、大学の先生?……信じられない。認められたことの喜びのあとには、不安という名の冷気がゆっくりと頭を冷やしていくのがわかる。

11

最初のうちこそかなり不安だったにもかかわらず、林愛香の日本語教授は順調に進んだ。大学生や工場労働者相手に、まずは初歩的な日常会話から始める。それも教室では母国語を使わないという鉄則を敷いての上のことだ。次いで、ひらがなの五十音をマスターさせる。漢字はもともと中国のものだから、生徒たちに抵抗感はない。林愛香が驚嘆するほどに学ぶ姿勢は真摯である。それも道理、彼ら彼女らは、「先進国日本」に憧れを抱いているのだから。どこでどう変化したのかは知らないが、「侵略国日本」のイメージは遠のいているのである。

「先生、こんなものが古本市に売っていました。表題は漢字で『聖書物語』とあり、中身は左側に英語、右側に日本語が書かれていますけど、何でしょうか」

図書館での学習中、豪雷化《ボーレイファ》という青年が立ってそう言った時、林愛香は高圧電流が流れでもしたように体をこわばらせた。

「英語・日本語の対訳本です。珍しい本を手に入れましたね。それ、いくらでした?」

「一元です。高いですか、安いですか」

「譲ってくれますか、その本?　お金は倍払います」

四十人ほどの生徒たちは二人の会話に聴き入った。意図せずにテキスト抜きで日本語の実際学習が展開されていくのを林愛香は感じて、興奮を禁じ得なかった。

「共産主義はキリスト教を嫌います。この本は禁書とは違いますか、先生?」

「豪君の言うとおりです。共産党幹部は宗教を好みません。党中央委員・王梅女史も聖書を読むことを禁じました。だけど、好き嫌いは別にして勉強することは大事です。読んでみて、薬になるか毒になるかを判断するのは読者の頭です。『毛沢東主席様、この本には毒がありましたから、皆さんには勧めずわたしだけのものにしておきます』と言ってもいいのですよ。それとも、こういう方法もあります。『豪君、この本はいけない本ですから先生が預かります』と言って、あなたから取り上げるのです」

皆のようにクスクスッと笑った。日本語でのユーモアが通じたようすだ。

結局は、周囲があれこれ言っては二人を煽《あお》り立て、本の値段はつり上げられ五元で売買が成立した。教室は大喜びである。そして、みんなして街頭にくり出し古本市を覗こうということになった。紅衛兵の破壊・焼却から免れたものだろうが、さまざまな古書が道端の地面にじかに並べてある。林愛香が探すと、夏目漱石や芥川龍之介の小説、それも日本語版まであった。いったい、どこからどう流れてきた品なのだろうか。

家で林愛香は『聖書物語』に読みふけった。少女時代、自分から聖書を読もうとはしなかったものだ。それが五十歳近くなって、渇いた喉を潤すように活字に惹かれていく。神をないがしろにしてきた過去への後ろめたさと悔恨がそうさせたとも言えるし、もしかすると『毛沢東文選』の押しつけ読書政策への反動なのかも知れない。

十日ほど過ぎたら、王梅から呼び出しを受けた。あの件で早速おとがめだな、と林愛香は思い当たった。

「公安局があなたの言動に注目しているから、慎重に振舞いなさい」

聞いて、林愛香は首をすくめた。

「断わっておきますが、学生たちに聖書を読めとは勧めていません」

「読むな、とも言わなかったでしょう。要するに、中国ではあれは禁書です」

その年の暮れ、眉毛が凍る冷え込みの中を自転車を漕いで帰宅すると、ドアわきに李夫妻が昏を死人のように蒼くしてかがみこんでいた。あわてて二人を部屋に通し、まずは魔法瓶の熱いお茶を勧める。それでもまだカッカッと入れ歯が鳴るような凍えようである。

「ずいぶんと長いことお待たせしたようで、すみません」

左右の手で二人の背中を同時に揉んで温めてやりながら、林愛香は何度も同じ言葉で詫びた。こうして小半時《こはんとき》、やっと人心地ついた李老爺は黙ったままに一通の航空書簡を差し出した。

「あっ、これは！」と林愛香は思わず日本語で叫んでいた。「宝城院道雄？……父だわ、父の名だわ。どうして、これが、あなたのところに？……」

李夫妻は意思が通じてよかったとばかりに、にこにこ笑うだけだ。

林愛香は大急ぎで封を切った。桔梗の花の透かし刷りの便箋二枚に、あの父の懐かしい太いペン字がおどっていた。

桃子さん、あなたの写真を入手しました。別れて三十年、すっかり中国人風ですが、写真にはあなたの面影がちゃんとあります。元日本軍上等兵・向江孝司さんが河南省を訪ね、牛家村であなたに会ったというのです。

向江さんは、訪中して帰国後半年もの間、新聞・テレビ・ラジオなどを通じて、私たち一家を捜されたそうです。たまたま新聞で慶子がそのことを知りましたので、先方と電話連絡が取れ、あなたの無事を知りました。それからは新潟住まいのその人との間に文通が始まり、写真も送られてきました。

中国は言うに言われぬ動乱で大変だったそうですね。その点、日本は大いに恵まれています。どう語ればいいのか、世界一、二の経済大国にのし上がりました。……

桜子は日本にいます。あのカリコフ中尉がソ連軍を退役後、東京の新聞社に勤務しているからです。その長男がモスクワ大学生ですから、あなたもさぞ驚きでしょう。

この手紙、多くは書けません。というのが、あなたの手に確実に渡るかどうか、それが心配だからです。そこで、牛家村の李さん宛に試験的に出します。親切な李さんからあなたの手に渡ったら、折り返し連絡をお願いします。……

12

林愛香はぼとぼとと大粒の涙をこぼした。そうか、そういうことだったのか。わたしは日本人だった。宝城院道雄・慶子の娘だった。

くり返しくり返し、林愛香は手紙を読んだ。太文字の万年筆で書かれた書体に、長らく忘れていた父のぬくもりが感じられてならない。そして、その側でお茶を煎れているだろう母の姿までが浮かぶ。……

だが、と思い直した。祖父のことがまるきり書かれていない。どうしたのだろう？　東京空襲に巻き込まれたのだろうか。それとも天命を全うしたのだろうか。……

「お父さんからの手紙だよね。嬉しい？　嬉しくないはずはないよな。どんなことが書いてあった？」

李老爺に声をかけられて、林愛香は自分を取り戻した。

「あら、ごめんなさい。お二人をそっちのけにして。今、夕食の準備をしますから、老酒《ラオジュウ》でも飲みながらゆっくり待っていてね」

翌日から三日間、林愛香は李夫妻を市内見学に誘った。李老爺はどこででも「中《ソン》、中《ソン》、中《ソン》……」とつぶやいた。「中」は河南省方言で「よろしい」「気にいった」という意味だ。「何にしても中程度がいい」と日本流に解釈して林愛香は、それからは「中」を口癖にするようになった。

林愛香は李夫妻を王梅に引き合わせた。何よりも、にわかな洪水で流された徐瑛の名誉回復に力添えがほしかったからだ。その昔の八路軍の老兵は、共産党高級幹部の王梅女史に対しても自然体をくずすことはなく朴訥《ぼくとつ》な物言いで話した。

「わしの村ではな、あの戦争中、日本軍が狼藉《ろうぜき》をはたらいてな、村人を虐殺したものだ。そこで、われわれは反撃に転じ、日本軍を撃退した。その戦闘で日本兵は百もの死体を残して逃げたもんだが、中に一人だけ負傷兵が取り残されていてな、われわれの仲間は処刑しろとやかましかったが、わしは『抵抗しない者を殺してはいかん』とかばって傷の手当てをしてやったものだ。戦後、その人――向江孝司というのだが、我が家をわざわざ訪ねてきて、この林愛香とも会いなさった。それがきっかけで、わしの娘分の過去が先方に知れた。日本に帰った向江さんは、長いことかかって、この人の肉親を捜した。ということで、この人は今では日本の両親と文通ができるようになった」

「その件でしたら林愛香さんからくわしく聞いています」と王梅は長くなりそうな話を打ち切ろうとした。「それで、このわたしに何をしろと?……」

「わしは日本兵を救った。そのおかげで、この林愛香は日本の両親と連絡が取れた。人助けはするものだ」

「そこまでの話はよくわかっています」

「いや、あんたは、まだわかっていない。林愛香を自分の命を捨ててまで救った男がいる。偉大なる毛沢東主席も、こういう崇高な自己犠牲の精神を賛美されているはず。ところが、その男は昔、将校として国民党の東北地方軍に所属し抗日戦を戦った。そのせいで右派分子という汚名をかぶせられたままですぞ。奥さんや子供らにとって、そんな不名誉なことでいいわけはない。まして、今回は自分を犠牲にして人命救助までしている」

「その件でしたら、林愛香さんから復権申請書が出されています。あなたも口頭ではなく、申請書を提出なさい。書類は多いに越したことはないし、署名者の数も多い方がいいのです」

「書類に署名か」と李老爺は嘆いた。「戦闘中にそんな面倒なことをしていたら、敵からやられてしまうわ。あんたという隊長の一存で決められないのかね？」

王梅は苦笑した。

「李さん、今は戦争中ではないのですよ。平和な時期だから、書類という銃、署名という弾丸が必要なのです」

「聞くところによると」と李老爺は王梅に向かって指を突き立てた。「書類の山をさばく時、受付け順ではなく、鼻薬がきくそうだな。万一そうだとすると、人民大会で幹部の腐敗・堕落を弾劾しなければなるまい」

「わたしの場合、袖の下や情実は通じません。あなたの誠実な意志は、わたしの胸に響きました。ですから、帰郷しだい、その徐瑛同志が下放されていた人民公社から有力な証人を獲得してください。こちらに書類が届けば、わたしもその端っこに署名し、復権審査委員会に回すことにしましょう。きっとうまく運ぶことと思います」

二人の話を聞きながら、林愛香は「そういうことか」と思った。李老爺は意図することなく王梅の本音を引き出すことに成功したのだ。「有力な証人」と彼女は言った。人民公社書記か李老爺のような古参党員が署名し、さらに中央幹部の王梅が名を出せば、解決は早いと見てよい。「情実はない、誠実あるのみだ」——そういうことなのだ。

13

李夫妻が帰村したあと、林愛香は便箋を何枚もむだにして両親宛の手紙をつづった。


拝復　懐かしいお便り、牛家村の李夫妻から確かに受け取りました。お二人が東京でお暮らしになっているという知らせに、飛天のように空に舞いたい思いです。

奉天改め瀋陽でお別れしてから、早いもので、もう三十年にもなろうとしています。あの折、わがままを通し中国残留を決めてごめんなさい。お父さん・お母さんの胸のうちが五十歳近くなった今ようやく理解できるようになり、親不孝という慚愧の念にかられてなりません。その一方、桜子姉さんも東京にいると知り、驚くと同時に神の恩寵を感じさせられます。でも、お祖父ちゃんのことが書かれていないのが、とても辛いです。

私は林愛香と名乗っています。夫の皇甫凌雲は西域の沙漠で強制労働中に行方不明となったままです。紅衛兵の隊長から死亡宣告通知を受けました。

あれから、表現しようもない激浪・激震に遭遇しました。ここでは、そうとだけ書いておきます。いろんな意味で日本語の表現がまだ不自由ですから。

私は今、王梅さんの知遇を得て、日本語教師をしています。おかげで生活に不自由はありません。彼女は共産党軍の遊撃隊長として活躍したのち、現在は党中央の高級幹部です。農村での労働中に徐瑛さんともぱったり出会いました。しかし彼は、渡河中に私をかばって遭難しました。彼は元国民党軍将校でしたから「右派分子」のレッテルを貼られています。中国ではそのように呼ばれると家族までが不利益をこうむります。彼の奥さんは瀋陽で小学校の先生をしているそうです。お子さんが二人います。そこで私は王梅さんにはたらきかけ、彼の名誉回復を申請中です。長くないうちに受理されることでしょう。私たち一家が瀋陽にいた時、どれほどあの人のお世話になったことか。だからこそ、あの人の汚名を一日も早くすすがねばならない思いです。……


手紙を投函するとすぐにも返事をもらえる気がしたが、文通には往復二か月を要した。前にどのようなことを書き送っていたのかすらも忘れる日数である。それにつけても、写真交換は楽しくもまた悲しい。両親の老いがそこに読み取れるからだ。裏返しにいえば、娘の写真に両親は失望を禁じ得ないのかも知れない。

やはり祖父は亡くなっていた。一九四五年三月十日の東京大空襲後、その姿を誰も見た人はいない、とある。むろん、住まいも焼失していたそうだ。

すぐにでも東京に飛来するように、というのが両親の熱烈な願いだが、林愛香の周辺もまた多忙で実現は困難視された。日本語講座は好評で、出張教授の要請も多くなった。それにつれて処遇は好転した。王梅の後押しもあって、正式に助教授に任用され、それにふさわしい給料と住まいとがあてがわれた。工場と大学の教室から一人ずつ日本への国費留学生も選抜された。

「次は教授」と王梅はからかい気味に笑った。「部長教授に昇格すると送迎の車が出るかもね」

こうして地位が安定するにつれて、朗報がもたらされた。徐瑛の死後二年目の命日に檔案から「元国民党軍協力者」「日本特務」の記載が削除された、との通知であった。

林愛香は早速、礼状を書き送った。

李翰《リーハン》様並びに夏紋《シァウェン》様

お義父様・お義母様のご尽力により、故徐瑛同志の名誉回復がかないました。心を込めて「謝謝」の言葉を送ります。

わけてもお義父様が王梅女史に堂々と自分の考えを開陳された勇気には、すごく感動させられました。思想・信条こそ異なろうとも抗日戦を戦った同志であってみれば、故人の不利益・不名誉を放置するわけにはいかない、と、高級幹部相手に貴方らしい戦いを挑まれました。その力強い発言が王梅女史の胸を激しく揺さぶり、彼女の助言と力添えを引き出すこととなったのです。

貴方の人間愛の精神と優しさ、加えるに英雄的言動には、感服のほかありません。徐瑛夫人にも手紙を差し上げます。その中には、貴方を初めとする牛家村民並びに隣接村民の署名運動があったことを書かずにはいられません。多くのお方にお礼を申し上げるのが筋というものでしょうが、貴方から「娘が感謝していた」とでもお伝えいただければ幸甚です。

故徐瑛未亡人の洪香蘭《ハンシアンラン》にも心を込めて書簡をしたためた。

洪香蘭様　突然お手紙を差し上げる非礼をまずはお許しください。

故徐瑛様のこのたびの名誉回復、まことにおめでとうございます。

その節には親しく言葉を交わさぬままで、「薄情女」と、この私をさぞかし恨まれたことでしょう。

14

故徐瑛同志とは瀋陽以来の古い付き合いでした。日本人の私の一家は、当時、国民党軍の地下組織の有力メンバーであられた徐瑛同志の献身的な庇護を受けました。おかげで私たちは寒さと飢えと迫害の外にいることができました。

そして、下放中の奇跡的再会。徐瑛同志と再び出会えたことで、私はどれほど力づけられたことか。昔ながらの、それこそ兄のような愛でもって私を温かくくるんでくださるような思いでした。

なのに、職場復帰命令書が伝達された日、あのような事故に遭遇することになろうとは。今でも悪夢にさいなまれることがあります。私が無調法ゆえに増水中の川で足を滑らしたのが悪かったのです。いや、その前に一人で帰村すべきでした。徐瑛同志の見送りを断わっておけばよかった。そうすれば、貴女から最愛の夫を奪うことはなかった。そして、お子さんからは大事な父を失わせることもなかったのです。

しかし、繰り言を何万遍言おうとも、帰らぬ人は決して帰らぬもの。

せめてもと、私はあれから故徐瑛同志の名誉回復に力を注ぎました。瀋陽時代からの旧友・王梅女史を動かす一方では、牛家村の李翰老には多数の署名を集めていただきました。

それら多くの人々の運動が効いて、奇しくも徐瑛同志の遭難二年後の命日に檔案の書き替えがなされたとの知らせです。私はこの知らせに涙しました。

いずれ瀋陽を訪ね、貴女にもお目にかかりたく思います。ご自愛を祈ります。……


あれほど涙にくれながら書いた手紙だったにもかかわらず、李老爺からも故徐瑛夫人の洪香蘭からも返事はない。林愛香はひどくせつなくて、二信、三信を書き送らずにはいられなかった。また、いくらかの物品を送りもした。

それでも、返事はもらえぬままである。

王梅に会った機会にそのことを訴えると、彼女はけげんな表情をして日本語を投げかけてきた。

「やっぱり、桃子は日本人よね。日本人的情緒から抜け出すことができないでいる」

「やっぱり瀋陽に行って奥さんと直接会うべきなのね。それなら、あなたの手で旅行許可が出るように配慮してください。休暇申請書並びに旅行申請書を提出しますから」

「またまた違った」と王梅は含み笑いした。「述懐――つまり、あなたの勝手な思いを述べた手紙に返事の必要はない。――そういうことよ」

「だって、わたしと沙漠にいる皇甫とは何十通も手紙を交換したわ」

「それは夫婦の間柄だから当然のことで、交友関係とはまったく別の世界。手紙のことだけど、あなた、何か先方に要求した？　ただ、あなたの思いを書きつづっただけでしょう。相手はそれに共感を覚えているからこそ、返事はしない。それが中国人一般の常識ということ」

「ふーん、だから『やっぱり』だったのね。わたし、やっぱり日本人なのね」

「ついでに言っておくけれど、あなたはまだ自由ではない。地位も信用も向上した。だけど、ずっと公安局によって監視されている。何といっても元日本人。以前にも言ったことがあったけど、言動は慎重になさいね」

「わたしのことで何かあなたのところに伝わっている、とでも？……」

「いいえ、そういうことではなくて書簡の件よ。あなたはいいけど、もらった相手が迷惑をこうむることもありうる」

林愛香は唇を噛んだ。手紙の封が巧妙に切られ内容が読まれている、とはよく聞くことだ。自分が監視されていることは重々わかっているつもりだったが、文通相手に災いが及ぶとなると、これは考えものだ。現に今会っている王梅だって公安局の目から逃れられはしまい。

「王梅さん」と林愛香は声をひそめた。「あなたにも会わない方がいいのでは？……」

それを聞くと王梅は高笑いした。

「わたしはこのとおり開けっ広げ。あなたとの会話は日本語。二人が日本語で密談しているとの報告は公安局に届いているわよ。そんなことを恐がってどうするの。あなたらしくもない」

「わたしは強くないの、王梅さんほどには」

「何を言うのよ、桃子。あなたにはどれほど勇気づけられたことか。ほら、紅衛兵運動で二人とも糾弾されたでしょう。あの時、あなたはわたしを命懸けでかばってくれた。あなたが手当てしてくれなかったら、絶対、絶命していた。そうそう、あのとんでもない流行病、あれ、何と言ったかな?……」

「流行病?……」

「桃子が機転をきかして叫んでくれた病名」

「ああ、あれね。あれは、わたしではなく元看護兵が思いついた名だった。……ええと、そうそう、黒斑麻疹《ヘイバンマゼン》だった。そうだ、あなたが陸軍病院に収容されたあと、わたしたちの仲間は黒斑類呼ばわりされて完全隔離されたわ。おかげですっかり敬遠され、殴られずにすんだ」

15

「文化大革命」を標榜した紅衛兵運動の火が燃え盛っていたころは、生死が紙一重《かみひとえ》の、理不尽かつ最悲惨な状況下にあった。にもかかわらず、十年が過ぎ去って振り返る時、たまらなく滑稽に思えてしようがないものだから、林愛香はつい吹き出してしまった。

おかしなことに、いったん笑い出すと、どうにもそれが止まらないのだ。風船の中に笑いのガスが十年分も圧縮して詰められていたかのようでもある。

「桃子！」と王梅は声をきつくした。「よく笑えるものね。あなたの頭、ほんとうに黒斑麻疹に冒されたのではないの？」

うなずいたら、それを境に妙に悲しくなって、次には涙が込み上げてきてならない。

「おやおや、今度は涙の滝か。困った人よね」

「自分でも変なの。どうしたらいい？」

「そうそう、助教授先生にお願いがあるの」

「あらたまって何なの？」

「黒斑類の皆さんに集まってほしいのよ。あの時のお礼に、一流飯店に招待するわ」

「それは結構だけど、紅一点ならぬ黒一点の元看護兵の所在がわからない」

「その男の人なら、わたしから案内するわ。孟采冉《モウサイネン》といって今は空軍病院勤務。あれから一念発起、りっぱに医師試験に合格した新進気鋭のドクターよ」

「五十過ぎて？　すごい人！　だけど……」と林愛香は顔をしかめた。「その孟先生以外は烙印付き右派分子だから、公安ににらまれたり一網打尽になったりしない？」

「何言っているの？　黒斑類でしょう。病気を恐がって誰も寄りつくものですか」

当日夕刻、約束の飯店へ出かけようとしたところを、図書館長の覃紅珍《タンゴンゼン》女史に呼び出された。工場書記の秦青《シンキン》も同席だ。二人とも何やら表情が固い。

「林愛香先生、黒斑類とはどういうグループですか」

覃紅珍は高飛車《たかびしや》に浴びせてきた。その傍らの秦青は黙って煙草をくゆらしている。

「紅衛兵がこの工場を占拠した際、わたしたちを呼んだ蔑称です。王梅女史を助けたのが彼らの気に入らなかったのです。そのことを、どうして今どき持ち出されるのです?」

「先生が何をもくろんであるのかはわかりませんが、上司の許可なくして派閥をつくり分派行動をなさるのはよくないことです」

「朋友の王梅女史が、かつてこの工場にいた仲間たちに飯店で一席設けたいと言われるものだから、そのように連絡したまでです。そのどこに問題がありましょうか」

「王梅女史は党中央のお偉い人です。工場の一般労働者と食事を共にすることは常識として考えられません。仮にそう言われたとしても辞退すべきです」

「王梅女史の招待を断われ、とでも?……」

「わたしたちは話し合い、あなたの言う昔のその仲間たちの出席をやめさせました」

「そんな!……」

「先生は王梅女史の朋友ですから、お行きになってさしつかえありません。ただし、前もって文書で許可を求められるべきでした。今後はそうなさってください」

林愛香は腹の底から怒りが込み上げるのを感じた。だが、どのように抗弁しても、受けつけられないことははっきりしている。誰かが密告し——いや、上司の裁量を受けようとした。それが、このような腹立たしい結末を招いたと見てよい。

晩秋の黄昏時《たそがれどき》の道路は自転車の巨大な流れとなる。その流れをかき分けて進もうとする自動車の警笛がかしましい。

林愛香は工場の門を出た直後から不安感につきまとわれていた。左右の若い男の乗る自転車の動きがどうも気になる。ぺったりとまといつく感じだ。

そこで、わざとスピードを落としてみる。すると、左右とも動きを同じくする。では、と今度はペダルの回転を早くする。とまた、彼らはぴたりとつけてくる。

なあに気にすることはない、と林愛香は首を振った。これは流れなのだ。見ろ、みんな流れに従っているではないか。おびえる自分に非はある。

都心へと二十分も走っただろうか。やれやれ左の男が脱落している。やはり気のせいだったのだ。と、ほっとした時、右に並走していた男の左足がいきなりこちらの前輪を蹴りつけてきた。

「あぶないっ！　何するのよ？」

叫ぶのと倒れるのとが同時だった。

ガチャガチャーンと、巻き添えをくらって十台ほどが折り重なり、そこへギギーッとけたたましいブレーキ音を響かせてトラックが突っ込んできた。

遠のこうとする意識が「これで一巻の終わりよね」と他人事《ひとごと》のようにつぶやく。

しかし、決して終わりではなかった。助け起こされてのろのろと体を起こしたら、周りじゅうが声になった。「若い男がこの女を蹴り倒すのを見たぞ！」「向こうへ逃げた！」「何人かが追っかけていったから捕まるかも？」……

警官が飛んできて群衆の整理を始めた。自転車が数台、トラックの下敷きになってひしゃげたが、幸い死傷者はいないもようだ。

16

婦人警官が林愛香を街路樹の下にいざない、型どおりの尋問をした。

「姓名・住所・勤め先を言いなさい。……で、身分証明書を見せなさい」

林愛香は自分でもわかるほどのろまに答えた。

「そのゆっくりした話し方は癖ですか。もっとてきぱきと言えないのですか」

「ええ、自分が自分でないような……」

「目撃者は、あんたが蹴られたと証言している。蹴られるような心当たりは?……あんた、大学と工場で日本語の教師をしていると言ったわね。学生から恨みでも?……」

「あるはずもない」

「あんたの住所と行く先とは百八十度違うようだけど、どこ行くの? 買い物?」

「ただ頭がぼーっとしていて、行く先もよくわからない……」

「まあ、いいでしょう。体も自転車も異常はない。よし、ここに署名して」

釈放されてから林愛香は歩道をゆっくり自転車を押して歩いた。考えるに、あれは刺客だったのだ、と遅まきながら戦慄を覚えた。それでは何ゆえ、誰が、自分を襲ったのか。そして、自分に何をしろ、または、していけないと警告しているのだろうか。

「遅かったわね。それに、誰も連れてこなかったの?」

飯店の特別席のテーブルには王梅が待ちわびていた。

「すみません。ちょっと交通事故に巻き込まれて」と林愛香は王梅の連れに視線を移した。「もしかして、あの時の?……」

「黒斑麻疹の世界的発見者にしてノーベル賞候補」と初老の男は笑い笑い手を差し伸べた。「孟采冉。元看護兵にして工員。今は医師。よろしく」

林愛香は衝動的に泣き声を放っていた。泣きやまぬ林愛香の背を撫でながら、王梅は慰めるふうでもなく、まるきり別のことを切り出した。

「一九七六年。記録に残る激動の一年だったわ。周恩来首相が一月に亡くなられると、鄧小平《デンシャオピン》副主席への批判が強まった。四月には天安門事件の処理に華国鋒《ファグォフェン》首相が辣腕《らつわん》を振るい、鄧小平同志は追放される。七月には唐山《タンシャン》大地震。昔の歴史書なら毛沢東主席逝去の前兆と書いたことだろう。十月ともなると毛沢東夫人の江青女史が逮捕される。……」

林愛香は、大学生が教授の前で歴史的事象を暗誦させられているような王梅の声に、「あなたの事故など取るに足らないことよ」とでも言いたげな意向を読み取った。あるいは、こう論そうとしているのかも知れない。――党や政府の上層部が不安定なのだから、一般民衆が揺れ動くのは当然。警戒した方がいい。自分の身辺だって何が起こるか知れたものではない。……

林愛香が泣きやむと、孟医師は白い顎鬚をしごいた。

「わたしの推測だが、そいつは同じ職場の東北の出身よ。あなたの昇進をねたんだだけのことさ。このわたしだって、あれこれ嫌がらせを受けたからな。聴診器に鋏を入れるのや注射器に人糞をまぶしたりする者までいる」

「おやおや」と王梅は笑った。「孟先生はわたしに当てつけ？　だって、このわたし、正真正銘の東北人、瀋陽の出身よ。林愛香先生も似たようなものね」

「王梅女史はもともと育ちがいいから、こんなゲス話は知らんでしょう。広東人は食いたがり、上海人はしゃれたがり、北京人は議論したがり、そして東北人は喧嘩したがる」

「それくらいの推理で林愛香先生の自転車事故の犯人像を捉えたの？　わたしね、絶対あなたの患者にはなってあげない」

「王梅女史、あなたは疑似北京的反発症候群よね。それから林愛香先生だけど、疑心暗鬼的疑似被害妄想症候群。まあまあ、どちらも疑似だから、今のところは投薬・入院の必要はない」

フフッと林愛香は笑った。孟医師は病名を何とかひねり出そうとはしているものの、あの「黒斑麻疹」には及びようもない。狂気集団の紅衛兵も、あの病名には驚愕し恐怖におののいたものである。それにしても、この孟医師、おかしな才能を持ち合わせている。

「どうやら桃子、機嫌をなおしたみたいね。それでは、宝城院桃子助教授先生の事故が軽かったこととお互いの健康を祝して乾杯といきましょう」

王梅はそう言ってビールを満たしたグラスを上げた。

「宝城院桃子先生？……日本人でしたか」と孟医師は真顔になった。「道理で喧嘩も議論もしたがらない。中国人民なら、猛然と一時間でも二時間でも争う。当事者同士ではなく周りじゅうが騒然となり、ああだ、こうだと言い立て、やがて正邪の判定が下る」

「その判定は警官が下すの？」

「違うよな、助教授先生。警官は何もしなくて事の成り行きに任せる」

「そんな悠長なことをしていたら、この楽しい夕食はどうなります？」

「夕食よりも民衆による裁決が大事」

「あなたは、どうも北京人のようですね。やたら議論したがる」

「はずれ、よ。長江の水源は四川《スーチョワン》省の生まれ。だから、このように清潔」

座は俄然盛り上がってきた。そうなると、あれくらいの事故、やはり偶発的なものだったと林愛香には思えてくるのだった。

17

一九七八年五月五日は林愛香の満四十九歳の誕生日である。

大学の教室に入ったとたん、どーっと拍手が沸いた。見れば、黒板は色チョークの花飾りで縁《ふち》どりされ、真ん中には黄色い太文字。

「慶祝　林愛香助教授生誕五十周年」

そして、脇には受講生全員の名が添えられている。

そればかりではなく、顔見知りの学部長以下教職員、壁際と廊下には見知らぬ訪客が数十人も立っている。思いがけない歓迎に、このところ涙もろくなっている林愛香は、早くも視野がぼやけてならない。

学生代表三人が花束を贈呈し、日本語で祝辞を述べた。

次に郭良《グオーリァン》外語学部長が教卓に歩み寄って握手を求めた。

「おめでとう、林愛香先生。人生の一つの節目を迎えられることを我が喜びとします。これからも我が師範大学の日本語講座の振興のためにご尽力ください。

なお、この好日にあたり瀋陽の教育関係視察団が見えています。先刻、学部長室でお話ししていましたところ、小学校教師の洪香蘭先生が、今は亡きご主人の縁で林愛香先生をご存じとのこと。なんでも、林愛香先生は少女時代を瀋陽でお過ごしだったそうです。これも奇遇というので、林愛香先生には断わりもなくこの教室にご案内したしだいです」

視察団の中から一人、五十代と思われる上品なふっくらとした婦人が歩み寄ってくる。その人は、べっこう縁の眼鏡越しに人一倍大きい目を輝かして林愛香を見つめた。

「林愛香先生にお目にかかれて光栄です。亡き夫がかねてから話していたとおりの聡明でお綺麗なお方です。今日はおじゃまでしょうけれど、日本語授業を見学させていただきます。夫との関わりで、わたしも、ほんのちょっぴり日本語がわかりますので」

「こちらこそお目にかかれて嬉しい」と林愛香は洪香蘭を抱き寄せた。「徐瑛さんからは言葉に表わせないほどの親切を受けました。こうやって会えることが夢みたい」

林愛香がわざと自分の頰をつねってみせると、教室中には笑いと拍手が渦巻いた。

林愛香は「今日はテキストを捨てましょう」と言ってから、瀋陽での戦中・戦後の体験をゆっくりとした日本語で語った。それを助手の張春宵《シャンシュンシャオ》嬢が中国語に訳していく。

東京を脱出し当時の満洲国・奉天に行ったいきさつから始め、心に残る二人との出会いを話の柱とする。女学校では生涯の朋友ともいうべき王梅に出会ったこと、敗戦後のみじめな生活に徐瑛が救いの手を差し伸べてくれたこと。王梅は共産党軍に、徐瑛は国民党軍にそれぞれ属したが、抗日戦を戦い抜いた英雄を差別するのはいいことではない。……

聴講生だけではなく参観者までが熱心に聞き入り、ハンカチを目に当てる人もいる。

講座が終わると郭良学部長はわざわざ発言を求めた。

「古き中国のタブーに挑戦するような勇気あるすごく感動的なお話でした。テープレコーダーを回さなかったことを後悔します」

洪香蘭もまた目をうるませて声をかけてきた。

「瀋陽では誰も触れたがらないお話を聞かせていただき、ありがとうございました。きっと、わたしと亡き夫のためになさったことでしょう」

これでいいのだ、と林愛香はふっきれた思いがした。学部長の言を待つまでもなく、われながら勇気ある講話をしたものだ。この件で誹謗・弾圧が来ようとも、恐れてなるものか。わたしは、わたしの正当な考えを述べたまでである。時代は移ろい人心もまた変わる。その証拠に、真実を語ることによって多くの人々の共鳴を得たではないか。

洪香蘭とはまだ多くのことを語り合いたがったが、教育視察団を離れての単独行動は許されそうにもないから再会を約して別れた。いずれにしろ林愛香にとって彼女の住まう瀋陽は捨てがたい思い出の地なのだ。近々のうちにぜひとも訪ねねばなるまい。

午後は工場の付属図書館の教室に顔を出す。

授業半ばを越したころ、突然、ドアが押し開けられて、横断幕が飛び込んできた。さては生誕祝いかと見たら、そうではない。

打倒　日本帝国主義！

追放　日本人教師！

太い赤文字が目に入ると同時に、その叫び声が教室を圧した。

受講生は何ごとが起きたかとばかり、ぽかんと口を開けて振り向く。

男女約十人が乱入してきたかと見ると、教壇を占拠して声を合わせて叫ぶのである。

「日本帝国主義を打倒しろ！　日本人教師を追放しろ！」

彼らの中の数人は、黒板の日本文字の上からそのスローガンを殴り書きした。

林愛香は本能的に教卓に覆いかぶさった。それは教師として死守すべき象徴なのだ。

そして思った。――まるで映画のフィルムを逆回しにしたような、あの紅衛兵時代の悪夢の再現ではないか。ベニヤ板、三角帽、怒号と殴打、糾弾大会、農村下放……。それらが束になって突風のように林愛香に襲いかかってくる。

18

すると、受講生たちがいっせいに立ち上がった。

「やめろ！　林愛香先生を守れ！」

教師をかばう者、闖入者《ちんにゅうしゃ》に立ち向かう者、緊急事態の発生を知らせに走る者、それぞれが自分の力量に応じた行動を起こしていた。

こうなると、人数の上でもデモ隊側が不利である。

「帰れ！　帰れ！　乱暴者は帰れ！」

の大合唱が、教室はいうまでもなく、図書館棟から工場へと伝播していく。

もみくしゃになりながら押し戻される一団を見送るうち、林愛香は「あっ！」と小さい叫び声を上げた。中に、あの自転車事故のおりの青年の姿を見たのだった。

騒ぎそのものは早々に鎮静化したとはいえ、林愛香に与えたショックは大きかった。「打倒日本帝国主義！　追放　日本人教師！」か。「日本語教師」でなく「日本人教師」なのだ。中国籍の林愛香の履歴を今更のように誰かが洗い立てて問題化しようとしている。そうだ、檔案だ。徐瑛の檔案から彼の不名誉な過去の記録を抹消すべく運動した。そして、そのことが成就されたことを喜んでいたものだが、自分の記載事項には思いが及ばなかった。檔案を調べたおせっかいな何者かが、わたしを蹴落とし葬ろうとしている。

いや、大学では胸を張って自らの過去を語ったではないか。その同じ自分の過去の経歴の記載ごときにひるんでいるとは、自己撞着《どうちゃく》もはなはだしい。大学の講座の時のように、ここでも過去を語るべきだろうか。わたしは日本人でした。侵略者満鉄の高級社員の娘でした。国民党将軍の妻でした。ですから「右派老婆」と呼ばれるようになりました。……

待った、今はその時ではないし、また「その場」でもないのだ。

講座をすまして控え室に戻ったら、図書館長の覃紅珍女史が待ち受けていたように言った。

「工場政治部委員会から呼び出しですよ」

「早速おとがめですか」

「騒動発生の件でのおとがめなら、館長のわたしも同道しなければならないだろうけど、そうではないから、おそらく別件でしょう」

林愛香がそこへ出向くと、三人の政治部委員が粗末な作業台を机代わりに林愛香に対した。まずは中央の席の、前歯の欠けた初老の男が口をきいた。

「林愛香先生もご存じのように、中国と日本との国交が正常化された機会に、両国政府は国籍条項について事務協議を重ねてきた」

「国籍条項、と言われましたね。どういうことでしょうか」

「両国政府外務担当官は協議を重ねた結果、日本国籍を有する者は個人の意思によって帰国可能、という線で決着したのです」

林愛香は急激な動悸の高まりを感じた。相手は「日本国籍を有する者」と言った。それを持ち出すならば自分は中国国籍のはず。どう解釈し、どう対処したものか。

説明役は隣席の若い日本語のできる女性に代わった。

「そこで、わたしたちは林愛香先生に問わねばなりません。お互いに私的感情を抜きにして話し合うことにしますが、異存はありませんか」

「別に異存はありません」

「では、二つのことを事務的に質問しますから、お答え願います。一つ、あなたは日本国籍ですか。いや、日本国籍でしたか。二つめ、あなたの日本国籍が確認された場合、あなたは帰国を希望なさいますか」

「即答できかねます」

「なぜです？　相談相手でもいるのですか」

「急に問われても、相談相手とてない一個人のこと。考える時間がほしいのです」

「先生を右派老婆とそしる者がいます」と、それまで黙っていた丸顔の中年女性が声をかけた。

「檔案を調べたら、確かにそう呼ばれる素地があります。にもかかわらず、先生は名誉回復申請をなさっていませんね」

「うっかり放置していたまでのこと。でも、国籍条項とどういう関係があるのでしょうか」

「これは正直な話ですから、先生、どこにも漏らさないでください。実は、われわれも困っているのです。あなたの国籍に関する書類は、あの文化大革命の嵐で失われました。したがって、現にある檔案記載事項に左右されることなく、あなたの国籍に関する重要証人が三人はほしい。そもそも、先生はなぜ林愛香と名乗っているのですか」

「その辺の事情は、党中央委員の王梅女史がくわしい。あの人は少女時代からの親友なのですから、証人に最適の人物です」

「一人はそれでいいとして、あと二人を誰にしますか」

「も一人は河南省牛家村の老共産党員・李翰同志。そして、も一人は、その夫人というわけにもいかないでしょうから、無呰人民公社の宝恭同志」

「無呰人民公社?……どこにあるのですか、それは?」

「『蒼天無呰』という映画に出た……」

「まじめに対応してくださいよ、林愛香先生」

19

アパートに戻ったら郵便が三通あった。一通は東京の桜子からで、「父が散歩中に軽い脳溢血で倒れたが、幸い経過は良く何ら後遺症はないから安心なさい」とあった。そのこともだが、続く文言が林愛香にはきつくこたえた。「父も母も決して若くはありません。あなたの帰国を切望します。私がずっと父母の近くに居られればいいのですが、カリコフだってソ連にいつ戻らねばならないかわからないのですから」

そういうことなんだな、と林愛香は両親の年齢を数えてみた。自分だって満四十九歳。二十七を足せば、おのずと答は出てくる。

別の一通は差出人が不明だ。開くと、「右派老婆」と大書されていた。「ご苦労千万」と林愛香はそれを破り捨てた。ただ、彼らの要らぬ出費をあざ笑うのみだ。

もう一通の差出人は夏紋とあった。あの牛家村からである。しかし、なぜ発信人はその夫の李翰自身ではないのか。林愛香は異変を感知して胸騒ぎを覚えてならない。

皎《ジャオ》皎《ジャオ》雲《ユン》間《ジアン》月《ユエ》
灼《ズオ》灼《ズオ》葉《エー》中《ゾン》華《ホア》
豈《チー》無《ウー》一《イー》時《シイ》好《ハウ》
不《ブー》久《ジウ》当《ダン》如《ルウ》何《ヘ》

粗末な紙に筆で詩句が記され「翰」と朱印が捺された、それだけのものだ。つまりは李翰の書である。これは何を意味するのか？　判じかねて裏を返すと、鉛筆書きの薄い文字が見えた。

李翰死去　一九七八年四月二十日

十五日前、抗日戦生き残りの老兵はみまかったのだ。推測するに、表は李老爺、裏は老夫人の添え書きだろう。意訳すれば次のようになる。

「雲間《くもま》に輝く月、青葉の間に燃え立つように咲き誇る花。これらは一時の素晴らしさはあるが、いかんせん永遠に続くことはない。（人の運命も同じようなものよ）」

そうだ、と林愛香は思い当たった。陶淵明《とうえんめい》の「擬古《ぎこ》」という詩の一節である。李老爺はその詩句がお気に入りだった。ウッと込み上げるものがあって、林愛香は両手を強く口に押し当てた。李老爺と父の宝城院道雄とが二重写しとなって胸を揺さぶりにかかる。

陶淵明といえば、女学校で習ったことのある詩句の冒頭がよみがえる。――「帰りなんいざ、田園まさに蕪れなんとす。なんぞ帰らざる。……」

と、忽然、すっかり忘れていた国漢の先生の美声が耳の奥から聞こえてきた。

「陶淵明の『帰去来の辞《ききょらい》』に関連して、皆さんにぜひ暗誦していただきたい詩があるの。室生《むろう》犀星《さいせい》の『小景異情《しょうけいいじょう》』というのだけれど」

紫の袴姿がよく似合う――といっても常時そういう服装ではなかったはずだが、林愛香にはその記憶がなぜか鮮明だ――凛とした、級友こぞって憧れの先生だった。先生は、これまた素敵な文字を黒板に走り書きされた。

ふるさとは遠きにありて思ふもの
そして悲しく歌ふもの
よしや
うらぶれて異土《いど》の乞食《かたい》となるとても
かへるところにあるまじや……

放課後、級友の一人が図書館から『室生犀星詩集』を借り出してきて、得意げに披露した。

「見てよ、見て、ここにあるのよ。『小景異情』という詩は、［その一］から［その六］まであって、紫の君が朗唱されたのは［その二］よ」

そうだった。あの先生、姓名はすっかり忘れてしまったけど、「紫の君」と呼ばれていたっけ。皆は「小景異情」を争うようにしてノートに写し取った。それから音楽教室に行って、わたしのピアノ伴奏でそれを朗読したものだった。

待てよ、あの時、何の曲を弾いたろう？　得意のショパンだったたろうとは思うものの、はっきりしない。あの場に王梅はいたろうか。それもわからない。しかし、「小景異情」の［その三］は覚えている。確か、こうだった。

銀の時計をうしなへる
こころかなしや
ちょろちょろ川の橋の上
橋にもたれて泣いてをり

まさしく今の心境がそれだった。自分もまた祖父の銀時計をなくしたのだ。実際は王梅に贈ったのだが、彼女の手元からも離れている以上、なくしたも同然である。

20

帰るべきか、帰らざるべきか。帰国を希望はしたものの、その可否はあくまでこの国にゆだねられている。この国に?……いや、三人の証人に、だ。だが、その一人、李老爺は世を去った。ましてや、無辜人民公社在の宝恭の証人起用など、政治部委員会の言を借りるまでもなく「映画の上での架空の物語」でしかない。

こうなれば、頼れるのは王梅一人。彼女がもし、このわたしを中国籍だと断じたらどうなる?彼女に何の働きかけもしていないのだから、それは当然ありうることだ。

「そうなれば、『ふるさとは遠きにありて思ふもの』か」

林愛香は声に出して自問自答した。それから、こうも言ってみた。

「一九七八年五月五日、林愛香満四十九歳の誕生日はなんと事多い日だったことか。神様は、わたしに試練を与えたもうていられるらしい。強くあれ、林愛香」

あれを思いこれを思い、林愛香は、おいおいと声立てて泣いた。泣いても泣いても泣き足りない思いがしてならない。……

誰かが背後で林愛香の名を呼んだ。振り返ると、夕闇をバックに何人もの顔が心配そうにこちらを覗いているのが見えた。ドアが開けっぱなしだったのだ。

「ごめんなさい。何でもないの」

林愛香は隣人たちに詫びてから、ドアを閉じた。

が、すぐさまキャッキャッと笑い出していた。四、五歳くらいの男の子と女の子とを、こちら側に「もぎ取って」しまっていたのだった。外からはドンドンとドアを叩く音がして、罵声と笑声とがそれに重なった。

王梅の呼び出しを受けたのは十日後のことである。

大学での講座をすまして出向くと、十人くらいの男性相手に彼女は何やら声高《こわだか》に論じていたが、林愛香の姿を認め空いた椅子に座るように合図を送ってきた。王梅が銀縁の眼鏡をかけているのは珍しい。どうやら老眼鏡を新調したらしく、それが気になるのか、頻繁にはずしたりはめたりしている。論じられている内容は、隣接する四工場の境界線問題のようだ。図面を中に挟んで、彼女はビシビシと決めつける。

「ここは肥料が下がる。鉄線は十メートル引いて、煤鉱との間に新たなる通路を設ける。……何？　ガラスは口出さないの。あなたの公社、この案件とは関係ないでしょう」

林愛香には王梅の仕事ぶりを見るのは初めてだ。肥料とかガラスとかいうのは工場の略称のようだ。そして、ここにはその代表者たちが呼びつけられているようすだが、それらのうるさ方を彼女はてきぱきと裁いていく。拍手を送りたいほどの男勝りの采配ぶりだ。

この調子で――と林愛香は思ったものだ。抗日戦でも勇者たちを指揮して戦い抜いたにちがいない。

二十分くらい待つと工場幹部たちは相次いで去り、王梅は秘書にお茶を持ってくるようにと命じた。

「その眼鏡、新調したみたい。女丈夫ぶりを引き立てているわよ」

林愛香がお世辞混じりにそう言うと、

「桃子がそんなに意地悪とは思わなかった」

王梅は日本語で返してきた。

「銀縁の眼鏡が党幹部女史たるにふさわしい。――そう言って誉めているのに」

「眼鏡のことではなくて、あなたは諸葛孔明《しょかつこうめい》以上の策士よね」

「それ、皮肉？　王梅さんらしくもない」

「策士の話は脇へしばらく措くとして、あなたはトラブルを起こしたでしょう？」

「日本語教室にデモ隊が乱入した件？　あれは向こうから仕掛けてきたのよ」

「デモ隊が来た話は耳に入っていないけど、アパートで子供を監禁しなかった？」

「監禁だなんて」と林愛香は吹き出した。「うっかりドアを閉めたら、中に子供が二人入っていただけの他愛ない話。誰が密告したか知らないけれど、ずいぶん大人げないこと」

「日系右派老婆は発狂した。――という訴えが公安局に入っているそうよ」

「北京も住みにくくなったものね。その件でわたしに注意を促すための呼び出し？　ご苦労千万なお話だこと」

林愛香は気を静めるようにお茶をすすった。

「もちろん別件よ。読むわ」と王梅は机の上の一枚の書類を手に取った。「私は、一九四四年から四五年にかけて奉天市（現瀋陽市）浪速高等女学校に在学した宝城院桃子とは同級生でした。彼女の父は満鉄社員の宝城院道雄、母は慶子。その間に二女があり、長女・桜子、次女・桃子。父母は戦後、日本国に引揚げ、現在は東京在住。姉の桜子はソ連人と結婚し夫の勤務先（モスクワ新聞社東京支局）にいます。以上の件、必要とあれば、その二家族から旬日を経ずして確かなる証明を得られます。……」

「まあ！　それでは？……」

林愛香はもう聞いてはいなかった。王梅の胸に飛び込むなり声を絞って泣いた。

「だから桃子、あなたを意地悪と言うの、策士と言うの。だって桃子は、わたしに一言の相談もなく証明書を作成させ署名すらさせたのだから。……それで、文案はこういうことでよかったのかしら？」

蓬莱弱水《ほうらいじゃくすい》

1

恭宛の有日子からの手紙には、きまって雪鈴の便りが挟まっている。

パパの元気な姿を学校の映画で見ました。パパは手押し車で土を運んでいました。「パパ、がんばってがんばって」と、雪鈴は応援しつづけました。……

一方、妻の桃扇からはこう伝えてきた。

「蒼天無砦」はいい映画でした。模範的な人民公社造りが克明に描かれていて、見ている人はみな素直に涙し、「完」の文字が出ると皆いっせいに「毛沢東主席万歳」を叫びました。パパが映画の中に登場していることを雪鈴が知らせてくれたので、食い入るように見詰めました。ところが、最初はどうしたことか見落としました。そこで私が先頭に立って、みんなして映写技師を口説き、二回目を上映させることに成功しました。今度は見つけました。貴方が慣れない土木作業によろけている姿を見て、涙がこぼれて仕方がありませんでした。……

この手紙の中身を恭が同室の四人に伝えると、そろって冷笑した。

「奥さんのその文章には裏がありそうだ」と陶厳陽は言う。「大学の冷めた先生方の誰が『毛沢東万歳』などと言うもんか。それより、日本に帰ったその総評とかの連中だが、映画フィルムをみやげに持たされてよ、日本中に人民公社旋風を巻き起こすのが落ちじゃないかな。そうなると観光団が押しかけてきて、われらが親分様の通訳業が大繁盛だ」

陶厳陽の言どおり、恭はしばしば「通訳業」に引き出された。それは別の面でプラスだったとも言える。世の中の動きがめったに伝わることのない閉ざされた坑道みたいな山奥にも、恭という空気パイプを通して酸素が入るようになってきたのだから。

国家中央では、ナンバー2の劉少奇が獄死していた。林彪がその席を襲うのだが、毛沢東との間に隙間風が吹いているらしい。——日本人訪中団の話から、そのような情報が漏れてくる。

一九七二年九月になった。恭がここに流されてきて、満五年が過ぎた。この月、青天の霹靂《へきれき》とでもいうべきニュースが伝わってきた。日本の田中角栄首相が訪中、国交が修復されたというのだ。その前々年、林彪はクーデターに失敗して逃亡中、墜落死したという。

桃扇から速達が届いた。

　あなたの望まれていた中日国交の回復が成り、お陰で私は天津大学に復権がかなうことになりました。この一足早い雪解けが、これから冬に向かう毛毛山の氷雪をいくぶんでも和らげることを望んでやみません。……

この文面は、恭はもとより同室の仲間たちを喜ばせ、次いで口移しに伝わって政治囚全員の胸に希望の灯をともさせる効果がてきめんだった。

その後、天津の桃扇から便りが届いた。

新しい住まいを記しておきます。

学生は日本語熱に燃えています。

雪鈴は転校を嫌がりますので、小学校を終えるまで引き続きお祖母ちゃんの所に預かってもらうことにしました。……

翌年の一九七三年四月になると、鄧小平が副首相の座に帰り咲いた。それにつれて、李大則に釈放命令が伝達された。政府中央の政治局員として呼ばれたのである。

恭は所長の車に同乗し、李大則を蘭州空港まで送った。

「北京に行かれたら、大学病院で目の治療を真っ先になさった方がいいですよ」

「とうとう毛毛山で目の薬草が見つからなかったな。もっとも、見なくていいもの、見る必要のないものを、見なかったせいかも知れないけれど」

「無砦人民公社のことでしたら」と恭は真顔になった。「不問に付された方がいい。あれはあれで住民が幸せなのですから」

空港から施設に引き返す車の中で、所長は恭に媚びるように言った。

「これから皆さんは次々にお呼びが来て、職場に復帰なさることでしょうね。そうなると施設は寂しくなりますし、自身の身の振り方も考えなくてはならなくなります」

「なあに、悪の種は尽きないものだ。あの李大則先生を陥れた者、たとえば紅衛兵みたいな連中が入れ代わりに流されてくるよ。所長はここにとどまって、皆さんの社会復帰を温かく見守ってあげることが先決ではないのかな」

2

ほどなく恭の同室の仲間にも釈放命令が出た。田則武は地元の蘭州市書記に、孫憲正は上海市港湾局長にと、それぞれ登用された。おそらく李大則の引き立てによるものであろうが、この一連の復権人事に脅威を感じたのは蒙愚所長である。孫憲正の赴任先は遠いとしても、田則武の場合、地元・蘭州市の書記とあっては、何かにつけて監督・指導を受けねばならない立場となる。そのことに配慮してか、恭は渉外担当、陶厳陽は機械室主任にと抜擢された。

目には見えないが、何かが動いている。たとえるならば、巨大な伏流水だ。——恭は、そういう思いを抱かされた。

蘭州はシルクロード探訪の基点でもあるから、外国人旅行団が毎日のように往来する。国籍はさまざまだが、日米二国人が特に多い。そこで恭は通訳として働くことになる。

まだ完全自由化には程遠く、制服・私服の警官が外国人と中国人との間に立ちはだかって目に見えない壁をつくる。それでも、恭には旅行者のもたらす空気の変化が敏感に察せられた。日本人の団体にかぎってみれば、人民公社に異常なほどの関心を寄せていた社会党系は払拭された。代わって老若男女混交の観光客が多くなった。

八月、日本から医師会のツアーが入った。およそ二十組の夫婦からなる団体である。ホテルでの交歓会では田則武蘭州市書記が歓迎の辞を述べ、医師会を代表して団長の石川寛治がそれに答えた。共に恭が通訳を担当した。

「お上手ですねえ、あなたの日本語」と石川夫人が賛嘆した。「どこで学ばれました？　ちょっぴり九州訛りがありますけれど」

「おわかりですか」と恭は照れ笑いした。「少年期、久留米の中学校に留学したことがあるのです。それに、育ての母が島原出身の日本人と白系ロシア人との混血でしたから」

「えっ？　それは奇縁。この団体、久留米医大出身者の親睦会なのですよ」

「何ですって？……では、もしかすると、兄をご存じでは？　兄は宝良、日本名を宝城良といって、九州医専に学び日本軍の軍医となって応召しました」

「皆さん、聞いて！」と石川夫人はマイクを奪うようにして立った。「戦時中、九州医専卒業のお方はありませんか。この通訳のお兄さんは宝良軍医少尉どの……」

「おーっ！」と一人が応じた。「知っているとも。わたしは同じ新井戸下宿にいた。そうだ、君は宝恭君だな。あのかわいらしい中学生が、こんなにも成長したとはな」

割れんばかりの拍手の中、三木洋介と名乗る医師はつかつかと歩み寄ってくるなり恭をかき抱き涙にくれた。

「台湾のお兄さんから便りはありますか。わたしとは連絡を密にしているけど、君のこと、まるきり知らせてはこなかった」

「えっ？　兄は健在でしたか」

「健在も何も、台湾政府の軍医務局長だ。将軍だよ、君。フィリピンに行くところを輸送機がエンジントラブルで無人島に不時着した。そこを漁船に拾われて台湾に上陸した。現地で敗戦を迎えたあと、蔣介石総統の国民党軍にまた拾われて、とんとん拍子の出世。今では息子さんの一人が軍の佐官級になり、も一人はアメリカで医師になっている」

「ありがとうございます。またとない、いい知らせです。ありがとう……」

恭は感涙にむせんで言葉に詰まった。

田則武書記が立ち上がってマイクに向かって何か言っている。それに答えて石川代表が何ごとかしゃべる。通訳として二人の間を取り次がねばならないのはわかっているものの、恭はそれどころではない。兄が生きていた！　台湾にいた！　軍医務局長にまで出世していた！　この喜びを誰に伝えたものか！　……

気がつくと、周りじゅうが人の輪になっていた。次から次へと輪は幾重にもふくらみ、カメラのストロボが稲妻のように光る。握手、握手、握手、そして抱擁、抱擁、抱擁……。衣服がちぎれるほど恭はもみくちゃにされた。

「行けよ」と田則武は恭の肩をつついた。「敦煌《トウンホワン》・吐魯番《トルファン》、烏魯木斉《ウルムチ》の旅、ぜひ宝恭君に同行してもらいたい。——と、石川団長は要請されている。旅行団員全員の強い希望だとよ。気にすることはない、甘粛《カンスー》省政府から特別旅行許可証を発行させるさ」

夢のようだった。ツアーには朱紫光《ズウズグアン》という全線ガイド嬢はついている。行く先々では日本語の話せる現地ガイドが案内・説明を引き受ける。恭の仕事といえば、交歓会での通訳だけだ。それ以外は、日本人医師夫妻たちとの個人的な話し相手をすればすむのである。

旅を終え憑《つ》き物が落ちたような顔をして帰ってきた恭を迎えたのは、なんと丸腰の鄭永見新所長だった。

「どういうことなんです？」

恭が目をむくと、陶厳陽が代わって日本語で言った。

「一大椿事発生だ。ン十年に一度みたいな大雨が降ってダムが決壊し、無砦人民公社は文字どおり無に帰《き》した。そうなると、お上《かみ》は冷たいものよ。遼良旦書記の責任を問い、彼の前科まで洗って追放した。ついでに彼と結びついていたかどで第一三五鎮所長を更迭した。そういうわけで……」と中国語に切り換え、「何よりもおめでたいことです、鄭永見所長どの」

恭も釣られてそのように祝辞を述べ、握手を求めて両手ともに差し出した。

3

大連の有日子から手紙が届いた。次兄の良が台湾で活躍していることを知らせてやったのに対する返事だ。


良君のこと、天の声のように聞きました。

早速、吉林の温君に知らせておきました。温君はごく普通の農業をやっているようです。あの豪邸は元小作人たちに明け渡し、馬小屋を改造して暮らしているとあります。ひどい迫害・虐待を受けたらしいのですが、最近は村の責任者に選ばれるまでになったそうです。

雪鈴は、大連の中学校に行くことになりました。桃扇のいる天津はまだ危険ですから、こちらで預かることにします。

将来、雪鈴は日本の大学に留学させたいと思っています。母親も賛成ですし、本人も乗り気です。できることなら私も一緒に行きたいのですけど、経済的負担を考えると、実現は夢のまた夢でしょうね。

私の個人経営茶房は何とか営業を続けています。国営より個人の店の方がサービスがいいから客が入ります。このごろ、日本人客も来るようになりました。「大連は変わっていない、昔のままだ」というのが、皆さんの一致した感想です。……

あの雪鈴がもう中学生に？——と、恭は首を何度も横に振った。とても肩車になど乗せられたものではない。

その雪鈴が高校生になった一九七六年秋、恭と陶厳陽とに職場復帰命令書が手渡された。ここに来て九年もの年月が流れている。恭は四十七歳、陶厳陽はその十歳年長である。感泣しなければならないところだろうが、なぜか人ごとのように思えてならない。

この年、中国は十年の混濁からようやく目覚めようとしていた。一月、周恩来総理死去。九月、毛沢東主席死去。十月、毛沢東夫人・江青逮捕。その前年、台湾では蔣介石総統が世を去っている。中国に一時代を画した人物たちが総退場したのである。

収容所からの帰りは、ここに送られてきた時とは雲泥の差で、所長がじきじきにフォルクスワーゲンの乗用車で空港へ送ってくれた。その日のうちに、上海空港からはタクシーで造船工場へと直行。一刻一秒も早く、復帰先の職場をこの目で見たかったのである。

工場書記の胡夏夜《ホーシャーエー》女史の案内で、二人は造船工場を一巡した。昔のままだった。いや、昔よりひどかった。十年機能することを忘れていた工場は、埃と鉄錆の底に埋没しているとしか言いようがない。いったい、この十年、何をしてきたのだろうか。そこを恭が質すと、胡夏夜は生あくびをかみ殺して答えた。

「生産しなくても、働かなくても、模範的社会主義国家・中国では、ちゃんと労働者の生活は保障されていますよ」

表現は悪いが、いけしゃあしゃあとしている。「当たり前よ、そのどこが悪いの？」とでも言いたげな態度である。

「お手上げだ！」と恭はいまいましげに日本語で叫んだ。「わたしの任ではない。工場長職は陶厳陽同志に譲るよ」

「何を言われる、宝恭工場長？　十年稼働しなかった工場だから、錆落とし・油差しから始めねばならないのです。今すぐ生産なんて、そいつは甘い。なあに、十年かける気があれば立ち直れますよ。胡夏夜女史の言どおり、只飯が食えるというもの。毛沢東万歳だ。その間、われわれは学習をしなければならない。『毛主席語録』にあるような付け焼き刃の政治思想ではなく、真の技術学習をね。この際、要らぬ屑鉄は海の中にたたき込むくらいの気でいきましょうよ」

「よし、わかった。前言撤回だ。十年どころか百年かけて造船工場をよみがえらせるとするか。頼むから陶厳陽次長、年を取らないでくれよな」

二人が固く手を握り合うのを、胡夏夜はきょとんとした目で見守っていた。実際、彼女には経営・生産のイロハがわかっていない。何かといえば「資本家は敵だ」の一言で片づける。この工場は元資本家の所有なので潰してもかまわない、という論法なのだ。

翌日、恭と陶厳陽は港湾局に孫憲正を訪ねた。あの蘭州の収容所で同室だった男だ。

夕食をともにしながら荒れ果てた工場のようすを語ると、彼はずけっと言う。

「いずこも似たようなものだ。自力更生と叫ぶのはやさしいが、外国の資本でも導入しないことには回復は至難だよ。ただし、君のひどい工場を一見しただけで、よほど殊勝な慈善家でないかぎり手を引くのは目に見えているけれどな」

「では、どうすればいいのですか」

「陶厳陽同志の言うとおり、錆落としに油差し。当分はそれで食いつなぐことだな」

恭は工場の写真を撮り、ノート五冊分もの報告書をまとめて、中央政治局の李大則に送った。もちろん、担当者の無能ぶりから改善策までたっぷり書き込んでのことである。

「そんなこと書いて。また冷たい飯を食いたいのですか」

陶厳陽は本気とも冗談ともつかぬことを言った。

4

待つこと久しく、李大則からの電報が届いたのは翌年五月半ばのことだった。「陶厳陽同志同伴、北京に来られよ」というのだ。七分の期待、三分の不安を胸に宿しながら、指定された一流飯店に入ると、奥まった部屋には先客がいた。

立ち上がった三人を見て、恭は胸がうずき涙腺がもろくなった。桃扇と雪鈴、それに有日子までがいるではないか。雪鈴は、わが娘ながらまぶしく成長していた。よそですれ違ったら別人として見過ごしたことだろう。それに比べて、桃扇はともかく、有日子からは往年の輝きが消えていた。無理もない、指折り数えればもう七十歳前後なのだから。

三人は、雪鈴のリードで口をそろえた。日本語である。

「お久しぶりです。ちっともお変わりなくて、とってもお元気そう」

その演出に、恭は再び熱い涙が堰を切るのを感じた。

そこへ、「やあっ」と手を挙げて李大則が来た。

「手術の結果、視力は回復したよ。おかげで世の中がよく見えるようになったのはいいが、楊貴妃並みの愛妻がすっかり婆さんになっていたのには参ったな」

「同感です」

陶厳陽が相づちを打ち、三人は肩を擁して笑った。

それから振り向いて、李大則は二人の若い男女を差し招いた。

「息子に娘。どちらも大学で学んでいる。宝恭工場長と陶厳陽次長とにあの節のお詫びをしたいと言うものだから、目障りだろうけれど連れてきた」

それからは皆のように「あの節」と言った。その語彙だけで通じ合える苦い体験を一時期共有したものだった。

乾杯して酒が体に沁みると、どことなくぎくしゃくしていた間がほぐれた。「十年過ぎたよな」「十年過ぎましたよね」――何かと言えば、そこに帰着する。それ以上の思いは、めいめいが噛み締めるほかない。

「レポート、読んだよ」と、恭が最も聞きたいことに李大則は触れてきた。「それと関連して、まだ先になりそうだが、台湾同胞を歓迎しようという動きが出始めた。政治色のない故郷訪問団を民間レベルで組織して大陸旅行にお出でください、といった誘いをかける。ねらいは、あくまで華僑資本の資金獲得にある」

「なるほど。では、王商会が大連や上海に復帰することもありえますよね」

「約束はできぬ。しかし、先方が資金を出してくれれば断わる理由はない。そういう考えを持つ進歩派——昔なら走資派として排撃されただろうが、時代は変わって、柔軟な思考のできる者が中央政界にも出てきた。というより、上海の実務派出身者の発言力が強まった。中国を富ませるためには、政治と経済とを切り離して実務を取ろうというのだ」

「経済交流は大歓迎です。私的な話ですが、台北に兄の良がいます」

「調べさしてもらったよ。しかし、宝良軍医務局長は、一足違いで日本に飛んでいた」

「どういうことでしょうか」と有日子が割り込んだ。「つい最近、台北にいることを知ったばかりですのに」

「こちらの調査では、定年退職後、日本の病院に迎えられた。——そこまでしかわかっていないのですよ、お母さん」

「まあ、日本に渡ったのですか。そういえば、わたしを島原に迎えたいと言っていました」

「お祖母ちゃん、日本に帰るの？　わたしも行きたい。長崎大学の医学部が憧れなの」

雪鈴が目を輝かすと、桃扇が止めて言う。

「伯父様がどこにいらっしゃるのか、まだ正確なことは誰にもわからないのだから」

「お母さん、日本国籍でしょう？」

「そう言われれば、そのようね。あまり考えたこともなかったけれど」

恭は内心、動揺を禁じ得なかった。妻は日本人なのだ。もし彼女が「日本に帰る」などと言い予感がする。

出したら、どうなる？　娘の日本留学願望とからみあって、早晩、めんどうなことになりそうな

「あ、そうそう」李大則は娘に鞄を開けるように命じた。「宝恭同志に、日本国籍に関する証人指名が来ている。書類は無砦人民公社から第一三五鎮を経てこちらに転送されてきた。その北京師範大学日本語学科助教授・宝城院桃子という人名に覚えはないかな？」

「宝城院桃子助教授ですか。急にそう言われても……」

恭が否定気味に言ったら、俄然、有日子は目を輝かした。

「宝城院？……その姓に覚えがあります。わたしの日本名は宝城有日子。ですから、記憶の片隅にとどまっていたのです」と言ってから、恭に対した。「ほら、恭君、あなたが小学生だったころ、一家上げて、新京から大連へ夜行寝台に乗ったでしょう。あの時、同室だった女の子。あの子、はきはきと名乗り、東京に帰ると言っていた。その人よ、宝城院桃子というのは。お祖父さんは東京帝国大学教授で、先祖は子爵家、とかも……」

「言われてみれば」と恭は別のことに思い当たった。「中学三年生の夏、福岡の飛行場造りに行っていた留守に、東京から女学生が訪ねて来た、と下宿の小母さんから言われたことがあった。それが宝城院桃子だったかも？……どういういきさつで、この宝恭を証人に指名したのかは知らないが、これも何かの縁。よし、署名を引き受けましょう」

5

「なになに、『上記の人物が日本国人であることを証明します』か。

証人1、共産党中央委員・首都圏国営工場管理部門総務・王梅
証人2、牛家村老共産党員・夏紋（栄誉共産党員・故李翰夫人）
そして、証人3が、この宝恭ということか。では、肩書はどうします？　第一三五鎮模範政治囚、とでも？……」

恭が皮肉っぽく言ったら、李大則は大笑いした。

「それを言われたら、こちらは大食漢大糞奸でしかなかった。あの牢獄に流されていた八年間というもの、宝恭・陶厳陽両同志には迷惑のかけっぱなしだった。もし二人が一緒でなかったならば、現在はない。復権どころか、とっくにくたばっていただろうよ」

「それはいいとして」と恭はビールをあおった。「この二証人に面識はおありですか」

「王梅女史は元八路軍の遊撃隊長、故李翰老は日本軍一個中隊を殲滅させた英雄。その二人と宝城院桃子助教授とがどこで関わったのか、今のところ詳細はつかんでいない」

「宝城院桃子さんですけど、日本国籍証明を得たあと、どうなさるおつもりですかね」

「民衆の間には日本人排斥熱が根強く潜在しているから、北京にとどまるのは至難のわざだ」

「その一方では観光客として呼び寄せたいし、経済援助もほしい。矛盾はありませんか」

「間違ってならないのは」と李大則は念を押した。「政治は中国、経済は台湾。やがて我々は台湾を掌握する。こちらが中核で向こうは従。——それが鉄則だということだ。むろん、口にしてはならないよ。資金援助だけを引き出さねばならないのだから」

「そんな虫のいい交渉は至難ですよね。あの胡夏夜女史にはできそうもない」

「いや、王商会が経営に乗り出すならば党は手を引くのが当然だ」

「そこまでお考えなら」と恭は膝を打った。「取り組む値打ちは十二分だ。当たってみましょう。この話、くずれてももともとだから」

「ねえ恭君」と有日子は言う。「わたしの日本国籍証明が取れたら、雪鈴と二人、一足先に長崎に行けないかしらね。王戴天さんなら、やってくれそうだけれど、どう思う?」

「今それどころじゃないんだよ、お母さん」

恭は溜め息を大きくついた。

その年の夏、勤め先の大学の休みに桃扇が上海に来た。このような安らぎの一週間を過ごせるのは十一年ぶりのことである。嬉しくないわけはないが、物足りないのは雪鈴がいないことだ。恭は何かといえば、四、五歳のころの娘の言動をなぞりたくなる。

「あなた、雪鈴を愛玩動物《ペット》と思っているみたいね。あの娘《こ》、りっぱな大人ですよ。だって、わたしがあなたに初めて出会った年齢ですもの」

そう言われて、恭は苦笑するほかない。

桃扇が上海逗留中、台湾からの経済視察団約五十人が飛来した。夫婦そろって空港に出迎えに行くと、王戴天の特徴ある短軀はすぐに見つかった。さすがに頭髪は薄いが、眼光の鋭さは三十数年前と変わるところがない。

恭が「熱烈歓迎　王戴天台湾同志」と書いた旗を振ると、せかせかと歩み寄って来た王戴天は開口一番、

「よーっ、宝恭君。タクシーを呼んでくれんか。わしの工場が見たい」

「だけど、視察団からはずれての単独行動はまずいのではないですか」

「この大人数だ、わし一人くらい抜けてもわかりはしまい。さっと出て、さっと戻る」

「まあ、いいでしょう。お連れは？……」

「老妻も来てはいるけどな、かえって残しておいた方が隠密行動には至便だ。それから、工場の車は運転手ごと空港に待機させておいた方が人目をくらましやすい」

タクシーの中で、王戴天はメモを恭に渡した。

「そこに宝良ドクターの住所が書いてある。いろいろあってな、兄さんは第二の人生を島原で花咲かせることにされたよ。温泉療養施設の診療所長がその肩書だ」

「そうですか、台北で兄は王戴天さんのお世話になったのですね」

「兄さんは台湾で結構な余生が送れるはずだったが、ちょっとまずいことがあった。秘密警察のリストに、上海に一人、気になる人物が浮かんだらしい」

「わたしのことですか」

「政府高官の身内にアカがいる、というので、嫌がらせがあったようだ。ちょうどそこへ九州医専時代の旧友からの誘いがかかって、チャンスとばかりに日本へ渡った。なんでも島原はお母さんの里だそうだな」

「どこか変ですよね」と恭は怒った。「わたしはアカどころか、そのアカに追われて不毛の地に九年もいた。大学教師の妻だって、山東半島の漁村に流されていた」

「まあいい。お互い、政治や国には翻弄され続けだったからな」

工場では胡夏夜と陶厳陽とを案内役に、王戴天は一言も言わず、また表情も変えず、扇子を頭にかざして足早に一巡した。その茶色の炯々《けいけい》たる眼光は何を見たのだろうか。

6

王戴天は上海を「三十年間ねじ巻きを忘れた時計」と評した。その表現を借りるならば、彼は柱時計のねじ穴二つに、ゼンマイがぶっちぎれるほどの巻きを掛けてから上海を飛び立ち台湾に帰ったといえよう。

恭の周辺は、ちょうど彼自身が体験した少年期のようにあわただしく動いた。その一つは、次兄・良の居場所が知れたことである。そして二つめは、造船工場が閉鎖されたことである。

恭の一家はそれぞれの思いを込めて、良宛に手紙を書いた。恭は別離以来三十数年の身辺の移り変わりを、有日子はそのことにプラスして亡父の里・島原への思いを、桃扇は国籍問題への助言を求め、雪鈴は長崎大学医学部志望の旨を、というふうに書き送ったのだった。

一方、政府と党は突然、造船工場の閉鎖を命じ、従業員九割の解雇を申し渡してきた。胡夏夜書記、恭工場長、陶厳陽次長を初め百人は居残ることになったものの、仕事といえば工場の解体と機材の搬出が主である。

従業員に対する馘首《くび》申し渡しは胡夏夜書記が行なった。同じ職場仲間としての同情心を持つ恭にはできかねる業務だったが、党務一辺倒の女史の強み、極めて事務的に処理してしまったものだ。陶厳陽は恭に向かって、事務所の壁に掛かる毛沢東の書を指差した。そこには「人民の為に服務しろ」と、極端に右上がりの癖のある文字がおどっていた。

それから一月後、良からの返事が届いた。

拝復。一別以来三十と五年、貴君並びに貴君一家からのお懐かしい書信を頂戴し、感涙滂沱《ぼうだ》としてとどまることを知りません。

既に学友の三木洋介君から、蘭州で君と出会ったこと、右派・走資家と断じられて辺境に流されているが健康状態や待遇は決して悪いもようではなかったこと、等々が書き送られてきました。ただちに返信を送るべきところ、収容所宛ではばかられて釈放を祈ること切なるものがありました。今回、刑期を終えて上海に帰られ、造船工場長に昇進の由、衷心より慶賀の至りです。

小生は台湾での公務を終え、日本は島原の診療所に勤務するようになりました。それもこれも旧友・三木洋介君の誘いによるものです。台湾には軍人の長男一家、ロサンゼルスには医師の次男一家が、生計を立てていますから、ご安心下さい。

さて、台湾では王戴天氏と交遊がありました。人はこういう出会いを奇遇と呼ぶ。しかし、小生は必然的だと愚考します。二人は会うべくして会ったからです。

あの人は逆境をプラスに転ずる稀有《けう》の大人物です。老いることを知らず、中国が政治的・経済的に一大転換期に入ったことを見越し、戦前、戦中、大連・上海・天津・広東などにあった王商会系列会社・工場・商店などの返還を中国政府に迫ると腕を撫《ぶ》しています。具体化されれば、貴君の造船工場にも新風が吹くものと思われます。

さて、王戴天氏が伝えたという小生の退職に関しての風評ですが、懸念される材料は何もありませんので、どうぞ念頭から払拭下さい。それを言うなら、小生の経歴が貴君に悪影響を及ぼす可能性について深く憂慮するものです。

小生の島原行きは、「島流し」ではなく、若いころお世話になった日本を「第二の古里」に選んだまでのこと。この志は今に始まったことではありません。母君を島原に「帰す」ことは小生の長年の夢だったのですから。その点、ご賢察を。

母君からは、亡父の故郷に移住したいとの申し出がありました。「自分の祖国は日本にあらず」と強気だった昔とは異なり、かなり気弱になられた感があります。孫娘の雪鈴も一緒にとの希望です。国費・私費留学のどちらにしろ、当方としては受け入れ快諾。愚妻も、娘を持たなかっただけに、そして現在、二人の子が巣立っていったあとだけに、新しい姑娘《クーニャン》の飛来を待ち望んでいます。ただし、医学部はハイレベルですから、こちらの予備校で受験勉強された方がいいでしょう。

母君の日本国籍取得は比較的スムーズに運ぶことでしょう。奥さんと娘さんの件については慎重に対処して下さい。中国の法体制はこれから徐々に整っていくでしょうから、決して早まることのないように。

なお、小生はできるかぎり長く余生を日本人の医療に尽くすつもりでいます。日本が小生を受け入れてくれるのなら、運命を享受するのにやぶさかではありません。

「蓬萊弱水《ほうらいじゃくすい》の隔たり」という言葉が中国にはあります。蓬萊は東海にある仙人の住まう島。弱水は西方海上にある鳳麟洲《ほうりんしゅう》をめぐる水。両者の隔たりは三十万里もあるそうです。

仮に蓬萊が日本なら、鳳麟洲は中国。二つの国の間にある弱水——東海が三時間ほどで結べる時代。われわれ兄弟の再会の日の近からんことを祈念してやまないものです。……

読み終えてから、恭は何度となく「蓬萊弱水」を口にした。さすがに教養ある兄だけのことはある。だが、中日二国間に横たわる東海は、政治的・外交的にまだ遠い。今すぐに往来できるものではないのだ。

7

王戴天が上海に再来したのは、明くる年の七月末のことだった。

まぶしい真昼時《まひるどき》、彼はすっかり更地《さらち》になった造船工場跡を見て回り、「ふむふむ」とうなずいては青写真に目を落とし、随行する部下たちにあれこれと指図した。もうこの段階では、恭ら工場幹部は視野外に置かれた感がある。

予期していたとおり、王戴天は申し渡した。

「ご苦労さま、君たち三人の仕事は終わった」

「馘首《くび》ということですか」

と陶厳陽は血相を変えて詰め寄った。

「そういうことだ。王商会はこの場所に半官半民の造船公司《ゴンシー》を設立し、三年計画で新工場を建設する。したがって、共産党から派遣の書記は不要。追って工場が新設された時点で、工場長は台湾から、副工場長兼経理担当幹部は中国政府から、それぞれ有能な人物が配置されることになろう。その間は、工事担当の建設会社が日本から入る。従業員募集は二年半後。教育期間半年で技術者を養成する。国営工場時代のなまくらどもは再採用なしだ」

恭はむっとした。

「わたしも、そのなまくらの一員だったというわけですか」

「易々《いい》として大釜飯《ターフーハン》を食った点では、まあ似たようなものだ」

「大釜飯」とは日本流にいえば「親方日の丸」ということになろう。悔やしいが、彼の指摘は正しい。この国営造船工場は文化大革命以来ほとんど機能しなかった、そのくせ、従業員は食うのに事欠かなかったのだから。

「おれはもう六十だ」と陶厳陽は地面を靴先で掻いた。「たいていで休め、と天帝がお告げになられているようすだな」

「そう、男は潔い諦めがかんじんだ。そちらの老嬢は党が引き取るとして、宝恭君には別の用件がある」

「警備員に採用されるのならお断わりです。わたしにも面子《メンツ》というものがあります」

「これから開ける新世界に面子とか体面とかは不要よ。中国と日本、中国と台湾はいうに及ばず、全世界との往来に備えて旅游社が必要だ。そこで我が商会は空港前の新設ビル内に事務所を開設する。よって、君をそこの所長に任命する。命令だよ、これは。それから陶厳陽君だが、日本語がうまい。六十過ぎても通訳は勤まろう」

「なんてことだ、こちらの考えをまとめる暇なんてありはしない」

と陶厳陽は心底から呆れたという顔をした。しかし、まんざら嫌でもなさそうだ。

「それで、その旅游社の社長は王戴天さんがじきじきにやられるのですか」

恭が尋ねると、王戴天はさもおかしそうに高笑いした。

「社長はすでに選んである。意外性というやつを君らは大いに学ぶべきだ。中国は野郎自大の気風にあぐらをかいて百年一日のごとく沈滞しきっていた。新風が吹こうというのに、くしゃみして赤い鼻水垂らして『毛沢東文選』を読んでいるばかりが能ではない。忘れてはいませんか。身近な人物に焦点を当てたまえ、宝恭君。美人で頭が切れて、中国語・日本語・英語・ロシア語までがこなせる。驚いたか」

「驚いたも何も……。それで、母は承諾したのでしょうね」

「とぼけているのかね？　引き抜くのは、若い方。上海で一緒に住めるのだよ、君。給料も天津大学講師の一挙十倍。悪かろうはずはない。それとも、奥さんの部下ではまずいかな？」

恭は、ついていけないものを感じた。確か七十代のはずの王戴天の頭脳は、四十代のような回転の速さと抜群の切れ味とを持ち合わせている。それにしても、いつ、どうやって、天津の妻と連絡し合ったのかも謎である。

「よし、それで決まりだ」と王戴天は手をかざして夏空を見上げた。「晩餐はあの上海大厦《タースァ》で摂ろう。夜八時。わしの奢《おご》りだ。招待客は上海市幹部。全二十人分、テーブルの予約を頼む。それから、ツインルーム二つ、もな。では、それまではお互い別行動だ」

恭は陶厳陽を伴い、上海大厦に予約をすましたあと、空港へ工場長専用車を回した。このニッサンの、積算距離計三回転めという中古車に乗るのも今日限りのようだ。

空港周辺はいたるところ工事中で、車の置き場所もない混雑ぶりである。

王戴天が言った新設三階建てのビルは窓ガラスの取りつけ作業が進んでいて、紙片やチョークの書き入れがそのままだ。入口の真新しい案内板のトップに「王商会上海支社」、二段目に「中日友好旅游新社虹橋空港事務所」の文字を認めて、二人はそれを手でなぞった。ここが新しい職場となるのだと思うと、期待と不安とが胸に交差する。

「人使いの荒いお人ですな」と陶厳陽は王戴天のことを評した。「本社が台湾だからいいようなものの、身近にいられたら命が縮まりそうだ」

「あれだからこそ、世界に雄飛できるのだろうよ」

「それはいいけど、宝恭事務所長、奥さんの尻の下に敷かれても平気ですか」

その新社長とは上海大厦で引き合わされた。紅一点の桃扇は、白地に空色の朝顔をあしらった夏用の涼しげな和服を着て、絹張りの濃紺の扇子を優雅に使った。夫の恭の目にも、彼女の精神の高揚ぶりがありありと伝わってくる。

8

宴果てて、恭は客人をそれぞれタクシーに乗せて帰したあと、桃扇を振り返った。

「では、われわれも帰るとするか」

「帰るって？　どこへ？」

「あたりまえだろう、君のその美麗な和服が汚れそうな我が家へだ」

それには答えず、桃扇は帯のあたりをたたいた。恭が目をやると、朱色の帯にルームキーが下がっているのが見えた。

「あの男！……」

と恭は絶句した。今になって、王戴天のツインルーム予約の意図が読めたのだった。

「さあ、行きましょう」

桃扇はルームキーを帯から抜いて恭に渡した。

「1111、ラッキーナンバーだな」

その十一階の十一号室のドアを押して、恭はあっけにとられた。なんと有日子と雪鈴がいたのである。

有日子は顔をほころばした。

「淑女の部屋に断わりなしに入るものではありません。わたしのしつけが悪かったのかしら。あなたたちはお隣の十二号室のはずよ」

恭はコンコンと頭をたたいた。王戴天にやられっぱなしである。

「お父さん、どんな家に住むの、これからは?」

と雪鈴が尋ねた。

「今いるのは昔の日本人街で、ベッド一つきりのワンルーム。バス・トイレなし」

「違うったら。わたしたち、大連を引き払って来たのよ」

「何だって?……まさに寝耳に水だ。四人が住めるようなところではない。それならそうと、前もって相談してくれないことには困るじゃないか」

振り向くと、桃扇はしきりに扇子を使っている。素知らぬふりを装っているが、その横顔には余裕が読み取れる。

「家を見るのは明日にしよう。お母さんが案内してくれる、とよ。なにしろ、お母さんは偉いのだから。旅游社の社長だよ。そしてこのぼくは、その部下の所長どまり」

「ひがまない、ひがまない」と雪鈴ははしゃいだ。「わたしね、まだ四つか五つかだったころ、このホテルがお父さんの住まい、すぐ下に見えるのがお父さんの経営する工場。お父さんって、なんて偉いんだろうと思っていた」

「そして今、幻滅を感じている」

「いいえ、お父さんは今でも偉いわよ。家族が一緒に住める夢をかなえてくれたんだもの」

桃扇はポンと音をさせて扇子をたたんでから、口をきいた。

「話は明日にしましょう。朝食をすましたら、家を見て、雪鈴の転校先を確かめて、それから駅に行って荷物を受け取るのよ。忙しくなるわよ、明日は。お祖母ちゃん、動けるかな?」

「見くびってはいけません。王戴天会長は、その昔、わたしにぞっこんだったから、あの人に醜態を見せてなるものですか」

「その意気その意気」と雪鈴は煽った。「お祖母ちゃんは昔の恋人に荷物を運ばせる気でいるのでしょう」

「そうよ、上海はおろか日本までもね」

皆はどっと声立てて笑った。恭は思うのだが、上海での家族四人の生活もさして長くはなさそうだ。有日子にしろ雪鈴にしろ、今は日本を志向しているのだから。

その夜、恭も桃扇も若い恋人のように燃えた。二人は一糸まとわぬ体を合わせたまま、黄埔江の夜景を長いこと見下ろしていた。

動物園隣の外人専用アパートの四階が、恭たちの新しい住まいとなった。ここなら空港はすぐ近くだし、雪鈴の行くことになる華僑系の私立高校にはバスで三十分弱の道のりである。王戴天の気配りときたら、それこそ目から鼻に抜けるようで、大連・天津からの二世帯分の荷物はとっくに新居に届けられていた。

転居第一夜、恭一家は、王戴天会長と造船公司準備室長の秦太源《チンタイユァン》夫妻、それに陶厳陽夫妻を、空港近くの日航ホテルに招いて晩餐をともにした。

王戴天は有日子と並んで座り、「光栄です」を連発した。それを見て恭はひそかに苦笑した。「ポインターがパグ連れて歩いている」と、小学生だった恭はまわりを笑わせたものだ。むろん有日子がポインターで王戴天がパグなのである。

「大連にも支社を設置しましたよ」と王戴天は言った。「宝城有日子さんが茶房を続けられていたら、うちの社員たちもお世話になるところだったのに」

「お婆ちゃんの煎れたコーヒーなんぞ、若い人が飲むものですか」

「なんのなんの、あなたは昔のように美しい。満洲一だ」

「まあ、その殺し文句、四十年前に聞きたかったわ」

「その支社ですけど」と雪鈴は目を輝かした。「日本の福岡辺りに新設なさいません、王小父様？　将来、そこの支社長なら引き受けてもいいと思うの」

9

王戴天の描く商会の未来像は、恭の頭脳が追いかねるほどに壮大である。上海に限っても、一造船工場、一旅游社の新設経営はほんの序の口。造船を母体に海運業・貿易業に進出する一方では、旅游社から手を広げて観光業はもちろんバス・タクシー会社に発展させ、さらにホテル・遊園地・デパートまでをも傘下におさめようというのである。

「どうでしょうな、東村桃子社長」と王戴天は桃扇を日本名で呼んだ。「大型バス三台、小型バス五台、商用車七台を送り込もうと考えています。日本人観光客を空港からホテル・駅・公園などに送迎するのが主たる業務。そのうちには蘇州《スウチョウ》・杭州《ハンチョウ》・南京《ナンチン》へとバスを運行させる。一方、北京―東京間に空路が開通されれば、双方に支店を置かねばならなくなる。この国は観光資源が未開発だ。先手必勝、決して他社の先行を許してはならない」

「そうですとも、日本人観光客を誘致するためには、中国内にとどまらず、まずは福岡に支店をつくり、日本の旅行社とタイアップしなければなりません。それに通訳の確保のために、外語専門学校も創設したがいい。そこの校長には、お母さんが適役」

「さすがだ、東村桃子社長。わしが選んだだけあって先が読める。ご主人にはもっと大きな勉強をしてもらわねばならない。営業で内外を飛び歩くことになろうが、専門の造船にとどまらず、関連産業を見学してほしい。そして五年先には、王商会の上海部門を統括する地位に就いてもらう。それが、わしの長期戦略だ」

恭は驚嘆し、かつ反省した。そういう含みがあるとは知らず、従業員千名のトップの座から十名そこそこの部下しかいない所長に格下げされたことを内心快くは思わなかったものだった。

「その重責には応えられそうにもありません、単なる一技術職に過ぎないわたしごときが」

「なあに、やれるさ。まだ五十だろう。わしは八十でもこのとおり飛び回っている。一月前にはヨーロッパからアメリカを回ってきた。つくづく思ったのは、これからは中国と日本の時代だということよ。世界制覇の野望に燃えていた白人種は疲れた。中国十億の民衆に、敗戦国から立ち上がった日本の奇跡を学ばせねばならない。正直言うと、造船業も世界の趨勢からは遅れている。だが、中国はまだ自転車の時代。乗用車が普及するのは二十一世紀になってから。だったら、追い越せないにしても、日本の軌跡を追うことができる。奇跡は巻き起こせないまでも、軌跡なら辿ることが可能だ。わかるかね、宝恭君？」

「やりましょうよ、所長」と先に陶厳陽が話に乗った。「桃扇社長も耳を貸してください。日本から中古バスを仕入れるのです。こいつを中核都市のホテルに貸しつけ、市内観光をやらせる。なあに、昔の国民党地下組織時代の仲間たちが全国に散らばって冷《ひ》や飯《めし》を食っている。こいつらを所長に登用すれば成功疑いなしさ」

恭の脳裏に、その時、天啓のように一人の人物が浮かんだ。あの男——鳥丘修一郎という商才に長《た》けたあいつ。あいつ、今ごろどこで何をしているのだろうか。

それを言うと、有日子が真っ先に笑った。

「鳥丘修一郎君、ね。忘れるものですか、あのヒョッコヒョッコ歩きの少年でしょう。でも……」と急に眉をひそめて、「徳安八郎大尉の遺骨を満洲里に埋めに行ったきり、それきり戻らなかったわ。預かっていたあの遺骨の半分、そのままになっているわよ」

恭はいても立ってもいられぬ思いに駆られて席を立った。日本に電話を入れられぬかと受付で聞くと、福岡なら通じるとの返事だ。そこでものは試しとばかり、蘭州でもらった名刺にある檀哲先生の高教組本部の番号を告げた。

三十分後、電話は通じた。先方はびっくりしたようすで何度も「上海から？」をくり返したのち、檀哲委員長と代わった。

「先生、お元気ですか。はなはだ急ですみませんが、調べてほしいことがあるのです。鳥丘修一郎君を覚えてありますか。ほら、戦時中、先生の道場に出入りしていた県立中学生。その連絡先を知りたいのですが」

「ああ、あの君《くん》なら横浜にいるよ。自分で小さな貿易商社をつくり、自転車やバイクの古物を東南アジアに売りさばいて儲けている」

恭は興奮を禁じ得なかった。われながら何というひらめきなのだろうか。ずばり、こちらの用向きにかなっている。住所と電話番号を控えて、席に戻ってそのことを話すと、有日子はもう目いっぱいに涙を浮かべた。

「あの人、無事に帰国していたのね。これこそ、王戴天さんの言われる奇跡よね」

「そうではない」と王戴天は表情を引き締めた。「念ずれば通じるのたとえどおり、気だよ。こちらから送った気と相手の気とが共鳴したまで」

翌朝、鳥丘との電話連絡が取れた。彼は、そちらからでは電話料負担が大きいだろうからと、折り返し電話を入れてきた。そして長々と、別れて以来のことを語った。満蒙国境に徳安大尉の遺骨を埋めたあと満洲全土を放浪したこと、朝鮮戦争に巻き込まれ国連軍の捕虜になったこと、それから日本に帰国し金属回収業兼貿易業をやっていること、などが主な内容だった。

中古のバスを扱わぬか、と尋ねたら、鳥丘は笑い飛ばした。

「バイクもバス も同じ古鉄。古鉄を生かすも殺すも、そちら様の勝手ということよ」

10

話は少々年月をさかのぼるが、宝恭が林愛香こと宝城院桃子の日本国籍証明申請書に第三の証人として署名してから二か月後――。

その桃子は、東京生まれの日本人という旅券を手に、中国民航機で北京空港を飛び立った。機内には「サクラ、サクラ、弥生の空に……」の懐かしいメロディーが流れている。

さようなら皇甫、さようなら北京、さようなら中国……。「再見」と言うべきなのだろうが、この際、愛してやまないその言葉は思いきって捨てることにしよう。さようなら、三十五年の中国生活よ、そこで出会った多くの人々よ。もう再び相見ることもあるまい。

いったん上海に寄港し、再び飛び立つ。今度こそ、ほんとうに中国国土とは「さようなら」だ。

日本人のスチュワーデスが英語で飲み物の好みを聞いてきた。

「むろん日本のお茶をいただきます」

と桃子はほおえんで日本語を返した。

「お客様、日本は初めてですか。北京のお人は、お化粧なさらないのにお肌が羨ましいくらいおきれいです。それに日本語がすごくお上手ですこと。どちらで学ばれました?」

「そう、ありがとう。わたしの日本語、今の東京で通用しましょうか」

「お客様は、わたしどもよりずっと素敵な標準語をお使いになられています」

隣席の老婦人も桃子を中国人と見て声をかけてきた。

「日本茶、お好きですか。本場中国にはいいお茶がありますのに」

「これからは日本茶になじまないと……」

「それもそうですね。わたしは戦時中に北京で十年も日本赤十字病院の看護婦をしていました。だけど、恥ずかしいことに、とうとう中国語を覚えませんでした」

「そうでしたか。北京はどちらにお住いでした?」

「天壇公園《てんだん》の近くでした。ツアーで来たものですから自由行動が取れず、昔住んでいた場所とか勤め先を訪ね当てることもできなくて、それが心残りです。もう年齢が七十代ですの。再見とは言ってきたものの、とても言葉どおりにはいきそうにありません。再見とはいい言葉ですよね。日本語のサヨナラとは段違いです」

桃子は、母に思いを馳《は》せた。瀋陽での別れぎわ母の叫んだ「再見」の声がよみがえる。

「王府井《ワンフーチン》のデパートで買い物をしましたのよ。襟巻・スカーフなら安いし荷物にもなるまいと沢山買い込みましたの。そうそう、あなた、見ていただけないかしら?」

しばらくは老婦人の相手をさせられたが、そのうち煩わしくなってきた。それというのも、彼女を介して日本語の達者な中国婦人がいるというので、同じ団体の客が入れ替わり立ち替わりやって来ては、土産物《みやげもの》の品定めの相手をさせられるからである。

「申し訳ありませんが、少々疲れたので眠らしていただきます」

そう断わって、桃子は窓に頭を寄せた。目を閉じると、捨ててきたはずの中国の思い出が、順不同のまま脳裏をめまぐるしく駆けめぐった。そして同時思考の形で、これから向かう東京の姿が不鮮明な映像を投げかけてくる。……

やがて機内アナウンスが「九州上空通過中。まもなく瀬戸内海にさしかかります」と知らせた。

桃子は、はっとした。いつか眠っていたらしい。そして祖父の夢を見ていた。右手奥はその祖父の里、愛媛のはず。目を窓外に向けると、やたらまぶしい白雲が見えるだけだ。そうとわかると、また目を閉じるほかない。

しかし、東京が近いと知れば知るほど、鼓動は高まる一方だ。やたら沸き上がる興奮を鎮めるためには眠るにしかずだ。……

「羽田空港には予定通り正午に到着します。東京は晴れ、摂氏二十度です。……」

との放送に、桃子は安全バンドを締め、窓にきついほど顔をすり寄せた。

いよいよ東京。三十五年ぶりに見る東京だ。目に入るものいっさい、それこそ一物たりとも見落としてなるものか。

海は光り輝き、黒色の切り紙細工のような船舶を浮かべている。ビルも道路も、そこを流れる車も、模型のようにかわいらしい。夢を見ている、とすら思った。

これが東京? これが東京なのね! 十五歳の少女が脱出後に焦土と化したというあの東京は、もうどこにもない。

全財産のトランクを押して進むと、送迎ゲートの向こうに両親の姿を発見した。

白く薄い頭髪、縮んで丸くなった背。しかし、疑いもなく写真で見た宝城院道雄・慶子である。その傍らには、カリコフの巨軀が騎士のように桜子を守って立っている。

「お帰り!」

皆が皆のように競って駆け寄り、手を握り合い肩を叩き合って再会を祝した。

桃子は必死で涙をこらえながら、準備してきた挨拶の文句を引き出そうとした。だが、どこへ消え失せたのか、みごとに忘れている。ただ、涙、涙である。

父はトランクを受け取って黙々と押し、母はハンカチを顔に当てた。

「お母さん、桃子になんとか言ってあげてよ。そんなに泣いてばかりいないで」

桜子がそう言うと、母は聞き取りにくい鼻声で一声やっと口に出した。

「桃子を戦争孤児にしなくてよかった」

11

空港からはカリコフの運転する三菱製ワゴン車で都心へと走る。

ああ、東京！　これが東京！

走る車の窓から桃子は食い入るように街を眺めた。どこもかしこも高層ビルがそそり立ち、見上げるのに首が痛くなるほどだ。まるで断崖下の谷間を通るかのようでもある。

タワーホテルのスカイラウンジで昼食。寿司を中心にした純和風定食。

「久しぶりの日本、その感想はどう？」

姉の問いに、桃子はかぶりを振った。

「浦島太郎の心境に近い。浦島院桃子というところよね」

昼食後は皇居前広場に行く。玉砂利が敷き詰められていて歩きづらいものだから、両親は「ここでいい」と堀端の松影で足を止め、二重橋に向かって最敬礼した。

「宝城院子爵家の末裔・宝城院桃子が長い中国生活を終え、このたび無事帰国したことを謹んでご報告申し上げます」

道雄は声に出してそう言い、桃子にも頭を下げるように指示した。

「おありがたいことです」と慶子も口を添えた。「新年祝賀には何万人もの人々が日の丸の小旗を振って行列して、皇居に入ることを許されるのよ。天皇陛下様とそのご一家が国民に向かって親しくお手をお振りになられると、皆バンザイを三唱するの」

桃子は渋面《じゆうめん》をつくって口をとがらした。

「まだあのヒロヒトなの、日本の天皇は?」

慶子はあわてて手を振り娘を叱りつけたが、かまわず、

「見たのよ、何万どころではなく何百万人もの大群衆が北京の天安門広場をうずめつくして、口々に毛沢東万歳を叫んで行進するのを。そのために中国は大災難に見舞われ数百万人もの無辜《むこ》の民《たみ》が命を落としたり傷ついたりしたわ。天皇陛下万歳の喚呼の声に送られて宝城院一家は満洲に送り出され、あげくの果てに一家離散。いや、宝城院家はまだいい方。あの侵略戦争のせいで中国人三千万人もが虫けらのように殺されたわ。日本人も三百万人もが死んだ。それでもヒロヒトは万歳に答えている? 毛沢東同様に? 戦争責任は部下に押しつけておいて、自身は涼しい顔をして、生き恥をさらしているという意識もなしに。恥を知りなさい、恥を!……」

桃子はやたら興奮し、自分でも論理が支離滅裂になるのを自覚した。

四月から桃子は横浜にある語学専門学校の中国語教師になった。最初、月給二十万円の話に「中国では十年間食える」と仰天したものの、アパートの部屋代を十万円払うと生活はぎりぎりということで、またまた目をむくことになる。そこで昼夜二部制から日曜・祝祭日の短期講座ま

で買って出ることにした。年中無休のまさしくフル回転である。

こうして一年、生活費を稼ぐというより、失った三十五年を一気に取り戻すような勢いで桃子はがむしゃらに働き通した。

「上野公園の桜が咲きましたよ、先生」

年度末短期講座の授業をすましてエレベーターに乗ったら、初老の紳士から声をかけられた。

「先生は、もしかして満洲にいられた宝城院道雄氏のご令嬢では？……」

「はい、そうですが、父をご存じで？……」

「いや、お尋ねしてよかった。当時は満鉄の下っぱ社員でしたから管理局長のお父様を遠くから拝んでいました。いや、私、Z商事の社長をしている湯浅茂《ゆあさしげる》という者です。財界から秋に訪中団を派遣することが決まって、にわか勉強で先生の中国語講座に出席しているのですが、なかなか覚えが悪くて。……それで、先生にご相談したいことがありますので、秘書室長の息子ともども夕食をご一緒できませんか」

気品と押しとを兼ね備えた相手の誘いを、桃子は断わり切れなかった。

「どうでしょう、四月から」と湯浅は高級料亭の一室で短兵急《たんぺいきゅう》に持ちかけた。「うちの社で中国関係の事務を担当していただけませんか。なあ、秘書室長、社員たちの中国語講座講師もお願いする。もちろん、社長の個人レッスンが最優先ではあるけれど」

「いったん切り出したら引くことを知らないのが親父の欠点です」と秘書室長は笑い笑い補足した。「ということで、ぜひお引き受けください。基本給三十万円プラス教授時間手当て。マンションは会社で世話し、こちらから支払います。……」

桃子の新しい仕事は教師暮らしよりも楽になった。秘書室に詰めていて、通訳とか電話応対に当たればいい。そして、勤務時間後二時間、社員向けの中国語講座を担当する。あとは社長への個人レッスン。……

その年九月中旬、湯浅茂が団長の全国経済連合訪中団は、上海から南京を経て北京に入った。その間、桃子は湯浅に付きっきりで秘書兼通訳の役をこなした。

北京での歓迎会には復活成った新指導者の鄧小平が出席し、「白い猫も黒い猫も鼠を捕る猫はいい猫だ」と得意の経済優先策をぶった。

その宴半ば、彼は目をことさらに細めて湯浅に言った。

「いい奥様をお持ちですね、湯浅団長は。中日両国語をお見事にこなされる。美貌の上に体がスリムであられる」

12

鄧小平独特の外交辞令とは思うものの、こればかりは桃子も訳せずに困惑していると、中国側通訳が気をきかして伝えてくれた。

湯浅はにんまり笑って返した。

「先年、妻に逝かれて寂しい思いをしていましたけど、願ってもない伴侶を得ました」

桃子は「あっ!」と声を立てるところだった。このわたしを後妻に? 冗談めかしているが、本音のように受け取られなくもない。しかも、国際的な会合の中においてである。

「あの話、考えておいてください」

エレベーターの中で二人きりになれた時、湯浅は何気ないふうに耳元でささやいた。

「えっ？……何のお話でしたかしら？」

「だからね、日本に帰ってから正式に申し込むつもりにしている。つい公言してしまったことだし、息子にも異存はない」

桃子はどぎまぎした。これは、はっきりとプロポーズではないか。

「まじめなんだよ。返事は帰国してからいただくことにしよう」

桃子が返答に窮しているのを見て、湯浅は話題を変えた。

「あなたは十二分に役割を果たした。そこで、感謝の意味で明日から二日間、正確には一日と半、休暇をプレゼントしよう。羽を伸ばしていらっしゃい。はい、これはお小遣い」

湯浅は封筒を渡す際、桃子の額に軽く口づけした。五十代とはいえ、好もしい男性からの求愛が悪かろうはずもない。それに、封筒の厚みからして三十万円はありそうだ。

翌日午前、桃子は紫禁城の故宮博物館を観覧した。北京在住期間は長かったのだが、観覧といった優雅な気分にひたれる機会には恵まれないままだった。外国人観光客が多い。もちろん日本人団体もあちこちに見られる。

日本語の説明が耳に入った。

「……我が国最後の皇帝・宣統帝《せんとうてい》はここに寝起きしていました。彼は帝位を追われたあと、日本帝国主義にかつがれて傀儡国・満洲帝国皇帝溥儀《ふぎ》となるのです。……」

若い女性ガイドの案内に興味を惹かれて、三十人ほどの日本人団体にまぎれ込む。ついていくうちに、そのガイドが携帯マイクを通して呼びかけてきた。

「先生ではありませんか、林愛香先生でしょう。ほら、北京師範大学日本語学科で学んだ福《フー》容蘭《ロンラン》です。それで、先生もこのツアーに？……」

桃子は小さくなりたがったが、もう遅い。前面に押し出されて挨拶をさせられていた。

福容蘭は誇らしげに言う。

「百倍の競争をかいくぐって上海の中日旅游新社に勤められるようになったのも、先生から日本語を教わったおかげです。中日旅游新社の女社長は桃扇、日本名を東村桃子といいます。同じ社に、も一人、先生の教え子が採用されています」

午後は、あの古巣の国営化学工場付属図書館を訪ねる。顔見知りがたちまち人の輪をつくり、館長の覃紅珍女史が桃子をつかまえて言った。

「二時間、図書館員と工場幹部に特別講演をしてちょうだい。演題は『再びの日本』」

講演後、花束を贈呈した旧友の一人が言った。

「林愛香女史の訪中を祝して、黒斑類の同志たちが思い立って晩餐会をやるわ。京華《チンファ》大飯店に午後五時。約束よね」

桃子はどきりとした。かつてその種の会合を企画したことがあった時、それを妨げたのは他ならぬ館長だった。その表情やいかにと桃子が窺うと、彼女は涼しい顔で、

「仲間の館長を置いてけぼりにすることはないでしょう、黒斑類さんたち」

時世が明らかに変わったのだ、と桃子は思わずにはいられなかった。そのことを身に沁みて実感させられたのは、宴会の場であった。押しかけた五十人もの職場仲間たちは、大いに飲み、大いに食らい、かつ大いに笑った。

「もう、口にガードマンがいらない時代だぞ」

いみじくも孟采冉《モウサイネン》医師が言った。

列席者の爆発的な笑いをよそに、桃子は泣けそうになった。この国ではそういう暗黒の時代があって、ちょうどその時期、桃子は北京で働いていたのである。

宴たけなわの最中、ボーイが来て桃子に告げた。

「お偉いさんが来られて、貴賓室であなたをお待ちです」

「政府要人のことだよ」と孟医師は煙草の煙で輪を続けてつくった。「日本から全経連訪中団が来たというニュースは口コミで伝わっているから、宝城院桃子女史の所在も嗅ぎ当てられた。別の意味では中国は変わっていない。なあに、心配することはないさ、ガードウーマンを何人か付けるから」

桃子が案内されて貴賓室に行くと、黒皮ジャンパーのでっぷりと太った男が夫人と娘を伴いソファーにもたれていた。

「わしを覚えているか。文革の批闘大会の時、あんたと王梅書記とは演壇でつるし上げられたよな。そこで、わしは、あんたをかばうために、『王梅書記のパンティを剝げ』と怒鳴ってやったのさ。それで、あんたは追及を免れた」

13

えげつない言いように桃子は眉をひそめた。

「お礼を言うべきでしょうけど、あの当時のことを何も覚えてはいないのです」

「まあいい、そちらさんにもご都合がおありだろうから。そこで相談だが、恩を売るわけではないけど、あんた、うちの娘を日本の大学に推薦してくれんかね」

桃子がむっとして黙ると、孟医師の言うガードウーマンたちがあれこれわめき出した。

「そうよ、お偉いさんの言われるとおりよ」「なんなら桃子、ここでスカートをまくし上げてメイド・イン・ジャパンのほんものを見せてあげたら」「器量よしの姑娘なら日本で高く売れるから、大学なんか入れないがいいわ」……

酒がかなり回っているから、騒々《そうぞう》しいことといったらない。誰が誰に味方しているのやら見当もつかないありさまだ。隙を見て一人が桃子の耳に口を寄せた。

「使い込みがばれて王梅女史からクビになった元工員の楊隆起《ヤンロンクィ》という嫌《いや》な奴《やつ》。批闘大会で王梅女史とあなたとをつるし上げた張本人。どこでどう間違ったかは知らないけど、今では北京市幹部。威張ること威張ること。悪評たらたら」

言われてみれば、桃子にも覚えがなくはない。

そこへ先ほどのボーイが来て、ぎこちない日本語を使った。

「ニーポンジン奥さん・ホージョインモモコさん、君のことよね?……王梅先生から電話あった。こちら回します。オーケー?」

受話器からは達者な日本語が流れてきた。

「宴会がすんだら、お出で願えない? 素敵なおみやげを差し上げようと思うの」

そこで桃子はわざと中国語の、それも部屋いっぱいに響く大声で応じた。

「こちらにも生き熊の縫いぐるみがあるのよ。受け取りに来てほしいのだけど」

「何とぼけてるのよ、桃子？　ははーん、あなた、ずいぶんと酔っているのね」

「そう、少しはね。何しろ五十人もの乾杯攻撃にさらされてしまって」

「電話に雑音が多いけど、そこに誰かいるのね。誰よ？」

「だから、よく聞いてよ。文革の糾弾大会であなたは殴り倒された。あの時、ぶざまな姿を見かねて、あなたに下着を贈った工員さんがいたことを覚えている？　なんでもね、あなたのその節のご厚恩に報いたいそうよ。娘さんを日本の大学に留学させたいから推薦状を書いてくれないか、とも。ねえ書いてよ。そういうこと、あなた得意でしょう」

「愚にもつかぬこと言っていないで、こちらに来なさい。場所は空港専用道路近くの新居だから、孟ドクターにタクシーを手配してもらいなさい。……ほんとうに桃子、大丈夫？　アルコールの匂いがぷんぷん電話線から伝わってくる」

「それがね、あなたの下にいた元工員で今は北京市の幹部、とっても傑作な人物なの」と振り向いて、クスッと桃子は笑った。「あら、あのお偉いさん、家族ぐるみ消えちゃった。……ごめんなさい、わたし、やっぱり酔ったのかしらね」

タクシーを拾って桃子は王梅の住まいに行った。タクシーが数多く走っていることも驚きだが、エレベーター付き五階建ての新装アパートにもまた桃子は目をみはらされた。

彼女の部屋は三階にあって二十畳分もの広さを保ち、超一流賓館の客室のように清潔だった。その上、一隅にはアップライトピアノまでが置かれ、背の高い電気スタンドの薄紫のシェードからは淡《あわ》い光が丸い輪を床《ゆか》の緞通《だんつう》に落としている。

「すごい！　これ、政府持ち？　東京だったら部屋代だけで給料が吹っ飛びそう」

部屋のあちこちをもの珍しげに見回す桃子を、王梅は荒々しく揺さぶった。

「そんなことより桃子、とてつもないビッグニュースがあなたを待っている。アメリカから老紳士が訪ねてきたの」

「あら、そう。その人と結婚するの？　よかったわね、あなた」

「やっぱり、どうしようもなく酔っている。衣服まで酒くさいこと」と王梅は顔をしかめた。

「皇甫よ。あなたの皇甫凌雲将軍が生きているのよ」

「わたしをからかうつもり？　そのアメリカ老紳士と皇甫と、どう結びつくのよ？」

「まあ落ち着いてよ、桃子。お茶でもどうぞ」

王梅はソファーに桃子を誘ったが、本人はひどく落ち着かないようすでカチャカチャと茶碗を鳴らした。

「何から話せばいいのかな？……ほら、桃子、文革の年、皇甫は西域の沙漠で砂嵐に巻き込まれて行方不明になったでしょう。ところが事実は違っていた。国境線を越えパキスタンの国境警備隊に捕まって中国へ強制送還されようとした。そこで皇甫はアメリカ大使館に連絡した。そこに幸い士官学校時代の友人が居合わせていて亡命に成功した」

「スリルとサスペンスに富んだアメリカ映画みたいなお話よね。それだけの才があるのならシナリオライターとして十二分に食っていけるわよ」

「信じないのね、桃子は？」

「わたしは五十と一歳。あの人、二十年上だから、七十一歳。過酷な条件下を生きのびているわけはない。……感謝するわよ、王梅さん。いい夢を見させようとしてくれて。それにね……」

喉元まで出かかった言葉を桃子は飲み下した。「財界のトップから結婚を申し込まれているの」と言いたかったのだが、はばかられたのだった。

14

桃子はハンカチを目に当て、それを気づかれまいとしてピアノに歩み寄った。

「弾いても近所迷惑にならない？　あなたの演出のままに、あの人の好きだったショパンの『夜想曲』を弾きたいのだけれど」

「桃子の好きにするがいいわ。あの人もきっと喜んで聞いてくれるでしょうから」

弾奏しているうち、桃子の脳裏には一つの美しい光景が浮かんだ。

かつて下放されていたことのある牛家村《ニュージュツウン》の林の中でのことだ。木漏れ日が落ち葉の絨緞をやさしく彩っていた。子供たちのざわめき、小鳥のさえずり、木の葉の舞い散る音、せせらぎ……。ここはオーストリアはウィーンの古城庭園。宮廷楽団の奏でる流麗な曲が辺りに鳴り響いている。そのような夢想にとらわれるうち、木板を拾って促成の鍵盤に見立てた。そして気の向くままに「演奏」したのが『夜想曲』。どのような逸品のピアノであろうとも、あの時の名演奏を超えられる曲を弾けたものではない。……

そのうち桃子は、両肩に手の重みを感じた。あの林の中では、子供たちがぽかんと見とれていたものだった。

「王梅さん？……」

振り仰ぐと、皇甫の顔がすぐそこにあった。信じられない。どう見ても、六十がらみの淡青ダブルの背広がよく似合う品のいい紳士である。

「あなた?……ほんとに、あなたは皇甫凌雲?……夢みたい」

「そうとも、皇甫凌雲だよ。夢なんかでは絶対ない。君も若いよね、桃子」

二人は痛いほど強く抱き合った。

「ここが誰の部屋かということを忘れないでね」と王梅がからかった。「若いとはいっても、きつい抱擁は骨の敵ってこと。楽しみはあとでごゆっくり。それより、中国の酒、飲む? 日本酒? それとも、ウィスキー?」

「もちろん、中国の酒だよ。桃子、君は?」

「皇甫、あなたと同じよ」

この選択には大きな意味がこもっている、と桃子は感じ取った。たかが酒、ではないのだ。その背景が重い。日本人から中国人へ、中国人から日本人へ、と桃子の国籍は二転した。今はもうれっきとした日本人であり、皇甫が出現したからといって今さら三転はできそうにない。そして、話のいきさつから推測するに、大切な皇甫はアメリカ国籍なのだ。

「まあ、いいか」と桃子は気強く笑った。「国際化時代ですものね、世界三国を飛び歩ける幸せを味わうことにしましょう」

未明まで三人は語り明かした。それからソファーにもたれ合って仮眠をとった。

目を覚ますとすぐ桃子は、皇甫を置き去りにして全経連訪中団の宿泊先に駆けつけた。湯浅をロビーに呼び出し、辞表を差し出して切り口上に告げる。

「会社を辞めさせていただきます」

「これは君、どういうこと？……北京にとどまりたい、とでも？……」

寝起きの悪い湯浅は、あきれたという顔をして内ポケットの眼鏡を探した。

「眼鏡なら、額《ひたい》にあります。……いえ、藪《やぶ》から棒《ぼう》で申し訳ありません。実は、昔の連れ合いが見つかって、ニューヨークへ飛ばねばならないことになったものですから」

「君、三十分ほど喫茶室でコーヒーを付き合ってくれるよね」

湯浅は付添いの社員に何ごとか耳打ちしてから言った。

「その連れ合いだったという人、アメリカ士官学校出身の元将軍とか聞いたようにも思うけど、記憶違いかな？」

「そのとおりです。戦争中は国民党に属した関係でアメリカに亡命し、今はニューヨークで友人の会社経営を手伝っています」

「それだよ」湯浅はにんまりとした。「今、うちの社のニューヨーク支店に電話を入れている。どうだろう、君、向こうに転勤してくれないかね？」

今度は桃子があきれる番だった。何という素早い対応なのか。日本のトップの経営者の頭はどこか常人とは異なっている。

「燕は飛んでいないことには落ちるってことか。宝城院桃子という燕は、ぼくのちっぽけな巣には不似合いのようだ。縁がなかったと諦めるほかない」

「すみません、勝手を言って」

桃子は強がりの装いが落ちてほろりとした。

「ほら来ましたよ」と湯浅は部下の差し出す紙片を受け取って微笑した。「これだ。ＫＳスチールカンパニー中国担当部長、R・ホァン。この人が、宝城院さんの言う連れ合いだよね。よし、我が社に引き抜く。支度金三十万ドル、というところかな。……ああ、それから、東京まではあくまで団体行動。退職辞令——いや、転勤辞令を交付しない以上、君はまだ我が社の社員であり、ぼくの大事な秘書兼通訳だから、中途で失踪されてしまっては、訪中団に穴があくし、何より、このぼくが一番寂しい思いをしますからね」

一言も返せず、桃子はぴょこんと頭を下げた。それから、ひそかに思ったことがある。

この話は、あの人には伏せて置いた方がよさそうだ。全経連訪中団は上海で二泊したのち東京へ飛ぶ。その際の席だが、湯浅と皇甫とを隣り合わせに手配しよう。その間に、湯浅があの歴戦のつわものをどう口説き落とすか、それも見ものだ。残りの人生、新しい展開に賭けるのもおもしろいではないか。

15

北京はまたとない爽涼の秋だったのに、上海は騒然とした群衆の熱気と都市の吐き出す排気とが空を灰色に塗り上げているかのようで、晴れているにもかかわらず光のない太陽の輪郭がぽーっと浮いているに過ぎない。

この空港付近は、昨日は濃霧に包まれ、終日、航空機の発着はないままだった。全経連訪中団はまるまる一日を空港の待合室で過ごさせられたあげく、空港側が斡旋してくれた元フランス領事館に仮泊し、今朝は夜明け前から空港に詰めかけなければならなかった。

昨夜、空港側は日本行き旅行者全員のパスポートと搭乗券を預かった。それを早朝から返却するのだが、その手順が念入りである。皆を一列に並ばせ、旅券番号・姓名・生年月日を名乗らせては顔写真と照合し、間違いないとわかってから手渡しするのである。預かる際に、束ねて輪ゴムで止めているだけだったものだから、番号別あるいは旅行団別とかいった整理ができていない。したがって、時間のかかることといったらない。仮に一機あたりの搭乗客を五百人と仮定し、それに一人分の処理時間三分を掛け、さらに航空機数を掛けたらどうなる?……

「団長、いっそ北京に舞い戻って鄧小平さんにでも掛け合いますか」

一人が湯浅にそう言うと、別の声が、

「一昨日《おととい》から並んでおくべきだった。あーあー、とんだＶＩＰだ」

その辺じゅう、憂さ晴らしの笑い声がやけに高い。

「宝城院さん」と湯浅は桃子を呼んだ。「何か奥の手はないものかな? この一行は中国政府招待の国賓に準ずる待遇の団体なのだから、一般観光客とは扱いが異なるはず。それに、お年寄りが多くてグロッキー気味だ。誰かお偉いさんと交渉してくれないかな」

了解して桃子は列を離れたのだが、さて交渉相手を誰にしたものか判じかねた。

この日、宝恭もまた収拾のつかない混雑と喧騒の中にもまれていた。実は、家族三人——母の有日子、妻の桃扇こと桃子、娘の雪鈴が福岡へ向けて飛び立つというので、その見送りに来ていたのだった。

恭にとって三人の日本行きは「反乱」というほかない突発事態だった。

中日旅游新社虹橋空港事務所長兼王商会上海総支配人の長い肩書を持つ恭は、この一年、ほとんど家族を顧みることなく国内外を飛び回っていた。一家は空港近くの外人向き高級アパートに住まい、経済的に潤沢で何不自由ない暮らしをしている。不平不満などあろうものか。——いや、そういうことすらもが念頭に浮かぶことはなかったものだ。

ところが、半月前のある日、決裁を求める書類に目を通していると、なんとそこに三人のパスポートとビザがあるではないか。しかも、目をむかされたのはその国籍である。

宝城有日子＝日本国籍　東村桃子＝日本国籍
かろうじて雪鈴だけが中国籍である。

その日、家に飛び帰るやいなや、恭は怒声を発した。

「わたしに無断で何と言うことを！」

有日子と桃扇が顔見合わせて不機嫌に黙ると、雪鈴がおだやかな口ぶりで話してきた。父親が一人娘に甘いことを充分に承知した顔である。

「雪鈴がお願いしたの。九州大学経済学部に留学生受入れの枠があることがわかったものだから、一緒に行って、って。雪鈴には日本行きの許可が出るとしても、お祖母ちゃんとお母さんには観光ビザしか出ない。それならばいっそ日本国籍を生かした方がいいのではないか。——というわけで、領事館に緊急な手を打ったのよ」

「何を言う！」と恭はますます怒った。「雪鈴は長崎大学医学部志望だったではないか。その点、島原の良伯父さんも了解ずみだった」

「だって、お父さんは工学系でしょう。王商会上海総支配人としては苦労するにきまっている。そこで雪鈴は、経済とか経営とかのノウハウを学びたいのよ。それに、お祖母ちゃんもお母さんも、ほんとうは日本人でしょう。だけど、雪鈴はあくまで中国人。大学院まで入れて、六、七年もすれば上海に帰ってくる。許してくれるよね、お父さん？」

「許すも何も……。雪鈴がそんなに深く考えているとは知らなかったものだから、つい大声を出してしまって。だけど、雪鈴に福岡での独り暮らしは無理なんじゃないかな？」

「そこなのよね」と桃扇が引き取った。「中日旅游新社の社長である桃扇は、福岡支社長に東村桃子を任命・派遣することに決したの。この辞令は、母娘《おやこ》二人にとって好都合」

「二人とも福岡へ？　何が好都合なものか。当主は置いてけぼりだ」

「中国大人《たいじん》は怒らないものよ」と有日子が間に入った。「わたしもね、あなたを解放してやって島原の良君のところに行くつもりです」

「お母さんまでもが？　事前に一言の相談もなく？……」

「ほら覚えているかな、恭君が小学校の二年生になった春、松花江の氷が解けるのを見に行ったことがあったでしょう。氷盤の上に狐の親子がいた。あれを捕まえてくれと、あなたはわたしを困らせたわ」

「忘れるものか。あの日は父が釈放された、と同時に、われわれは家郷を追われて大連へ逃げなければならなかった。分刻みで克明に脳のひだに記憶されているとも」

「母親にとってはね、子供はいつまでも氷盤の上の狐の子同様にあぶなつかしいものよね。だからといって、いつまでも付きまとっていては子供の自立を妨げる。わたし、思いきって子離れしなければね」

16

恭は苦笑いした。万事了承したような、それでいて引っかかるものがある。今すぐ正当な論理を組み立てられるわけはないものの、言い得ることは、むやみに寂しい——その一言に集約できる。いったいこの自分は、家族のために何をしてきたといえるのだろうか。

煙草を口にくわえかけて恭は、その真新しい一本をもみくしゃにした。

そうした父親の胸のうちは知らず、雪鈴ははしゃいで跳ねた。

「うれしい！　お祖母ちゃん、お母さん、日本に行きましょう！　お父さんの気が変わらないうちに航空券の予約をしなくてはね。さて、チケットだけど、どちらで買おうかな？　お父さんの空港事務所？　それともお母さんの本社？」

「雪鈴さん、お父さんはね」と有日子が昔を懐かしんで言った。「大連港から友達と二人きりで王商会の貨物船に乗って福岡に行ったのよ。まだ十三、四歳だった。偉いでしょう、あれからもう四十年にもなる」

「偉いことはない。日本はお先真っ暗で、三年後には漁船で逃げ帰らねばならなかった。今は福岡へはジェット機でひとっ飛びだし、日本もまた光り輝いている。その輝きを持ち帰ってお父さんを助けようというのだから、雪鈴の方がはるかに偉い」

恭は紹興酒で濡らした指先でもって雪鈴の頭をポンとはじいた。

家族三人が出発する日、上海空港は前日閉鎖のあおりで平常の五倍はあろうかという客でごった返していた。長身の恭は人混みをかき分けて家族を導き、アナウンスのままに福岡経由東京行き便の7番ゲートへと進んだ。

「じゃ、ね」と雪鈴は子供っぽく恭に指切りげんまんした。「お正月には向こうでみんなして会えるわね。良伯父さんも一緒にね」

桃扇は頰をすり寄せて、

「上海の旅游新社の仕事、社長代理はしばらく任せましたよ」

有日子はパスポートでもって恭の空いている片方の頰をつついて言った。

「では、氷盤上の子狐さん、しっかり足を踏ん張って独り歩きなさい」

恭も何か気のきいた送る言葉を言わねば、と思ったところに、めいめい旅行社の小旗を振りかざした添乗員らしい女性たちが束になってなだれ込んできた。

「後《あと》が先《さき》になるなんて、そんなのずるいわ！」「順番通りさばいてよ！」「こちらは中国政府招待団体なのに、この不等な扱いは許せない！」……

みんな日本語である。ということは、日本で編成されたツアーの帰国らしい。

恭はとっさに家族三人をゲートの向こうに押しやった。これでもうトラブルに巻き込まれる恐れはなく、めでたく旅立ちである。

「では、行ってきまーす。再見！」

三人の声を背に恭は、空港職員ともども添乗員たちの突進に立ちはだからねばならなくなった。彼女たちは口々にわめくのだが、その怒気丸出しの早口の日本語は、空港職員にはとても通じそうにない。

その間には、搭乗手続き待ちの列から「早くパスさせてよ」「飛行機が飛び立ってしまうじゃないか」などと、中国語・日本語・英語などの抗議の声がかしましい。

「しかたないか」と恭は口を開いた。「皆さん、わたしは家族を見送りに来た中国人です。幸い中日二か国語をこなせますので、お手伝いさせていただきます。でも、皆さんがいっせいに発言されても対処できかねますから代表を出してください」

するとと、添乗員たちの後方から年配の婦人がつかつかと歩み寄ってきて言った。

「わたしも幸い日中両国語を解しますから、日本側の代表役を買って出ましょう」

添乗員側の言い分はこうである。——昨日の空港閉鎖でパスポートが取り上げられた。ところが、朝からの返却作業が遅々として進まない。そうこうするうちに、日本行きの便が何便か離陸した。一日遅れの発機なら昨日の順番通りに乗るのが当たり前なのに、パスポートを握った人が先になるというのは納得できない。……

空港側は答える。——旅券は領事館の担当官が扱っていて、現在は一人で膨大な数に対処中だ。あいにく休日なので、応援を求めてはいるけれど電話が通じないし、交通渋滞ですぐには駆けつけられない。それに、旅券・航空券ともにそろった人が優先搭乗するのは当然のこと。誰がその権利を奪える?……

両者の言い分がくり返されるだけで、交渉はらちが明きそうにもない。損な役割を引き受けたものだと恭は心中に悔いた。その間にも、家族三人を乗せた福岡行きの便は飛び立ったようすだ。

「この役、下ろさせていただきます。下に待たせている団体があるから」と日本側代表役の婦人は言い捨てて身をひるがえした。「わかりました、日本人の性急《せっかち》さが通用する国でないということが」

赤紫の絹のスカーフが肩にひるがえるのを見やって、恭ははっとした。

黒の縫い取りで「贈呈　林愛香先生」の文字が読み取れたのだ。

「待って！　もしかして宝城院桃子さんでは？……」

その声は、気ぜわしげに上りエスカレーターを逆走する桃子の耳にも達した。

「もしかして、宝恭さん？……」

と、ひらめきはしたのだが、スニーカーの足はとっとっと停まることを知らなかった。


（完）

【日中関連近現代史簡略年表】（1930～1985年）

年	月	事項
1930	12	蔣介石、掃共（共産党）作戦開始
1931	9	満洲事変勃発
1932	1	上海事変勃発
	2	関東軍（満洲方面派遣日本軍）中国東北部全域制圧
	3	満洲国建国、溥儀皇帝即位
1933	2	国際連盟、満洲での中国主権承認会議
		日本、国連を脱退
1934	10	中共、大長征開始
1937	7	蘆溝橋事件、「支那事変」勃発
1939	7	ノモンハン事件、日本軍敗退
1939	9	ドイツ、ポーランド侵攻（第二次世界大戦勃発）
1940	7	王兆銘、南京政府樹立
1940	9	日独伊三国同盟
		日本軍、北仏印進駐
1941	4	日ソ中立条約
1941	6	独ソ開戦
	7	日本軍、南仏印進駐

	12	太平洋戦争（大東亜戦争）勃発
1945	4	ドイツ敗北
	8	日本敗北
1946	7	中国内戦（国民党×共産党）
1949	10	中華人民共和国成立
1950	6	朝鮮戦争勃発、中国人民義勇軍出兵
1951	9	サンフランシスコ講和条約、日米安保条約
1953	7	朝鮮休戦協定
1954	9	毛沢東主席就任、中国憲法採択
1956	4	毛沢東「百花斉放　百家争鳴」提唱
1958	8	人民公社推進、「大躍進」
1963	7	中ソ会談決裂
1964	5	『毛主席語録』刊行
1966	8	文化大革命突入、紅衛兵運動
1967	2	上海市革命委員会成立
	7	武漢市武闘（紅衛兵×工場労働者の武力闘争）
	10	中国の国連代表権承認
		林彪、毛沢東暗殺に失敗、墜落死
1968	7	毛沢東、武闘停止支持

1972	2	ニクソン訪中
	9	田中角栄訪中、日中外交関係修復
1976	1	周恩来死去
	4	鄧小平追放
	9	毛沢東死去
	10	江青ら四人組逮捕
1977	8	鄧小平復活
1978	11	紅衛兵「五大将」逮捕
1980	8	鄧小平「毛沢東は功績第一、誤り第二」と発表
1981	1	「文革」全否定
1985	6	農村人民公社解体

小著の執筆にあたり、次の書籍に啓発されるところが大でした。厚く御礼申し上げます。

【参考文献】（順不同）

『日本の歴史〈29＝中村政則著、30＝伊藤隆著、31＝大江志乃夫著〉』（小学館）
『朝日新聞に見る日本のあゆみ〈Ⅰ、Ⅱ、Ⅲ〉』朝日新聞社編（朝日新聞社）
『中国語大辞典〈上、下〉』大東文化大学編纂室編（角川書店）
『中国歴史・文化地理図冊』陳正祥編（原書房）
『中華人民共和国地図集』中国地図出版社編輯部編（帝国書院）
『世界歴史地図』ハンス・エーリヒ・シュティーア著（帝国書院）
『日中戦争』古屋哲夫著（中公新書）
『キメラ　満洲国の肖像』山室信一著（中公新書）
『中国近現代史』小島晋治ほか著（岩波新書）
『中国現代史』小島朋之著（中公新書）
『紅衛兵の時代』張承志著（岩波新書）
『文化大革命と現代中国』安藤正士ほか著（岩波新書）
『南京事件』秦郁彦著（中公新書）
『天皇の戦争責任』井上清著（岩波書店）
『満族の家族と社会』愛親覚羅顕ほか著（第一書房）

『模索する中国』小島朋之著（岩波新書）
『図説　太平洋戦争研究会著（筑摩書房新社）
『図説　満洲帝国』太平洋戦争研究会著（筑摩書房新社）
『図説　満洲都市物語』西澤泰彦著（筑摩書房新社）
『毛主席語録』林彪編（外文出版社）
『毛沢東の私生活〈上、下〉』李志綏著（文藝春秋社）
『ワイルド・スワン〈上、下〉』ユン・チァン著、土屋京子訳（講談社）
『日本の詩歌　室生犀星』（中央公論社）
『論語』（徳間書店）
『陶淵明詩解』（東洋文庫）
『陶淵明全集〈上、下〉』（岩波文庫）
『日本の空襲』日本の空襲編集委員会編（三省堂）
『戦争中の暮しの記録』暮しの手帖編（暮しの手帖社）
『本土決戦準備』（朝雲新聞社）
『近代の戦争〈5＝今井武夫著、6・7＝大畑篤四郎著〉』（人物往来社）
『学徒出陣』安田武著（三省堂新書）
『台湾』伊藤潔著（中公新書）
『台湾』蔵国輝著（岩波新書）
『日本軍政下のアジア』小林英夫著（岩波新書）
『中国　人口超大国のゆくえ』若林敬子著（岩波新書）

『三光』神吉晴夫著（カッパブックス）
『大日本帝国陸海軍』中田忠夫編（サンケイ新聞社）
『戦争〈1～4〉』読売新聞社会部編（読売新聞社）
『聖書』（日本聖書協会）
『日本のうた』（雪華社）
『日本の中国侵略とアヘン』許東粲著（第一書房）
『ノクターン』バオ・ロン著（私家版）

解説　歴史を理解する目

西原和美

1

西暦二千年辰年の朱夏も異常気象の影響か、筑後一ノ宮・高良山から筑後川を越えて、巨大な虹が毎日のように見られた。「虹」は、雨に日光がいきなり射しこんでできる現象だが、古代中国では、内側の鮮明な主虹が雄で、外側の色の薄い副虹が雌とされた。「虹は古は天界に住む竜形の獣と考えられていた。その雄を虹といい、雌を蜺《げい》という。（中略）虹があらわれるのは、陰陽和せず、婚姻錯乱し、男女の道が失われるからだともいう」（白川静『字統』）。

「空に虹を見るとき私の心は踊る」というのは、浪漫詩人の感傷にすぎぬだろう。むしろ虹は、天地や人間の大波乱を予感させる。

「龍」は「四霊の一。想像上の獣。鱗を被り、角を戴き、鋭爪を具へ、幽明変化測られずといふ。王者の喩。豪傑。俊才。山脈のさま」（諸橋轍次『大漢和辞典』）といわれるまでもなく、我々にも親しい動物だ。

『虹龍《ホンロン》』というタイトルは、この大部な小説の全体を象徴して卓抜である。原稿を読ませていただいてから半年、出版にあたり『虹龍』と改題されたのだが、サブタイトルの「動乱の日中2

国に生きる」、さらに装丁と挿画（田中サトミ）と相まって、すでに十全な作品世界が、我々の手中にある。

さて小説『虹龍』は、一九三〇年代から一九七〇年代にわたる激動の中国と日本を舞台にして、主人公の宝恭と宝城院桃子（林愛香）が、出会いと別れの中で波瀾万丈の人生を辿りつつ自己を形成していく半世紀を描いている。「王道楽土」の幻の国家満洲（中国東北部）にはじまり、ソ連軍侵攻、日本軍敗走、満洲国瓦解、中華人民共和国建国、そして文化大革命、さらに日中国交回復後の交流という時間軸の中で、宝恭と宝城院桃子を取り巻く魅力的で多彩な老若男女の人間劇が展開する。

2

「話せばわかる」というが、本当だろうか。それが嘘だということは、この小説に登場する人々も、歴史上の人物も証明している。私の父は、満洲で三十九歳にして現地召集され、ソ満国境で戦車に爆弾を抱えて飛び込むためにタコ壺（兵士一人が隠れる穴）を掘ってその中に身を潜める訓練に明け暮れた。しかし、敗戦で生き延び、シベリア抑留。後年、瀕死の体で引き揚げてきたのだが、その体験談をいくら聞いても、ついにわからなかった。では、「見ればわかる」というのは本当だろうか。私も何度か、父母が話していた中国を訪れたが、なにもわからないのだった。

『虹龍』の作者は、夫人と一緒に中国を取材旅行されること十五回余。何ゆえの中国へのこだわり？　それは父君が、職業軍人として中国各地を転戦、狙撃兵の銃弾を浴びて負傷し内地送還。その功により金鵄勲章に輝いたことが、心の奥深くで疼き、中国各地への巡礼となった、と聞き及んでいる。子息夫婦を伴って、父君の古戦場・南京を案内もされたという。それらの度重なる中国への旅の見聞と現地の人々との交流の中で、作者は「書けばわかる」と思われたのではないか。「話してもわからない」「聞いてもわからない」「見てもわからない」真実は、自分の内奥で自問自答を繰り返し、「書いていくうちにわかる」のである。

その一つの結実が、『東海に蓬萊国あり――徐福伝』（海鳥社・一九九一年刊）である。この小説は中国で『東海有蓬萊・徐福伝奇』と訳され、一九九二年「中日邦交正常化二十周年」記念として出版されベストセラーになった。

そして、今回の『虹龍』は、二十世紀後半の中国と日本で、生死が紙一重の、理不尽かつ最も悲惨な状況の中でも人間としてしたたかに生き抜いた人々の生の証言を聞き、彼らと話し、現地を見て、書いていくうちに、はっきりと自分にも他人にもわかるものとして作品はおのずから成立したのである。

『虹龍』を読んで、私は、日本で食い詰め勇躍満洲へ渡った父母のことが、よくわかるような気がした。「読めばわかる」と私が言うのは、そのことにほかならない。

現在、日本や近隣諸国の若い人々の柔軟な目が、歴史の荒波に翻弄されつつも、したたかに己の生を全うした人間達の真実を忘れ、観念的な歴史教科書に限定されつつあるのは、残念なことだ。血肉の伴った人間たちが縦横に生きる小説世界の役割は未だ失われてはいない。

3

一九三〇年生まれの作者は、敗戦のとき十五歳だった。久留米大空襲と学徒動員の体験を二十五年間胸にあたため、不惑をこえた一九七一年、『遠い朝』（講談社刊）として出版。この小説は、昭和十六年十二月八日開戦の夜に始まり、昭和二十年八月十五日終戦の午後に終わる。敗戦を知った中学生・耳納信行は、炎天下に呆然として立ちつくし、青い作業服を燃やす炎を涙レンズをとおして見つめる。

この原体験こそ作者の出発点であろう。古稀を過ぎてなお、新しい発想と旺盛な好奇心に基づく取材の旅、そして端正にして達意の文章を創造するエネルギーの源は、少年の眼の奥で燃えている白昼の炎である。

作者は、三十余年の間、中学校の国語教師として昼間は教育活動に身を捧げ、作文日本一の少年達を輩出、夜は作家活動に精進された。少年達の眼の奥で燃えている炎を、少年が自分の本質的な生のエネルギーに高めるまでには時間がかかる。四半世紀の成熟の時間が必要である。そこまで待てない少年達は、目をつぶり、一歩前へ、全身を熱くしながら踏み出してしまう。

『虹龍』の主人公・宝恭少年の一九四一年十二月八日と一九四五年八月十五日の行動を見るとよい。長じて造船技師になった宝恭の上海埔江工場に、一九六六年八月、「四旧打破」を叫んで紅衛兵軍団が乱入する。それら少年少女達の目の奥に、宝恭もまた炎を見たはずである。

歴史は繰り返される。だが真相は、聞いても、話しても、見ても、つかみがたい。満蒙開拓青少年義勇軍、予科練、少年飛行兵やベルリン防衛少年隊、ヒトラーユーゲント、そして紅衛兵に至るまで、少年の純粋な心に火をつけて炎にし、若者を死線に駆り立てるのが政治の常である。その点、文学は、熱く醒めながら、書いていくうちに真実がわかる作者と、読めばわかるという読者の間に成立するものである。

（にしはら・かずみ　久留米大学附設中学・高校教諭）

田中　博（たなか・ひろし）1930年、福岡県に生まれる。福岡第一師範学校を卒業。久留米大学附設中学部長を経て作家に。著書に『筑紫の磐井』上下（葦書房）、『花ことば抄』(海鳥社)、『東海に蓬莱国あり ── 徐福伝』(海鳥社）などがある。1970年、『遠い朝』で講談社児童文学新人賞、1973年、『日の御子の国』(共に講談社）で野間児童文芸賞を受ける。
現住所＝福岡県浮羽郡田主丸町野田478-1

虹龍《ホンロン》
動乱《どうらん》の日中《にっちゅう》2国《にこく》に生《い》きる

■

2001年3月8日　第1刷発行

■

著者　田中　博
発行者　西　俊明
発行所　有限会社海鳥社
〒810-0074 福岡市中央区大手門3丁目6番13号
電話092(771)0132　FAX092(771)2546
印刷・製本　有限会社九州コンピュータ印刷
ISBN 4-87415-344-5
ホームページ　http://www.kaichosha-f.co.jp
[定価は表紙カバーに表示]